KB059124

성장의 효과는 색을 부가하는 것.

사용자가 선택한 색에 따라 효과가 천차만별이다.

그중에서 '황금'은 특수한 색이다.

그 특성은 '가능성'.

대상의 잠재 능력을 이끌어 낸다.

잠재 능력이 없는 자에게는 효과가 거의 없지만,

레티시아는 일부러 그 색을 선택했다.

"나의 목소리에 응하라!
성한 별의 지팡이여. 성천에 군림하는 지팡이여.
색이 없어 슬픈 대지에 색을 내려주소서!
내려줄 색은 '황금'!!"

최강 찌꺼기 황자의 암약 제위 쟁탈전 7

무능한 척 연기하는 SS랭크 황자는 황위 계승전을 남몰래 지배한다

탄바

Contents
목차

삽화 · 본문 일러스트 : 유우나기

디자인 : 아츠시 타카히사(atd)

† 암스베르그 용작 가문

500년 정도 전에 대륙을 뒤흔든 마왕을 토벌한 용사
의 핏줄. 제국 귀족 중에서 가장 지위가 높은 존재이
며 황제에게만 무릎을 꿇는다. 용작 가문 중에서도 재
능이 있는 자만이 전설의 성검, 극광(아우로라)을 소
환할 수 있다. 제국을 수호하는 것을 자신의 역할로
삼고 있어 기본적으로 정치에 참가하지 않는다.

† 루펠트 렉스 아드라

제10황자. 10세.
아직 어려서 제위 쟁탈전에는 참가
하지 않았다. 소심한 성격이다.

† 크리스타 렉스 아드라

제3황녀. 12세.
감정의 거의 드러내지 않고, 아르나 레오처럼
특정한 사람들만 따른다.

† 헨릭 렉스 아드라

제9황자. 16세.
아르노르트를 깔보고 있으며 레오나르트에게는
라이벌 의식을 불태우고 있다.

† 레오나르트 렉스 아드라

제8황자. 18세.

아드라시아 제국의 황
제. 열세 명의 아이들에
게 제위를 놓고 싸우게
하여 이긴 아이에게 황
제의 자리를 물려주려
하고 있다. 광대한 제국
을 통치하며 기회가 생
기면 영토를 확대해온
명군.

† 아르노르트 렉스 아드라

제7황자. 18세.

† 콘라트 렉스 아드라

제6황자. 21세.
고든과 같은 어머니를 둔 황자. 감정적인 고든의 동생답
지 않게 성격은 아르노르트와 비슷하다.

† 카를로스 렉스 아드라

제5황자. 23세.
뛰어나다는 평가를 받은 적도, 무능하다는 평가를 받은 적도 없는 평범한 황자.
하지만 능력과는 달리 꿈에 취해있어 영웅이 되고 싶다는 마음을 품고 있다.

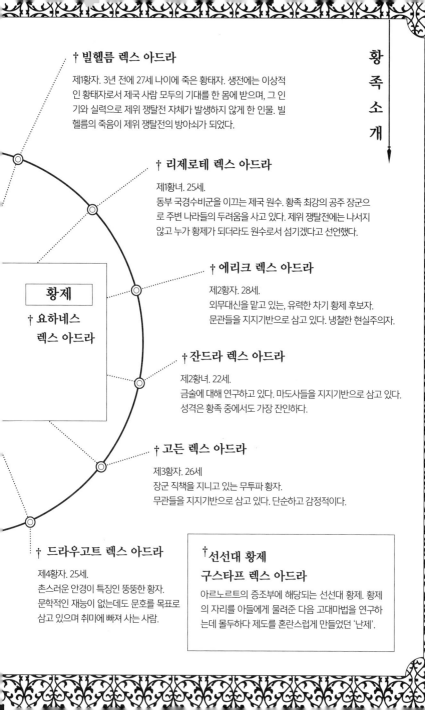

† 빌헬름 렉스 아드라

제1황자. 3년 전에 27세 나이에 죽은 황태자. 생전에는 이상적인 황태자로서 제국 사람 모두의 기대를 한 몸에 받으며, 그 인기와 실력으로 제위 쟁탈전 자체가 발생하지 않게 한 인물. 빌헬름의 죽음이 제위 쟁탈전의 방아쇠가 되었다.

† 리제로테 렉스 아드라

제1황녀. 25세.
동부 국경수비군을 이끄는 제국 원수. 황족 최강의 공주 장군으로 주변 나라들의 두려움을 사고 있다. 제위 쟁탈전에는 나서지 않고 누가 황제가 되더라도 원수로서 섬기겠다고 선언했다.

† 에리크 렉스 아드라

제2황자. 28세.
외무대신을 맡고 있는, 유력한 차기 황제 후보자.
문관들을 지지기반으로 삼고 있다. 냉철한 현실주의자.

† 잔드라 렉스 아드라

제2황녀. 22세.
금술에 대해 연구하고 있다. 마도사들을 지지기반으로 삼고 있다.
성격은 황족 중에서도 가장 잔인하다.

† 고든 렉스 아드라

제3황자. 26세
장군 직책을 지니고 있는 무투파 황자.
무관들을 지지기반으로 삼고 있다. 단순하고 감정적이다.

황제
† 요하네스
렉스 아드라

† 드라우고트 렉스 아드라

제4황자. 25세.
촌스러운 안경이 특징인 뚱뚱한 황자.
문학적인 재능이 없는데도 문호를 목표로 삼고 있으며 취미에 빠져 사는 사람.

† 선선대 황제
구스타프 렉스 아드라

아르노르트의 증조부에 해당되는 선선대 황제. 황제의 자리를 아들에게 물려준 다음 고대마법을 연구하는데 몰두하다 제도를 혼란스럽게 만들었던 '난제'.

최강 찌꺼기 황자의 암약 제위 쟁탈전

《무능한 척 연기하는 SS랭크 황자는 황위 계승전을 **남몰래** 지배한다》

⇨ 제1장 요인 집결

1

"길드 본부는 뭐라고 대답하던가?"

"수시로 조사를 진행하겠다고 합니다."

나는 세바스가 한 말을 듣고 혀를 차며 의자에 몸을 기댔다.

얼마 전 악마에 대해 모험자 길드에 보고했다. 그러면서 길드 본부의 상층부에 긴급 사태라고 강조했는데도 그런 대답이 돌아왔다.

하지만, 예상하고 있긴 했다.

"미지근한 대처로군. 전선에 나선 적이 없는 직원 출신 상층부니까."

"조직을 운영하려면 그런 사람도 필요하니까요. 하지만 현장의 목소리를 전혀 듣지 않는다는 것도 문제일 겁니다."

SS급 모험자는 길드 내부에서 격이 다른 존재다. 그런 SS급 모험자가 긴급 사태라고 했는데, 그저 수시로 조사하겠다는 대답은 이상하다.

악마는 이미 한 번 대륙의 인류를 궁지에 몰아넣은 적이 있다. 그러한 상황이 다시 발생하는 것은 반드시 저지해야만 한다.

그러기 위해 모험자 길드가 있고, SS급 모험자가 있다. 악마가 침공한 이후로 악마가 소환된 적이 몇 번 있었고, 그때마다 모험자 길드는 신속하게 처리해 왔다.

하지만 악마의 침공으로부터 벌써 500년이 지났다. 위기감이 희미해지는 것도 어쩔 수 없을 것이다. 하지만 적은 그럴 때 움직인다.

"독자적으로 움직일까……."

"평소였다면 그러셔도 되겠지만, 지금은 황자로서 하실 일이 있습니다. 뒤처질 수밖에 없을 겁니다."

행사까지 열흘 정도 남았다. 제국 전체가 행사를 대비해서 움직이고 있다. 안타깝게도 나는 황자이기 때문에 할 일이 많다. 행사 말고도 문제가 있으니까.

나는 창문 쪽을 슬쩍 보며 레티시아를 떠올렸다. 그녀는 뭔가 숨기고 있다. 그걸 알아볼 필요가 있다. 그렇기 때문에 나는 대놓고 움직일 수가 없다.

"에고르 옹에게 부탁한다 해도, 그 사람은 조사에 적합하지 않아. 다른 세 사람은 순순히 부탁을 들어줄 것 같지도 않고. 곤란하군."

"SS급 모험자가 순순히 움직인다면 길드 본부에서도 곧바로 명령을 내렸을 겁니다."

"문제아 녀석들 같으니……."

"당신께서 그중 한 명이라는 것을 잊지 마시길."

"나는 다른 네 명과는 달라."

나는 그렇게 말하며 의자에서 일어섰다. 오늘도 아버님의 호출이 있었다.

레오에게 떠넘기고 싶지만, 그 녀석은 레티시아의 접대를 해야 하니 내가 움직일 수밖에 없다. 골치 아픈 일이 아니면 좋겠는데.

2

"로, 로리프가 제국에 온다고요?!"

"엘프입니다."

너무 어이가 없어서 머리가 아프다. 내 눈앞에 있는 사람은 황족 제일의 괴짜, 제4황자 드라우고트.

내 이야기를 들은 드라우 형이 너무 흥분한 나머지 어린 엘프 그림을 그리기 시작해버렸다.

"로리프! 아~! 로리프!! 어째서 당신은 로리프인가요?!"

신나하는 모습이 마음에 들지 않는다. 어째서 이렇게 되었는가 하면, 몇 시간 전으로 거슬러 올라간다.

■ ■ ■

"엘프 마을에서 요인이 온다고요?"

"그렇다. 왕국에 사자를 보냈을 때 엘프 마을에도 사자를 보내면 어떻겠냐는 이야기가 나와서 말이다. 밑져야 본전이라는 생각으로 보내 보니 흔쾌히 받아들이겠다는 대답이 돌아왔다."

나는 옥좌의 방에서 아버님에게 그런 이야기를 듣고 있었다.

엘프 마을은 대륙 서부에 펼쳐져 있는 대삼림 안에 있다. 강력한 결계가 펼쳐져 있고, 기본적으로는 바깥 세상과 교류하지 않는다.

그래서 밑져야 본전이라 생각하고 보냈을 텐데, 설마 곧바로 받아들일 줄이야.

"뜻밖이군요."

"장로의 손녀가 인간 사회에 흥미를 보이는 모양입니다. 아마 그 영향이겠지요."

아버님 옆에 있던 프란츠가 설명했다. 별로 기뻐하는 표정이 아니었다. 요인이 늘어나면 문제도 그만큼 늘어난다. 그걸 우려하고 있기 때문일 것이다.

"엘프 장로의 손녀라면 엘프의 공주가 온다는 뜻입니까?"

"그렇게 되겠지."

엘프의 마을 장로라면 엘프의 지도자라는 뜻이다. 그 핏줄이라면 왕족으로 대처하게 된다.

"어째서 그 이야기를 저에게 하시는 거죠?"

"엘프를 접대하려면 일을 거칠게 진행하지 않을 황족이 바람직하다. 너는 그런 의미에서 안성맞춤 아니냐?"

"뭐, 골치 아픈 걸 싫어하긴 하죠. 그래도 엘프 마을에서 요인이 오는 건 정말 귀한 기회일 텐데요. 제가 맡아도 괜찮겠습니까?"

"다른 녀석들은 개성이 너무 강하다. 실례를 저지르면 안 되니까. 그런데 말이지……, 한 가지 문제가 있다."

"그렇겠죠. 저도 문제라고 생각합니다. 저는 이미 접대할 요인이 있으니까요."

"그렇습니다. 일단 선희님께 말씀드려 보았습니다만, 무조건 아르노르트 전하가 좋다고 하십니다……."

프란츠가 곤란하다는 듯이 말했다. 하지만 진짜로 곤란한 건 나다.

"에휴, 그러면 어떻게 하실 겁니까?"

"죄송합니다만…… 양쪽 다 맡아 주실 수 있으신지요?"

"스트레스를 받다가 죽으라고요?"

"죄송합니다……."

프란츠가 아버님을 곁눈질로 보면서 이럴 줄 알았다는 듯한 표정을 지었다.

아버님이 그 표정을 보고 인상을 찌푸렸다. 오리히메만으로도 고생하고 있는데 엘프 왕녀까지 맡겠냐고.

"그렇다면 너 대신 누가 적합할까?"

"제위 쟁탈전 중심에 있는 세 사람을 제외하면 드라우 형은 어떨까요?"

"드라우는…… 황족 제일의 괴짜인데?"

"엘프라면 괜찮지 않을까요? 수비 범위가 좁은 사람이니까요."

귀여움은 정의. 드라우 형은 그렇게 생각하는 사람이지만, 기본적으로 10대 중반까지가 취향이고 그 이상은 흥미 대상에서 제외된다.

가장 취향에 맞는 건 10대 초반의 미소녀. 인류의 재산이라고 떠들어 댈 정도로 좋아한다. 그러니 그런 나이인 소녀가 접근하게 만들지만 않으면 괜찮다고도 할 수 있다.

"드라우 형은 성실하게만 하면 어지간한 것들은 다 해낼 수 있고, 황후 폐하의 아들이기도 합니다. 격이라는 점을 놓고 봐도 엘프 요인을 맞이하기에 적합한 인물일 것 같습니다만."

"그런데⋯⋯, 그 녀석이 나이로 사람을 판단할 것 같으냐?"

"뭐, 틀림없이 외모로 판단하겠죠."

나이도 중요하지만, 작고 귀여운 여자애를 좋아하는 거라서 외모와 나이가 어느 정도 차이가 난다 하더라도 신경 쓰지는 않을 것이다. 그런 걸 보면 은근히 배포가 크다.

"장로의 손녀 나이는 잘 모른다. 어린 외모라면 최악의 인선일지도 모르겠다만."

"그렇죠⋯⋯, 부정하긴 힘들 것 같습니다."

"허나 아르노르트 황자님께 두 사람 몫의 활약을 요구하는 것도 현실적이지 못합니다."

"그렇긴 하지. 아르노르트. 일단 드라우에게 이 이야기를 해봐라. 반응에 따라 정하도록 하마."

"알겠습니다."

■ ■ ■

그런 일이 있었기에 드라우 형에게 이야기를 해봤는데.

"아아! 신이시여! 이런 행운이 있을 수가! 저에게 로리프를 접대하는 역할을 맡겨 주시다니!!"

이건 사고인데. 드라우 형은 상상했던 것보다 로리 엘프, 다시 말해 어린 엘프를 좋아하는 모양이다. 성장한 엘프가 오면 문제가 없겠지만, 만에 하나 어린 엘프가 오면 큰 사고가 터진다. 곧바로 접대 담당자를 바꿔야 할 테고, 그렇게 되면 드라우 형이 저항할 것이다.

역시 이 사람은 안 되겠네.

"드라우 형. 어디까지나 그런 이야기가 나왔을 뿐인데요? 드라우 형으로 정해진 건 아니니까."

"제위 쟁탈전에 참가한 세 사람을 제외하면 제가 격이라는 점에서는 제일 낫지요! 듀흐흐. 저로 정해진 거나 마찬가지란 말입니다!"

"……."

묘하게 똑똑하다. 애초에 까불대기만 할 뿐이지 바보는 아니니까. 모든 상황을 파악하고 자신의 승률이 가장 높다는 걸 예측했구나.

"그걸 정하는 건 아버님이니까요. 혹시나 선희를 접대하게 될지도 모르잖아요?"

"그것도 나름대로 괜찮겠군요. 그 동물 귀를 계속 바라볼 수 있다니……, 두흐흐."

"……쳇."

이것도 안 되겠구나. 드라우 형은 못 써먹겠어.

여전히 흥분한 상태인 드라우 형을 보며 그렇게 판단한 나는 한숨을 쉬며 방을 나섰다.

그런데 큰일이네. 드라우 형에게 엘프든 오리히메든 한쪽이라도 맡기지 못하면 내가 정말로 바빠질지 모른다. 어떻게든 피해야 하는데, 그렇게 생각하며 나는 내 방으로 돌아왔다.

"어서 오십시오. 어라? 고민이 있으십니까?"

방에는 피네와 세바스, 그리고 지크가 있었다.

지크가 축 늘어져 있는 걸 보니 크리스타와 리타에게 장난감 취급을 당하고 온 모양이다.

"그래, 큰 고민이 있지."

"어떤 고민입니까?"

나는 홍차를 내준 피네에게 고맙다는 인사를 하며 간단히 설명했다.

"행사에 엘프 공주도 참가하게 되었어. 적당한 담당자를 찾지 못하면 내가 오리히메와 그 엘프 공주까지 두 명을 접대하게 될지도 몰라."

"에로프라고?!"

"엘프다……."

왜 이리 말을 제대로 못 알아듣는 녀석이 이렇게 많은 거야?

축 늘어져 있다가 갑자기 기운을 되찾은 지크가 신이 나서 이 야기에 끼어들었다.

"쭉쭉빵빵한 에로프가 온단 말인가?!"

"엘프라고 했잖아! 애초에 몸매가 어떤지 내가 어떻게 알아! 몇 살인지조차 모르는데!"

"그래도 엘프는 다들 예쁘잖아? 어떤 미녀 에로프가 올까."

상상하면서 크헤헤, 그렇게 지저분한 미소를 드리운 지크를 보 며 나는 머리를 감쌌다.

내 주위에는 어째서 까불대는 녀석들이 이렇게 많은 걸까.

"어쩌죠……, 정말로 예쁜 엘프분이 오시면 지크 씨를 성 바깥 으로 보내야 하는데……."

"피네 양?! 그건 추방이잖아?! 싫어! 나는 여기서 움직이지 않 을 거다!!"

지크가 의자에 팔을 감고는 절대로 움직이지 않겠다고 선언했다.

그때, 방문을 노크하는 소리가 들렸다.

"아, 형, 실은 말이지."

"엘프다."

"어? 아, 그렇지. 그 이야기를 하려고 했는데……."

내가 선수를 쳐서 엘프라고 말하자 레오는 당황한 듯한 표정을 지었다.

다행이네. 내 동생은 정상이었어.

"미안, 내가 얕봤구나."

"음, 무슨 이야기인지 잘 모르겠는데……, 뭐, 됐어. 엘프 마을에서 요인이 온다고 했지? 그래서 접대 담당자를 찾고 있다면서."

"그래. 적합한 사람을 찾아내지 못하면 내가 고생할 테니까."

"응, 그래서 말인데. 크리스타는 안 될까?"

"크리스타? 뭐, 문제는 없겠지만, 아버님은 크리스타나 막내 동생을 써먹을 생각이 없을걸?"

열다섯 살 이하의 황족은 어린애로 간주한다. 그렇기 때문에 아버님은 크리스타와 막내 동생을 염두에 두고 있지 않을 것이다.

어린애가 접대 담당을 맡으면 상대방을 얕보고 있는 거라고 생각할 수도 있고, 실례를 저지르면 곤란해진다.

"그거 말인데, 피네 양하고 세트라면 괜찮지 않을까? 피네 양은 창구희라는 칭호를 지니고 있는데다 황제 폐하가 마음에 들어하는 사람이잖아. 그 사실은 널리 알려져 있고, 황족에 버금가는 사람이라고 해도 과언이 아닐 거야. 그러니까 피네 양에게 크리스타를 도와달라고 부탁하면 되지 않을까 해서."

"레오……, 너는 천재구나."

맹점이었다. 황족이라는 틀 안에서만 찾아다녔기에 적합한 사람을 발견하지 못했지만, 결국에는 상대방에 실례만 되지 않는다면 누구든 상관이 없다.

크리스타, 그리고 보조 역할을 맡은 피네. 엘프 쪽도 황제가 마음에 들어하는 여자애들이라면 불평하진 않을 것이다. 완벽하다. 무엇보다 동성이라는 게 완벽하다.

"그렇게 하자."

"싫~다~아~!! 에로프 곁에 있고 싶어!!"

"그 이상 시끄럽게 굴면 성 밖에 버린다?"

"사람을 애완동물처럼 취급하지 마라!!"

따지려는 듯이 내 다리에 달라붙은 지크를 떼어내서 소파에 내던졌다.

그 이후로 레오의 제안이 받아들여져 엘프 요인 접대 담당은 크리스타와 피네로 정해졌다. 그 사실이 발표된 뒤에 드라우 형이 눈물을 흘리며 바닥을 내리쳤지만, 뭐, 어쩔 수 없을 것이다.

지나친 사랑은 위험하니까. 우선 그렇게 문제 하나가 해결되었다.

3

이런저런 문제를 정리하고 방으로 돌아가던 도중에 나는 레티시아와 복도에서 마주쳤다.

"아르노르트 님, 고생이 많으시네요."

"아, 레티시아. 고생했다는 걸 용케 알아보셨군요?"

"얼굴에 써 있는데요."

레티시아는 쿡쿡 웃으며 곁에 있던 호위 여기사에게 동의를 요구했다. 편하게 지내는 사이인지 기사도 살짝 웃으며 고개를 끄덕였다.

레티시아의 호위라면 그녀도 그리폰 기사일 것이다. 왕국 정예 중의 정예. 상대방이 어지간한 달인이 아닌 이상, 레티시아의 호위는 완벽하다는 뜻이다.

그 호위를 돌파할 수 있을 만한 거물은 애초에 들키지 않고 성에 들어오는 것도 불가능하다. 다시 말해, 레티시아의 안전은 보장되어 있다.

그럼에도 불구하고 가슴 속의 불안함이 사라지지 않는다. 레티시아가 무언가를 숨기고 있고, 그 무언가는 분명히 큰 사건으로 이어질 거라고 내 직감이 말해주고 있기 때문이다.

세바스가 조사하고 있긴 하지만, 지금까지는 정보가 아무것도 없다. 있는 건 기분 나쁜 예감뿐. 그리고 내 기분 나쁜 예감은 빗나가지 않는다.

"이래 봬도 황자니까요. 행사가 다가오니 할 일이 늘어나네요. 요인들도 차례차례 도착하고 있고요."

"일찍 도착해서 방해가 되었나요?"

행사에 참석할 요인이 일찍 오는 건 드문 일이다. 레티시아 같은 경우는 특례다. 왕국의 성녀가 제국에 오랫동안 머무른다는 것은 제국과 왕국의 관계가 양호하다는 걸 나타낼 수 있다. 그런 이익이 있기에 용납된 것이다. 그만큼 레티시아가 거물이라고도 할 수 있다.

"레오를 뺏기는 건 곤란하죠. 일을 떠넘길 수가 없으니까요."

"어머, 그럼 잠깐만 빌릴게요. 레오나르트 님께서 제 접대 담당을 맡아 주시는 동안에는 아르노르트 님께서도 일을 하실 테니까요."

레티시아는 웃으면서 그렇게 말했다. 그 미소에는 흑심이 없었다. 그녀가 제국에 무슨 짓을 하려는 꿍꿍이는 없다. 그저 그녀 주위에 숨어든 그림자가 있을 뿐이다.

알아내야만 한다. 레티시아가 말을 하지 않는 건 뭔가 이유가 있기 때문이다. 이야기를 해주면 편하겠지만, 레티시아는 심지가 굳은 여자다. 이야기를 하지 않겠다고 결심하고 그것을 관철하는 힘을 지니고 있다.

"소중한 동생입니다. 잘 부탁드리죠."

나는 그렇게 농담하는 듯이 말한 다음, 레티시아 옆을 지나쳤다. 그러면서 레티시아에게만 들리게끔 조용히 말했다.

"성녀 레티시아. 당신이 뭘 숨기고 있는지는 모르겠습니다만, 부디 레오가 슬퍼하게 만들지는 말아주셨으면 합니다."

"아르노르트 님……"

레티시아의 눈이 약간 떨렸다. 나는 그 모습을 보고 그녀가 뭔가 숨기고 있다는 걸 확신하며 인사를 하고는 그곳을 떠났다.

4

다음 날. 나는 다시 아버님에게 호출을 받았다. 그런데 오늘은 레오와 에리크도 불려왔다.

19

"황제 폐하. 이번에는 무슨 용건으로 부르셨습니까?"

에리크가 대표로 질문했다. 이 세 사람이 불려온 건 꽤 드문 일이다.

그러자 아버님이 굳은 표정으로 대답했다.

"……좀 골치 아픈 일이 생겨서 말이다."

"또 골치 아픈 일인가요……, 골치 아픈 일이 생길 때마다 저에게 떠넘기려하는 건 좀."

"코르닉스 번국에서 요인이 옵니다."

프란츠가 그 이름을 말한 순간, 나는 머릿속이 잠깐 새하얘졌다. 그만큼 말도 안 되는 나라의 이름이 튀어나왔기 때문이다.

나, 레오, 그리고 에리크가 입을 다물고는 굳은 표정으로 아버님을 보았다.

아버님은 눈을 가늘게 뜨며 그 시선을 받아들였다.

"제정신이십니까?"

그것은 에리크의 목소리라고 믿기지 않을 정도로 감정이 담긴 목소리였다.

담긴 감정은 분노. 그리고 그건 레오도 마찬가지였다.

"코르닉스 번국은……, 3년 전에 빌헬름 형님을 죽인 나라입니다!"

"그렇습니다! 종주국인 이그렛트 연합 왕국이라면 모를까! 사죄도 하지 않고 일부 가신의 폭주로 치부하며 끝낸 그 나라를 환영하실 생각이십니까?! 아버님!! 그 녀석들은 빌헬름의 목숨을 빼앗았는데요!!"

거친 감정이 옥좌의 방을 감쌌다. 그만큼 큰형의 죽음, 그리고 거기에 관여한 나라에 대한 원한은 무겁다.

코르닉스 번국은 제국의 북쪽에 있는 나라다. 예전에는 독립국이었지만, 섬나라인 이그렛트 연합 왕국에게 패배한 뒤에는 그곳의 속국이 되었다. 하지만 반쯤 독립국 같은 존재라서 꽤 자유롭게 움직인다.

그 코르닉스 번국과 국경에서 벌인 전투 때 황태자였던 우리 큰형, 빌헬름이 목숨을 잃었다. 그러자 코르닉스 번국은 가신의 폭주였다고 설명하며 일부 가신의 목을 내놓는 것만으로 끝냈다.

물론 제국은 분노했다. 멸망시켜 버리자는 의견도 많았지만, 유망했던 황태자의 죽음은 아버님을 슬프게 만들고 반격할 기력을 없앴다.

그것과는 별개로 아버님은 번국과 상관이 없는 이유로 암살이 일어났다고 생각했다. 그러한 조사에 시간을 들이다가 결국 반격할 기회를 놓쳤다고도 할 수 있다. 그렇기 때문에 이 문제는 아직 해결되지 않은 상태다. 많은 사람들에게 있어 번국은 황태자의 원수다.

평소에는 온화한 레오조차 가신에게 전부 떠넘기고 문제를 끝내려고 하는 번국의 대처를 보고 거센 분노를 드러냈다. 그 분노가 다시 치솟은 모양이다.

"이미―― 지나간 일이다. 우리는 앞을 보아야만 한다. 그쪽에서 우호 관계를 맺고 싶다고 한다. 손을 쳐내면 무례한 짓이겠지."

"허나!"

레오는 아직 납득이 되지 않은 것 같았지만, 아버님의 눈을 보고 입을 다물었다. 아버님도 전부 납득한 것은 아니다. 그런 눈빛이었다.

"그럼 그 접대 담당을 제게 맡기고 싶으시다는 겁니까?"

"부탁해도 되겠나? 연합 왕국에서도 요인이 온다. 그건 고든에게 맡길 셈이다."

"……좀 생각해 봐도 괜찮겠습니까?"

"좋다. 못할 것 같다는 생각이 든다면 거절해도 상관없다."

아버님은 그렇게 말하고는 우리를 물러가게 했다. 그리고 나와 레오는 말없이 성의 복도를 걸어갔다.

"……거절하는 게 나을 거야."

"그렇게 생각해?"

그제야 입을 연 레오를 보고 나는 쓴웃음을 지었다. 여전히 딱딱한 표정이다. 신기하네.

"하고 싶지 않잖아?"

"하고 싶지 않은 건 아니야. 시간을 받은 건 주위 사람들이 납득할지 알고 싶어서지."

"주위 사람들?"

"제일 복장이 터질 것 같은 사람은 우리가 아니야. 아마 드라우 형일 테니까. 드라우 형이 괜찮다면 나는 받아들일 거다."

친동생인 드라우 형은 큰형이 죽은 날, 처음으로 분노하는 모습을 보였다.

자신이 군대를 이끌고 번국에 쳐들어가겠다는 말까지 했을 정도다.

이 문제는 드라우 형의 의견을 듣기 전에 결론을 내릴 수가 없다.

"나는 괜찮아. 분노하는 마음이 없는 건 아니라고. 하지만 아버님도 분노를 집어삼켰어. 드라우 형도 집어삼킨다면 나도 집어삼켜야지. 그러니까 넌 이 문제를 잊어라."

"그래도……."

"너는 네 일에 집중해. 이 문제는 내가 맡는다."

나는 그렇게 말하며 레오를 물러나게 했다.

5

"그렇게 되었습니다."

나는 드라우 형에게 가서 사정에 대해 설명했다.

분노하며 아버님에게 뛰어가는 것 정도는 예상했지만, 드라우 형은 매우 냉정했다. 번국 이야기를 하는데도 내 쪽을 돌아보지 않고 항상 그랬듯이 책상 앞에 앉아 있었다.

"으음~, 좀처럼 괜찮은 문장이 떠오르지 않는군요."

"드라우 형……, 제 이야기 들으셨어요?"

"듣고 있었습니다. 저에게 물어보는 이유를 이해할 수가 없을 뿐이지요."

"……화 안 나십니까?"

의아해서 되물었다. 아무래도 드라우 형이 분노하는 감정을 보이지 않는 것 같았기 때문이다.

실제로 드라우 형은 고개를 끄덕였다.

"화를 낼 만한 시기는 이미 지났다. 그런 겁니다."

"과거에 연연하지 않겠다는 뜻인가요?"

"연연하지요."

결국 무슨 뜻인데……. 역시 드라우 형은 괴짜다. 무슨 생각을 하는 건지 이해가 안 돼.

그렇게 생각하고 있자니 드라우 형이 내 쪽을 돌아보았다.

"아르노르트. 번국이 우리 형, 빌헬름을 죽였다고 생각합니까?"

"……원인 중 하나라고는 생각합니다."

"저도 동의합니다. 하지만 그들은 이용당한 정도에 불과하겠지요. 북부를 시찰하러 갔던 큰형 곁에는 몇 안 되는 측근밖에 없었습니다. 가장 수비가 허술할 때 전투가 벌어졌고, 큰형은 빗나간 화살에 맞아 목숨을 잃었다……. 그 빌헬름이 빗나간 화살 따위에 당한다고요? 몸 상태가 정말 안 좋았거나……, 약이라도 먹은 게 아니라면 있을 수 없는 일일 겁니다."

드라우 형에 대한 평가는 '까불대기만 할 뿐, 바보는 아니다'. 오늘만큼 그걸 실감한 적은 없었다. 이쪽을 똑바로 바라보는 눈에서는 박력까지 느껴졌다.

역시 이 사람은 황태자 빌헬름의 동생이다. 그 사람의 뒷모습을 어렸을 때부터 보면서 자란 이 사람의 눈에는 많은 것들이 보일 것이다.

"암살이었다고요? 그만큼 수사했는데 그럴싸한 흔적이 발견되지는 않았는데요?"

"들킬 만한 짓은 안 했을 겁니다. 황태자의 암살을 시도하고, 성공시킨 자니까요. 이쪽의 수사 방법도 확실하게 파악하고 있을 테니."

"……큰형을 죽인 게 큰형은 물론이고 제국까지 잘 알고 있는 사람이라는 겁니까?"

"관여했다는 건 틀림없겠지요. 하지만 그걸 찾아내는 건 제가 할 일이 아닙니다."

드라우 형은 그렇게 말하고는 창밖을 보았다. 그곳을 통해 보인 것은 활기가 넘치는 성 아랫마을의 모습이었다.

"황족은 제국을 떠받치고 번영시키기 위해 존재한다. 큰형은 그런 생각을 품고 살아왔습니다. 그렇다면 결과적으로 제국이 번영한다면, 큰형의 죽음도 허사가 아니었다고 할 수 있겠지요."

"……그걸로 만족하세요?"

"……동생으로서 형을 잃은 건 괴롭습니다. 좋은 황제가 될 거라 믿어 의심치 않았지요. 하지만, 아들을 잃은 우리 아버님이 더 괴로울 겁니다. 그런 아버님이 제국을 위해서 번국을 초대하신다면 받아들이는 것도 효도일 테고요."

"……알겠습니다. 그럼 번국의 접대 담당은."

제가 맡겠습니다. 내가 그렇게 말하려 한 순간, 드라우 형이 손을 들어 내 말을 가로막았다.

그리고.

"제가 맡도록 하겠습니다. 그게 제일 낫겠지요."

"진심이십니까?!"

"진심일 뿐만이 아니라 매우 진지합니다. 상대방이 우호 관계를 맺고 싶다면 그걸 쳐내는 건 무례한 짓일 겁니다. 최상급으로 환영하지 않으면 과거를 넘어설 수 없을 테고요. 황태자와 같은 어머니에게서 태어난 제가 접대 담당을 맡는 것이 성의를 보일 방법일 겁니다. 그리고 자기가 싫어하는 걸 동생에게 떠넘기는 건 별로 바람직한 짓이 아닐 테고요."

"꽤 많이 떠넘기신 것 같은데……, 그리고 상대방은 오히려 껄끄러워할 겁니다."

"그것까지 포함해서 맡겠다는 겁니다. 하지만 진심으로 관계를 개선하고 싶다면 그 정도는 뛰어넘어 주어야겠지요."

그렇게 말한 드라우 형은 황족 중에서 가장 거대한 몸집을 흔들며 의자에서 일어섰다.

어렸을 때는 커다란 곰 같다고 생각했는데, 그 인상은 잘못되지 않았다.

이 사람은 곰이다. 지금도 눈 안쪽에 강한 빛이 깃들어 있다.

"만약에 관계를 개선하고 싶다는 말이 거짓이라면……, 제가 대가를 치르게 만들겁니다."

"드라우 형……."

"그래도…… 귀여운 로리가 오면 신념이 꺾여버릴지도 모르겠군요……."

"그건 여전하시군요……."

아무래도 상관없는 것 때문에 고민하는 드라우 형을 보고 어이없어하면서 나는 방문을 열었다.

드라우 형이 번국의 접대 담당을 맡아 준다면 그 사실을 아버님께 보고해야 한다. 아버님도 드라우 형이 맡겠다고 하면 분명 맡길 것이다.

이래 봬도 미소녀 말고는 약점이 없으니까.

"아르노르트."

방을 나선 뒤에 복도를 나란히 걸어가고 있자니 드라우 형이 갑자기 내 이름을 불렀다.

옆에 있던 드라우 형을 보니 평소와는 달리 진지한 표정을 짓고 있었다.

"왜 그러시죠?"

"레오나르트에게 경계하라고 말해 두시지요. 이번 행사는 무사히 끝나지 않을 테니."

"그게 무슨 뜻입니까?"

"제국에 오는 건 친제국파 요인들뿐입니다. 다른 나라에서 뭔가 저지르려면 이번이 좋은 기회일 테니까요."

"쳐들어 온다고요? 제국에?"

"그럴 가능성이 전혀 없는 게 아니라는 뜻입니다. 그런 우려 때문인지 리제로테 여사는 아버님의 요청을 거절하고 국경에 머무르고 있습니다. 최전선에 있는 그녀는 뭔가 느낀 게 있었을 테고요."

"……레오에게도 전해 두겠습니다."

"……하지만 바깥만 경계해도 되는 건지. 뭐, 이건 제가 어떻게 해볼 수도 없는 일입니다만."

드라우 형은 의미심장한 말을 한 다음에 빠르게 걸어가시 시작했다.

나는 그 속도를 맞추면서 계속 의문이었던 것에 대해 물어보았다.

"드라우 형은……, 어째서 황제 자리를 노리지 않는 겁니까?"

"……우리 형, 빌헬름은 이상적인 황태자였습니다. 그래서 저는 제가 좋아하는 것만 할 수 있었지요. 그리고, 아무것도 도와줄 수가 없었습니다. 아무리 후회해도 끝이 없더군요. 얼마나 원통했는지. 그러니 그 뒤를 이을 생각을 해본 적도…… 한순간 정도는 있었습니다."

"한순간이라고요……."

"금방 사라져 버렸습니다. 저는 빌헬름보다 더 뛰어난 황제가 될 수가 없으니까. 빌헬름이 목숨을 잃고 제위 쟁탈전이 시작된 이상, 다음 황제는 빌헬름 이상이어야만 합니다. 저는 형을 뛰어넘을 수가 없고요."

그러니까, 드라우 형이 그렇게 중얼거리며 옥좌의 방 근처에서 멈춰섰다.

　그리고 심호흡을 하고는 나를, 아니, 내 뒤에 있던 사람을 보며 말했다.

　"아르노르트와 레오나르트에게는 기대하고 있지요. 두 사람이라면 분명히 빌헬름보다 더 뛰어난 황제가 될 수 있을 테니. 다른 세 사람과는 다릅니다."

　"……그 말은 레오나르트 쪽에 붙겠다는 선언이라고 생각해도 되는 건가? 드라우고트."

　돌아보니 그곳에는 에리크가 서 있었다. 드라우 형과 에리크의 시선이 교차했다.

　"어떻게 받아들일지는 맡기도록 하지요. 에리크."

　"나는 빌헬름을 뛰어넘을 수 없다, 그렇게 말하는 건가?"

　"예전이라면 모르겠지만, 지금은 그럴 수 없다고 생각합니다. 빌헬름과 절차탁마하던 에리크라면 제위 쟁탈전이 더 치열해지지 않게 행동했을 겁니다. 다른 두 사람처럼 에리크, 당신도 변한 것이지요."

　"내가 움직이면 제위 쟁탈전이 더욱 복잡하게 꼬일 거다. 그건 제국의 약화로 이어지겠지. 어째서 그걸 이해하지 못하나?"

　"그런 구석이 변했다는 겁니다. 제국이 약해지지 않고, 그러면서도 가족들끼리 쓸데없이 피를 흘리지 않게끔 만든다. 우리의 형님, 빌헬름을 뛰어넘겠다면 그 정도는 해내는 게 당연할 텐데요. 당신에게는 그럴 만한 힘이 있었고."

"비현실적이로군. 내 방식이 가장 피해를 줄이는 방식이다."

"이상만 보라는 뜻이 아닙니다. 하지만 이상을 추구하려 하지 않는 자는 인정하지 못한다는 말이지요. 보다 나은 것을 추구하지 않는 자에게는 내일이 없으니."

드라우 형은 그렇게 말한 다음 발걸음을 돌렸다. 그와 동시에 에리크도 발걸음을 돌렸다.

커다란 뒷모습을 보이며 드라우 형이 내게 말했다.

"아르노르트…… 혼자서는 에리크를 이길 수 없을 겁니다. 그러니 레오나르트와 협력하시지요. 저처럼 뛰어난 형제에게 모든 것을 떠넘겨서는 안 됩니다."

"……네. 명심해 두도록 하겠습니다."

"그럼 다녀오지요."

"네? 잠깐만요!"

드라우 형은 그렇게 말하며 갑자기 뛰어가기 시작했다. 멈춰 세우려 했지만, 그러기도 전에 드라우 형은 옥좌의 방의 문을 힘차게 열어 버렸다.

"아버님! 번국의 접대 담당 말씀입니다만! 저 드라우고트가!"

"시끄럽다!! 회의 중에 들어오지 마라!!"

"히이이이이이익?!?! 죄송합니다!!"

나는 그럴 줄 알았다고 생각하면서, 머리를 감싸며 울상을 짓고 옥좌의 방에서 도망쳐 나온 드라우 형에게 다가갔다.

6

"그러면 알바트로 공국의 요인 접대 담당은 제6황자 콘라트에게, 론디네 공국의 요인 접대 담당은 제9황자 헨릭에게 맡기기로 한다. 제7황자 아르노르트는 이어서 미즈호 선국의 선희님을 접대하거라. 알겠지?"

옥좌의 방에서 아버님이 그렇게 말했다.

나를 포함한 세 황자가 조용히 고개를 숙였다. 아버님의 결정은 절대적이다. 이의 같은 걸 제기할 여지는 없다. 애초에 이곳에 모인 황자들은 제위 쟁탈전에서도 조역이다. 조역답게 맡게 된 나라도 소국들뿐이다.

우리만으로도 격이 충분한 나라라는 뜻이다. 뭐, 미즈호 쪽은 오리히메의 의향으로 인해 나를 선택한 거지만.

"우리 초대에 응하지 않은 나라가 몇 군데 있긴 하다만, 주요 국가에서는 거의 다 온다. 전부 중요한 나라들뿐이다. 부디 나라의 규모만으로 판단하지 말거라. 오만한 태도를 보이기라도 하면 황자 지위를 박탈할 테니."

아버님이 눈을 가늘게 뜨며 우리에게 충고를 해주었다.

그러자 제9황자 헨릭이 대답했다.

"맡겨만 주십시오, 황제 폐하. 제국의 황족으로서 부끄럽지 않은 행동을 약속드리겠습니다."

"내가 걱정하는 건 너다만……."

아버님이 어이없다는 듯이 중얼거렸다.

제9황자 헨릭은 열여섯 살인 황자다. 어설픈 길이의 녹색 머리카락이 특징인 황자이며, 어머니는 제5비 즈잔, 누나는 제2황녀 잔드라다.

두 사람과는 거리를 두고 있었기에 잠깐 근신하는 것만으로 용서를 받았다.

그 성격은 어머니를 닮았다고 해야 하나, 누나를 닮았다고 해야 하나, 황족으로서의 자존심이 강하고 다른 사람들에게 엄하다. 아버님이 오만한 태도를 보일 것 같다고 생각하는 것도 이해가 된다.

접대 담당자가 무슨 의미를 지니고 있는지 아마 이해하지 못하고 있을 것이다. 내가 맞이해 주마, 이렇게 생각하고 있을 것 같다.

지금도 자기가 걱정거리라는 말을 듣고 발끈하는 표정을 짓고 있다. 얕보인 거라고 느꼈을 것이다. 아버님이 한 말에 그런 반응을 보이는 시점에서 불안한 요소라고 대놓고 말하는 거나 마찬가지다.

"외람된 말씀입니다만, 황제 폐하. 오히려 걱정해야 할 건 아르노르트 아닙니까?"

헨릭이 그렇게 말하며 표적을 나로 옮겼다.

나는 그 말과 행동을 보고 한숨을 쉬었다. 이 녀석은 예전부터 나를 눈엣가시로 여겼고, 레오에게는 치열한 라이벌 의식을 불태웠다. 서민의 피가 섞인 우리가 자신보다 위라는 게 용납할 수 없는 모양이다. 그래서 이 녀석은 우리를 형으로 취급하지 않는다.

솔직히, 귀찮다.

"그래, 그래, 조심할게."

적당히 흘려넘기자 헨릭이 나를 노려보았다. 방금 그 반응도 마음에 들지 않았을 것이다. 하지만 제대로 상대해 줘도 노려볼 테니 어차피 마찬가지다.

"이야~, 젊은이들은 기운이 넘치네~. 아저씨는 못 따라가겠습다."

"스무살 애송이가 무슨 말을 하는 게냐……."

"이제 스물한 살입니다, 아버님. 10대 젊은이들하고 비교하면 아저씨죠."

그렇게 영감님 같은 말을 한 사람은 제6황자 콘라트.

빨갛고 짧은 머리카락에 얼굴에 달라붙은 경박한 미소가 특징인 황자다. 이래 봬도 어머니가 제4비이고 형은 고든이다. 무인으로 키웠을 텐데, 보면 알겠지만 나와 비슷할 정도로 의욕이 없다.

경박한 미소와 경박한 말투. 완전히 돌연변이인 것 같다. 아니면 아버님의 피가 더 강했든가.

나와 다른 건 혼나지 않을 정도로는 최소한이나마 행동한다는 거라고 해야 할까.

"그러니까 나가도 될까요? 젊은이들 사이에 끼어 있으면 피곤

해서요."

"에휴……, 너도 그렇고, 아르노르트도 그렇고, 어째서 그렇게 대충 사는 거냐?"

"아버님을 닮아서 그렇습니다."

콘라트는 그렇게 말한 다음, 아버님이 허가해 줄 때까지 기다리지도 않고 돌아섰다.

그리고 돌아보지 않은 채 말했다.

"안심하시길. 접대 담당은 제대로 할 테니까요."

"그건 걱정하지 않는다. 정말……, 너희도 물러가거라."

아버님은 그렇게 말하며 나와 헨릭을 물러가게 했다.

옥좌의 방에서 나온 나는 곧바로 내 방으로 돌아가려 했지만, 헨릭이 불러세웠다.

"잠깐, 아르노르트."

"뭔데? 헨릭."

"반말하지 마라! 입장을 생각해 보라고! 찌꺼기 황자!"

헨릭이 그렇게 말하며 분노를 드러냈다.

입장을 생각해 보란 말이지. 이곳에서는 연장자인 내게 헨릭이 경의를 보여야 할 텐데.

"나와 네가 동격이라고 생각하지 마라. 나는 누님의 세력을 그대로 물려받았다. 나도 이제 제위 쟁탈전에 참전할 거라고!"

"그러셔. 그럼 열심히 해보라고."

나는 좀 전과 마찬가지로 적당히 흘려 넘기기고는 걸어가기 시작했다.

헨릭이 잔드라의 세력을 물려받긴 했다. 하지만 그 세력은 전성기의 6할 정도에 불과하다. 나머지 4할 중 절반은 에리크에게 붙었고, 나머지 절반은 제위 쟁탈전에서 손을 뗐다.

잘난 척하는 건 상관이 없지만, 제4세력이라고 하기에는 너무 약하다.

지금부터 황제를 목표로 삼는 건 불가능할 것이다. 게다가 빌려온 세력이니 더더욱 가능성이 없다.

"잠깐! 바보 취급하는 거지? 지금부터 황제를 목표로 삼는 건 불가능할 거라고!"

"……너를 위해서 해주는 말이니까 그만둬라."

그렇게 충고하자 헨릭이 크게 웃기 시작했다.

그 웃음소리는 한참을 그치지 않았다. 뭐가 그렇게 우스운 건지 나는 이해할 수가 없었다. 그래서 나는 헨릭이 말할 때까지 기다리기로 했다.

"아하핫!! 걸작이로군! 제위 쟁탈전에 참가한다고 해서 내가 황제 자리를 원할 것 같나?"

"아니야?"

"흥, 이 세력으로 이길 수 있을 거라 생각하진 않아. 나는 똑똑한 방법을 쓸 거다. 각 세력에게 힘을 빌려주는 거지. 그리고 제위 쟁탈전이 끝난 뒤에 확고한 지위를 확보할 거다!"

"……그렇게 잘될까?"

"잘 될 거다. 협력자는 이미 있다고."

헨릭이 그렇게 말하며 내 뒤쪽을 보았다.

덩달아 그쪽을 보니 그곳에는 기드가 있었다.

"여, 아르노르트."

"······호르츠바트 공작 가문인가."

"그래! 나는 호르츠바트 공작 가문의 협력을 얻었다! 이제 너희는 만에 하나라도 승산이 없을 거라고! 나는 결코 너희에게 협력하지 않을 테니까!"

"안됐구나, 아르노르트. 그때 내 제안을 받아들였다면 이렇게 되진 않았을 텐데!"

비슷한 사람들끼리 파장이 맞은 걸까.

동시에 크게 웃기 시작했다. 양쪽 다 자존심이 강하고, 다른 사람을 깔보면서 그 자존심을 충족시키는 타입이다. 그게 잘못이라고 하진 않겠다. 사람들은 누구나 어느 정도는 그런 성질을 지니고 있다.

그래도 이 녀석들은 도가 지나쳤지만.

"그럼 실력을 한번 보자고. 너희 생각대로 제위 쟁탈전을 해나갈 수 있다면 좋겠는데."

나는 그렇게 말하고 나서 기드 옆을 지나치려 했다.

하지만 기드가 내 팔을 잡았다.

"또 할 말이 있나?"

"자비다. 아르노르트. 여기서 고개를 조아리면서 꼴사납고 한심하게 사죄해라. 그러면 헨릭 전하께 너와 레오나르트 세력에게 협력해 달라고 부탁해 줄 수도 있다."

"하하, 그거 좋은데. 사과해 봐라, 아르노르트!"

두 사람의 거슬리는 목소리가 머릿속까지 울렸다.

정말, 까불대는 녀석들이다. 지금 내가 사과해 봤자 달라질 건 전혀 없다.

헨릭은 우리의 태생부터 싫어한다. 그게 있는 한, 헨릭은 우리에게 협력하지 않을 것이다. 만약에 기드가 부탁한다 하더라도.

나는 그 사실을 알고 있기에 조용히 기드의 손을 뿌리쳤다.

"미안하지만 이제 간단히 한심한 모습을 보일 수가 없거든. 레오의 평판에 흠집이 생기니까."

"이제 와서 레오나르트의 평판을 신경 쓰는 거냐! 웃기는군! 이미 너는 레오나르트의 오점이다! 너 같은 형을 둔 레오나르트는 정말로 불행하겠지!"

기드가 그렇게 말한 순간. 강렬한 살기가 복도에 가득 찼다.

그쪽을 볼 필요도 없다. 이렇게까지 강한 살기를 뿜어내는 녀석은 손에 꼽을 정도밖에 없다.

"남길 말이 더 있어? 기드."

"에, 에르나……?!"

이쪽으로 다가온 에르나가 그렇게 말하며 노려보자 기드가 겁을 먹고 뒷걸음질쳤다.

그런 기드로부터 헨릭에게 시선이 넘어갔다. 헨릭도 에르나의 살기 앞에서는 아무런 말도 하지 못하는 모양이었다. 주눅이 든 듯이 한 발짝 물러섰다.

"에르나. 너무 위협하지 마."

"실례잖아. 위협한 게 아닌데."

에르나는 그렇게 말하며 오른손을 검에 가져다 댔다.

설마 그렇게까지 할 줄 몰랐던 기드는 비명을 질렀지만, 헨릭은 그것조차 위협이라 생각한 모양이었다.

"흐, 흥! 할 수 있다면 해봐라! 황족에게 검을 겨누는 것이 얼마나 무거운 죄인지 모르진 않을 텐데!"

"그렇군요, 헨릭 왕자. 그렇다면 황족의 앞길을 가로막은 것도 무거운 죄라는 것도 아실 텐데요?"

"그, 그건…… 내가 허락했으니 괜찮다!"

기드 이야기를 꺼낸 에르나를 보고 헨릭이 그런 억지 논리로 대답했다.

정말 상대해 봤자 소용이 없다. 그렇게 생각한 나는 에르나의 손을 잡고 그곳을 떠나려 했다.

하지만, 그러기 전에 복도에 목소리가 울렸다.

"──그럼 내가 허가할게. 베어도 돼. 에르나."

"잘됐네. 이쪽도 허락을 받았어."

"에휴……."

에르나가 신이 나서 검을 뽑아들려 했다. 나는 어이없어하면서도 그녀의 손을 막고는 허락을 해준 사람을 보았다.

"부추기지 말라고, 레오."

"덤빈다면 되갚아 준다. 형의 방침이잖아?"

그렇게 말하며 걸어온 레오 뒤에는 많은 귀족들이 따라오고 있었다.

전부 레오의 지지자인 귀족들이다. 회의가 끝난 참일까. 그 숫자가 지금 레오의 세력을 말해주고 있었다.

그런 지지자들을 이끌고 온 레오가 곧바로 헨릭을 바라보았다.

"헨릭. 네가 앞을 막아선다면 사정을 봐주진 않겠어."

"큭……! 서민 핏줄이 잘난 척하기는! 네놈들 따위는 에리크 형님의 상대가 못 돼! 내가 협력하면 절대로 승산이 없을 거라고!"

"승산이 없는 싸움은 몇 번이나 해 왔어. 이제 와서 그 정도로 겁을 먹을 만큼 우리는 약하지 않아. 힘든 길이라는 건 처음부터 알고 참전했다고. 그 길을 돌파해 낼 수 있어야 모두가 인정하는 황제가 될 수 있겠지. 어설픈 각오로 우리를 방해하지 않는 게 좋을 거야."

레오는 그렇게 말하며 헨릭에게 충고했다. 그것은 최후 통고이기도 했다.

이번이 물러설 수 있는 마지막 기회다. 하지만 헨릭은 인상을 쓰며 레오에게 맞서는 것을 선택했다.

"나도 어설픈 각오로 참전하지 않았어! 목숨을 걸 각오 정도는 했다고!"

"그게 어설픈 각오라는 거야. 우리는 죽고 싶지 않고, 죽게 하고 싶지 않아서 싸우는 거라고! 더 이상 쓸데없이 피를 흘리는 건 사양하겠어. 물러나라! 헨릭!"

"물러나지 않을 거야! 나는 인정하지 않을 거라고! 나는 너희 따윈 인정하지 않아!!"

헨릭은 그렇게 말하고는 뛰어가 버렸다.

혼자 남은 기드가 들키지 않게끔 도망치려 했지만, 레오가 그런 기드를 불러 세웠다.

"기드 폰 호르츠바트."

"네, 네?!"

"아버님께 전해 줘. 더 이상 제위 쟁탈전을 어지럽히지 말아 줬으면 한다고."

"아, 알겠습니다!"

"그리고, 형에 대한 태도를 바로잡는 게 좋을 거야. 나나 에르나는 형이 바보 취급당하면 무심코 검에 손이 가 버리니까."

"히익……!"

기드는 공포로 일그러진 표정을 지은 채 그곳을 떠났다. 나는 그 모습을 바라본 다음, 레오 쪽을 돌아보았다.

"일부러 위압적으로 행동했지?"

"헨릭은 우리를 적대시하고 있으니까. 어차피 적이 될 거라면 조금이나마 겁을 줄까 해서."

레오가 그렇게 말하며 혀를 살짝 내밀었다. 장난기 어린 그 모습을 본 나는 한숨을 쉬었다.

제위 쟁탈전이 시작된 초기에는 이런 재주를 부릴 수가 없었다. 성장했다고도 할 수도 있겠지만, 왠지 방식이 나와 비슷해진 것 같다.

"심정이 복잡한 것 같네?"

"순수한 동생이 물들어 버린 것 같아서."

"물들인 사람이 뭐라는 거야."

에르나가 그렇게 태클을 걸자 나는 인상을 썼다. 동생의 성장을 기뻐해야 할까, 아니면 슬퍼해야 할까.

나는 그렇게 생각하며 레오 및 지지자들과 헤어졌다.

드디어 행사가 다가온다.

아무 일도 없으면 좋겠지만……, 아마 그건 이룰 수 없는 꿈일 것이다.

나는 그렇게 생각하며 내 방으로 돌아갔다.

7

아버님의 즉위 25주년을 기념하는 행사. 전야제는 행사 사흘 전부터 이어지고, 행사 자체도 사흘 동안 개최된다.

거기에 참가하기 위해 제도에 각 나라의 요인들이 모이고 있었다.

오늘이 그 정점일 것 같다. 이미 황국의 요인은 와 있다. 그리고 한 명 더.

"오오?! 보거라! 아르노르트!"

"보일 리가 없잖아……."

나는 성의 발코니에서 난간에 손을 댄 채 바깥을 보고 있다가, 심심해하던 오리히메가 뒤에서 올라탔기에 시야가 완전히 막혀 버렸다.

솔직히 말해서 아래쪽밖에 안 보인다.

"이럴 수가?! 작은 용에 사람이 타고 있지 않은가?! 저것이 소문으로만 들었던 용기사인가!"

"연합 왕국이 자랑하는 용기사단인가."

오리히메를 겨우 옆으로 밀치고 위쪽을 보았다. 오리히메는 불만이라는 듯이 저항했지만, 신경 쓸 여유는 없다.

하늘에는 용기사가 열 몇 명 날고 있었다. 그들이 타고 있는 건 비룡. 용의 아종이며, 연합 왕국은 그것을 다루는 기술을 지니고 있다. 그 비룡에 탄 용기사들은 번국을 정복했을 때 대활약했고, 왕국과 전쟁을 벌였을 때도 주요 전력으로 활약했다.

그런 용기사들을 이끄는 사람이 붉은 비룡을 탄 남자다. 제검성 정문 근처에 착지한 그 남자는 화려하게 비룡에서 뛰어내린 다음, 맞이하러 나온 고든과 악수했다.

"누구지?"

"윌리엄 반 드라몬드. 연합 왕국의 제2왕자야. 별명은 용왕자. 보면 알겠지만 용기사고."

"왕족인데도 용을 타는 겐가? 위험한 녀석. 상식이 없는 모양이로군."

"너에게만은 그런 말을 듣고 싶지 않을걸."

"뭐라고?!"

오리히메가 내 말을 듣고 화를 내며 벌을 주려는 듯이 다시 뒤에서 달라붙었다. 솔직히 무겁다.

"어떠냐?! 항복할 테냐?!"

"그래, 그래. 항복, 항복."

"음~, 반성하는 기색이 별로 없는 것 같다만……."

오리히메는 그렇게 말하면서도 내 위에서 내려와 옆으로 왔다.

그러던 와중에 윌리엄이 고든과 함께 성으로 들어갔다.

"묘하게 사이가 좋아보였다만……, 헉?! 그 왕자는 남자를 좋아하나?!"

"본인 앞에서는 절대로 그런 말을 하지 마. 부탁이니까 내 앞에서도 하지 말고. 곧바로 외교 문제가 될 거야. 알겠어? 그 두 사람이 사이좋게 지내는 건 친구이기 때문이야."

"친구라고? 제국과 연합 왕국은 동맹국도 아닐 텐데?"

"그렇긴 하지만, 고든은 연합 왕국으로 반년 정도 유학 갔던 적이 있어. 그때 알고 지내게 되었다더라고. 양쪽 다 무인이니까 의기투합한 거겠지. 나이도 비슷한 것 같고."

"흐음, 그랬나. 아무리 그래도 취향이 이상한 것 같았다만, 안심이 되는구나."

"애초에 제일 먼저 그런 생각이 떠오르는 게 이상하지……."

나는 오리히메를 보고 어이없어하며 성안으로 돌아갔다.

■ ■ ■

"이제 엘프 요인만 남았나."

"네, 아직 엘프 마을에서 요인분이 도착하지 않은 모양이에요. 저도 그렇고 크리스타 전하께서도 기다리고 계신데요……."

이미 황국과 번국, 그리고 남부의 두 공국에서 요인이 도착했다.

황국은 대신을 맡고 있는 황자가 왔고, 번국은 번왕의 아들이 왔다. 도착했을 때는 분위기가 팽팽했지만, 드라우 형이 우호적으로 대했기 때문에 분위기가 그렇게까지 심각해지진 않았다.

두 공국에서는 공왕의 아이들이 왔다. 알바트로 공국에서는 쌍둥이 남매인 에바와 줄리오가, 론디네 공국에서는 공자가 왔다.

나머지 주요 요인은 엘프 마을의 요인만 남았는데, 엘프는 비밀주의가 심하기 때문에 마을을 떠났다는 소식만 받았다.

사방으로 사람을 보내 정보를 수집하고는 있지만, 지금 어디까지 왔는지 모르는 상황이다.

"그렇군. 뭐, 느긋하게 기다릴 수밖에 없을 거야. 엘프는 인간보다 훨씬 오래 살아서 그런지 서두르질 않거든."

"네. 기다리는 건 상관없지만, 무사히 도착하실지 걱정이 되어서요……."

"괜찮을 거야. 엘프 중 정예가 호위로 붙을 테니까."

나는 걱정하는 피네에게 그렇게 대답하며 안심시키려는 듯이 웃었다.

■ ■ ■

다음 날 아침. 성이 매우 소란스러워졌다.

"그럼 크리스타를 부탁할게."

"네. 맡겨주세요."

피네가 그렇게 말한 다음, 크리스타와 함께 방에서 나갔다. 소란스러워진 이유는 갑자기 엘프 요인이 나타났기 때문이다.

제국에서 사방으로 사람을 풀었는데도 제도에 들어올 때까지 존재조차 눈치채지 못했다.

아마 일반적인 마법이 아니라 엘프 비전의 마법일 것이다. 그걸 통해 남몰래 행동했던 것 같다. 그 덕분에 이쪽은 허둥대고 있는데, 그렇게 배려라곤 없는 구석이 엘프답다고도 할 수 있을 것 같다.

나는 발코니로 나가서 상황을 지켜보았다.

엘프 요인은 이미 마차에서 내린 상태였다. 미형인 엘프들에게 둘러싸인 푸른 머리카락의 여자 엘프가 서 있었다. 다른 엘프도 예쁘지만, 그 엘프는 한층 더 아름다웠다.

"저게 엘프 장로의 손녀인가."

날씬한 몸매에 어른스러워보이는 여자다. 드라우 형과 지크의 취향에서는 벗어났다.

로리도 아니고, 에로하지도 않다. 뭐, 지크는 예쁘다면 상관이 없는 타입이긴 하지만, 우선 순위를 매기자면 육체적으로 풍만한 여자를 선호한다.

엘프니까 예쁠 거라고 각오하긴 했지만, 다행이다. 만약에 둘 중 한쪽 취향으로 치우쳤다면 걱정거리가 늘어날 뻔했다.

그런데 그 푸른 머리카락 엘프를 보고 있자니 왠지 위화감이 들었다. 빤히 관찰하며 그 위화감의 정체를 캐내려 했는데, 그런 내게 말을 건 사람이 있었다.

"아르노르트 님."

나는 그 목소리를 듣고 푸른 머리카락 엘프에게서 시선을 돌려 뒤쪽을 보았다.

"무슨 일이야? 세바스."

"보고드릴 게 있습니다. AAA급 현상수배범이 제도로 들어왔다고 합니다."

"……."

나는 세바스의 보고를 듣고 입을 다물었다. 현상수배범이란 길드가 만든 제도다. 말 그대로 그 목에 현상금이 걸려 있는 몬스터를 일컫는 단어다. 하지만 동부에 나타났던 흡혈귀들처럼 인간이나 아인이더라도 위험하다고 판단되면 길드에서 몬스터로 취급하며 현상수배범으로 지정한다.

"레티시아 쪽하고 관련이 있나……."

"정확히는 모르겠습니다. 확인한 건 제도에 들어왔다는 것뿐이니까요."

"그래……, 이름은?"

"저주술사 이안. 강력한 저주 결계 사용자이며 몇 년 전에 길드의 현상수배범이 되었습니다."

저주술사라. 골치 아픈 녀석이 나타났는데.

저주와 마법은 비슷한 것 같으면서도 다르다. 저주는 계통을 따지면 고대 마법에 가깝다. 일류 저주술사쯤 되면 대상을 저주해서 죽일 수도 있다. 그 위험성으로 인해 모조리 금술로 지정되었다.

암살에는 안성맞춤인 인재이긴 하지.

"행방을 추적해. 검문을 하고 있는 제도로 들어온 걸 보니 배후에 누군가가 있을 테니."

"알겠습니다."

세바스가 그렇게 말하고는 자취를 감추었다.

문득 아래쪽을 다시 돌아보았지만, 이미 푸른 머리카락 엘프는 보이지 않았다. 크리스타와 함께 성으로 들어갔을 것이다. 그 위화감에 대해 알아내는 것도 다음 기회를 기약해야 할 것 같다.

뭔가 문제를 떠안고 있는 요인과 위화감이 드는 요인. 그리고 현상수배범.

드라우 형 말대로 이번 행사는 그냥 끝날 것 같지 않은데.

8

"자, 어떻게 해야 할까요."

제도의 밤. 세바스는 그곳을 뛰어가며 정보를 찾고 있었다.

정확히 말하자면 정보를 가지고 있을 만한 사람을 찾고 있었다. 성녀를 암살한다는 대담한 계획을 결행하려면 많은 준비가 필요하다. 그 준비 때문에 수상쩍은 사람들이 꼬리를 내밀 수밖에 없다. 그런 자들을 추적하다 보면 언젠가 이안에게 도달할 것이라고 예상했기 때문이다.

그리고 그 예상은 빗나가지 않았다.

밤의 제도에서 수상쩍은 사람들을 발견한 것이다. 몇 명이 뭔가 이야기를 나누고 있었고, 그 움직임은 척 보기에도 초짜가 아니었다. 세바스가 아니었다면 눈치채지 못했을지도 모른다.

하지만 세바스는 완전히 어둠에 녹아들어 존재를 들키지 않았다.

이야기를 마쳤는지, 그들은 뿔뿔이 흩어졌다. 잡는 건 간단하지만, 현장에서 움직이는 걸 보니 그들은 말단이다.

그 뒤에 있는 계획이 성녀 암살이 아니라 하더라도 저런 강자들을 말단으로 부려먹는 자를 내버려 둘 수는 없다.

배후에 있는 인물을 캐내기 위해 세바스는 그들을 움직이게 내버려두기로 결심했다.

"추적해 볼까요."

세바스가 그렇게 결단을 내렸을 때.

그곳에서 뿔뿔이 흩어지려던 그들을 '화살'이 덮쳤다.

"뭐지?!"

"끄아악?!"

강자로 보이던 그들이 전혀 반응하지도 못하고 쓰러지기 시작했다.

남은 것은 아군이 방패가 되어 지켜준 남자뿐. 그 남자 앞에 화살을 날린 것으로 보이는 사람이 모습을 드러냈다.

"너, 너는?!"

"저를 알고 있는 걸 보니 역시── '조직' 사람이로군요."

그 사람은 붉은색 가면을 쓰고 있었다. 말투와 몸매로 보아 여자일 것 같다는 생각이 들었다.

하지만 세바스가 놀란 것은 그런 이유 때문이 아니었다.

그녀는 남자에게 활을 겨누었다. 하지만 그 활에는 화살이 없었다.

"마, 마궁에 붉은색 가면……, 의적, 주월의 기사(버밀리온)인가!"

마궁. 마법을 활로 쏘는 기술이며, 특수한 재능이 필요하지만 일반적인 방법으로 날리는 마법보다 훨씬 강한 위력을 낼 수 있다.

번국에는 그것을 다루는 의적이 존재했다. 압정을 펼치는 귀족들을 주로 습격하고 백성들로부터 빼앗은 돈을 되찾아 주거나 부정행위를 폭로하는 의적. 그 이름은 '주월의 기사'.

같은 가면을 쓰고 다니는 자로서 실버와 연관시키는 사람도 있다. 한쪽은 희귀한 고대 마법 사용자이고, 다른 한 쪽은 귀중한 마궁 사용자이기 때문이다.

아르가 민폐라며 중얼거리던 걸 떠올린 세바스는 진심으로 동의했다. 번국의 의적이 어째서 여기 있는 걸까. 그렇게 의문을 품은 세바스는 나이프를 슬쩍 꺼냈다. 그녀의 주의를 끌고 남자를 도망치게 하려고 생각했기 때문이다.

지금 붙잡아 봤자 유력한 정보는 얻을 수 없다. 그건 암살자로서 오랫동안 어둠의 세계에 있었던 세바스가 경험을 통해 한 추측이었다. 하지만 그녀는 그 정도까지는 추측하지 못했다.

"실토하세요랍니다. 번국을 중심으로 활동하던 조직이 어째서 제국에 온 거죠? 무슨 짓을 할 셈인 건가요?"

"흥, 무슨 소리지?"

"둘러대 봤자 소용이 없답니다. 번국에서 거점을 하나 괴멸시켰을 때 제국에서 뭔가 저지를 셈이라는 계획서를 발견했답니다. 둘러댈 수는 없을 거예요."

주월의 기사는 그렇게 말하며 남자를 향해 활시위를 당겼다. 그와 동시에 세바스가 나이프를 던지려 했다. 하지만 그순간, 세바스를 향해 마법 화살 몇 발이 날아왔다.

"윽?!"

세바스는 놀라면서도 나이프를 정확하게 던져서 요격했다. 주월의 기사는 마법 화살을 날린 낌새가 없었다. 아마 좀 전에 날렸던 화살이 아직 남아 있었고, 세바스의 움직임에 자동으로 반응한 모양이다.

세바스는 상황을 분석하고 골치 아프게 되었다며 무심코 혀를 찰 뻔했다.

"누구세요랍니다?!"

주월의 기사가 그렇게 말하며 뒷골목에 있던 세바스를 향해 마법 화살을 날렸다. 세바스는 그것을 요격하려 했지만, 좀 전보다 숫자가 많았기에 전부 요격하지 못하고 피하게 되었다.

하지만 마법 화살은 세바스를 향해 방향을 바꾸고는 다시 날아들었다.

이번에는 확실하게 요격했지만, 그동안에 주월의 기사가 뒷골목에 들어섰다.

그 모습을 본 세바스는 각오를 다졌다. 예정과는 달라졌지만 남자와 주월의 기사를 떼어놓는 것은 성공했다. 세바스라면 도망친 방향만 알면 찾을 수도 있다. 몇 안 되는 정보의 단서를 지금 없애는 어리석은 짓을 저지를 순 없다.

"호위가 있었다니, 뜻밖이랍니다."

"저도 번국의 의적이 있을 줄은 예상하지 못했습니다……. 하지면 여기서 사라져 주시지요."

세바스는 그렇게 말하며 연속으로 나이프를 던졌다.

주월의 기사는 그것을 아무렇지도 않게 활로 쳐내고는 보답해 주겠다는 듯이 마법 화살을 날렸다.

세바스는 까만 단도를 들고 그것을 튕겨내고 피하며 주월의 기사에게 달려들었다.

주월의 기사는 적이 아니지만, 아군도 아니다. 지금 싸우는 건 문제가 될 수도 있다. 하지만 예상하지 못한 난입자를 내버려 두면 이런저런 톱니바퀴가 어긋나게 될지도 모른다.

예전에 소니아가 판을 뒤엎었던 것처럼, 예상치 못한 인물은 아르에게 장애물이 된다.

세바스는 죽이지 않더라도 퇴장시킬 생각으로 전투에 임하고 있었다.

"흐읍!!"

세바스가 날린 단도의 일격을 주월의 기사가 활로 막아냈지만, 예상보다 강한 일격으로 인해 주월의 기사의 자세가 무너졌다.

세바스는 그 빈틈을 놓치지 않고 완전히 달라붙어 거리를 0으로 만들었다.

"이제 마궁은 못 쓰시겠군요."

"정말이지 실례랍니다. 접근전도 잘하는 편인데요?"

주월의 기사는 그렇게 말한 다음, 세바스의 팔을 끌어당기듯이 내던졌다.

버티면 팔이 부러진다. 세바스는 그렇게 판단하고 일부러 뛰어서 위력을 줄이려 했다.

"?!"

"거리가 가깝더라도 활을 쏘는 것 정도는 아무것도 아니랍니다."

하지만 주월의 기사는 그렇게 말하며 세바스가 공중에 뜬 순간에 팔을 놓고는 그대로 물이 흐르는 듯한 동작으로 활시위를 당겼다.

약간의 빈틈만으로도 사격 자세에 들어간 것이다. 그리고 날아간 화살은 세바스에게 가까워졌고, 그는 공중에서 몸을 억지로 비틀어 그것을 간신히 피했다.

"마치 곡예사랍니다!"

"아뇨, 아뇨, 그쪽 분께는 못 미칩니다."

세바스는 그렇게 말하며 거리를 벌렸다.

암살자였던 세바스에게 정면으로 벌이는 전투는 적합한 분야가 아니다. 그렇다 해도 어지간한 상대에게 당하지 않을 자신은 있었다. 하지만 주월의 기사는 그런 세바스조차도 강하다고 인정할 수밖에 없었다.

주월의 기사는 의적이라 그런지 세바스를 죽일 생각이 없는 것 같았고, 무엇보다 주위 건물을 배려해서 화살의 위력을 낮춘 상태였다.

그런 상태에서 겨우 호각이라 할 수 있다. 정면으로 전투를 벌인다면 승산은 없다.

하지만 주월의 기사의 실력을 감안하면 아직 완전히 붙잡아 둔 상황은 아니다.

남자는 이미 도망쳤지만, 온 힘을 다해 쫓아가면 아직 따라잡을 수 있는 거리다. 한 번 더 맞붙어서 어떻게든 잡아 두어야 한다. 다행히 승산은 세바스 쪽으로 넘어오고 있었다.

그런데 주월의 기사가 갑자기 겨누고 있던 활을 내렸다.

"……무슨 생각이신지?"

"아무래도 당신은 조직 사람이 아닌 것 같다는 생각이 드네요 랍니다."

"그건 모르는 일이지요?"

"조직 사람들은 기본적으로 서로 돕고 그러진 않는답니다."

주월의 기사는 그렇게 말하며 지붕 위를 보았다. 그곳에서는 지크가 창을 겨눈 채 상황을 살피고 있었다.

"예리한 아가씨로군."

"정말 그렇습니다."

지크가 온 걸 눈치챈 세바스는 승산을 느꼈지만, 주월의 기사는 그것까지 간파하고 있었다. 그리고 양쪽 다 심하게 다치기 전에 전투를 그만두기로 한 것이다.

"저는 조직을 뒤쫓아서 제국에 왔어요. 당신들은 제국분이신가 요랍니다?"

"말투가 복잡하군. 뭐, 대충 그런 거다."

"그렇다면 싸울 이유가 없답니다."

"잠깐만 기다려 주시길. 추격은 제게 맡겨 주실 수 있겠습니 까? 이래 봬도 암살자 출신이니까요."

주월의 기사는 이야기가 끝났다는 듯이 남자를 쫓아가려 했지만, 세바스가 말렸다.

잠시 세바스와 주월의 기사의 시선이 교차했다. 그리고 먼저 물러선 것은 주월의 기사 쪽이었다.

"……지리적 이점은 그쪽에 있는 것 같으니, 양보해드릴게요랍니다.”

“감사합니다. 손에 넣은 정보는 공유하겠습니다. 어떻게 하면 되겠습니까?”

“……내일 밤 이곳에서 다시 만나죠. 그리고 깊게 추격하는 건 금물이랍니다. 그들의 이름은 마오공단(魔奥公團), ‘그리모어’. 대륙 규모의 범죄조직이랍니다.”

세바스는 그 이름을 들어본 적이 있었다. 마도의 비의를 목표로 삼은 연구회에서 발전된 범죄 조직이자 시대의 이음매에 고개를 내밀곤 하며 수수께끼가 많은 조직이다.

그것이 제국에서 움직이고 있다.

“그렇군요. 곤란하군요, 그분의 기분 나쁜 예감이라는 것도 말이지요.”

세바스는 그렇게 어이없다는 듯이 중얼거리며 고개를 숙이며 받아들이겠다는 뜻을 나타냈다.

그러자 주월의 기사는 뛰어올라 그곳을 떠났다.

남아 있던 지크와 세바스도 그 모습을 바라본 다음, 도망친 남자를 쫓아갔다.

■ ■ ■

“──그런 일이 있었습니다. 일단 도망친 남자가 들어간 건물까지는 파악해 두었습니다.”

다음 날 아침.

세바스에게 보고를 받은 나는 인상을 매우 찌푸리게 되었다.

"번국의 의적이 왜 제국에 있는 거지?"

"조직을 추적해 온 모양입니다."

"흠, 그 그리모어라는 건 어떤 조직이야? 예전에 네게 이름을 들은 적이 있는 정도인데."

"저도 자세히는 모릅니다. 원래는 마법을 연구하는 마도사들의 모임이라고 들었습니다만."

"어째서 그런 녀석들이 범죄 조직이 된 건데? 금술이라도 연구한 건가?"

"그것도 이유 중 하나입니다."

금술은 분류로 따지면 현대 마법에 해당된다. 하지만 엄하게 금지된 금술의 성질은 고대 마법에 가깝다. 선조인 현자들이 너무 위험하다면서 금지했을 정도니까.

각 나라에서는 그런 선조들의 가르침을 지키며 금술 연구를 금지하고 있다. 잔드라처럼 허가를 받고 연구하는 녀석들도 있긴 하지만, 아무런 말도 없이 연구를 하다가는 반드시 잡혀가게 된다.

마도사들이 잔드라를 지지하는 이유도 그것인데, 그리모어라는 녀석들은 그렇게 권력자를 지지하는 방향으로 나서지 않았던 것 같다.

"그들은 마법이라는 것의 끝에 도달하고 싶어하고, 그러기 위해 수단을 가리지 않게 된 집단입니다. 금술 연구와 마법 아이템의 수집은 물론이고 연구를 위해서라면 선천 마법 사용자를 죽이는 것도 아랑곳하지 않지요. 마도사가 주체인 범죄 조직들 중에서는 최악일 겁니다."

"각 나라나 모험자 길드에서는 대처하지 않고?"

"기본적으로는 연구 조직이니까요. 무대 위로 올라오는 경우가 별로 없습니다. 그들은 연구 대상만 있으면 얼마든지 방에 틀어박히는 부류의 인간들일 테니까요."

"그렇군. 구멍 밖으로 나왔을 때 쳐야만 한다는 건가."

"아니면 이어져 있는 사람들을 붙잡을 수밖에 없겠지요. 그런 의미로는 번국을 거점으로 삼고 있다는 것도 납득이 됩니다. 그곳은 귀족들이 부패했고, 모험자들도 움직이기 힘든 나라니까요."

"제국에게 폐를 끼치지 않는다면 솔직히 뭘 어찌 하든 상관없지만…… 지금 문제는 그 녀석들이 제국 영지 내부에서 뭔가 저지르려 한다는 점이야. 성녀와 관련이 없다고 해도 내버려둘 수는 없어. 뭐, 사성보구와 사용자인 성녀…… 연구 대상으로는 흥미롭겠지."

왕국보다는 제국에 있을 때 더 노리기 쉬울 거라 생각하는 건 이해가 된다.

왕국 안에서 성녀의 경호는 엄중하다. 하지만 제국의 경호도 어설프진 않다.

"근위기사가 호위로 붙는다는 것 정도는 상상했을 텐데, 그래도 노릴 것 같아?"

57

"저라면 노리지 않을 겁니다. 굳이 노릴 거라면 이동 중이겠습니다만."

"그리폰을 탄 성녀를 노리는 것도 힘들겠지."

"네. 뭔가 손을 쓰지 않는다면 불가능할 겁니다. 만약에, 아르노르트 님께서 노리신다면 어떻게 하실 겁니까?"

"나라면 말이지……."

세바스의 질문을 듣고 잠시 생각했다.

고대 마법으로 강행 돌파하는 건 생각하지 않는다. 세바스는 그런 걸 물어본 게 아니다.

실버로서가 아니라 아르노르트로서. 아무리 골치 아픈 범죄 조직이라 하더라도 에르나 같은 강자를 데리고 있는 건 힘들다. 그렇다면 적당한 전력으로 달성할 필요가 있다.

"응, 힘들겠는데. 그러니까……, 나라면 경비망에 구멍을 뚫겠어. 내부에서."

"즉 협력자를 만든다는 말씀이십니까?"

"그렇지. 바깥에서 안 된다면 안에서. 그런 시점으로 볼 때 이 나라는 안성맞춤이야. 제위 쟁탈전 도중이고 세력들이 난립한 상태니까. 조건에 따라서는 협력할 녀석도 있을 테고. 지금까지 한 행동을 보면."

제국 안에서 성녀가 죽으면 책임을 묻게 된다. 그건 제국에게 있어서 손해다. 보통은 그런 짓을 할 리가 없다. 하지만 그런 보통 같은 생각은 버리는 게 나을 것이다.

"성녀가 암살된다는 건 현실적이지 못할 거라 생각했는데, 약간 현실적인 느낌이 들기 시작했어."

"본인도 뭔가 느낀 게 아니겠습니까? 그렇지 않았다면 마지막이라는 단어는 쓰지 않았을 것 같습니다만……."

"그 본인이 자기 일이라고 했잖아. 그녀의 성격은 잘 알아. 자기가 한 말은 바꾸지 않을 거야. 고집이 엄청나게 세니까. 내게 말하지 않는 이유는 폐를 끼치고 싶지 않으니까. 그렇게 생각하고 있는 시점에서 내가 캐내는 건 불가능해. 가능성이 있다면 레오일 텐데…… 사정을 설명하면 잘 안 풀릴 게 뻔하고."

"레오나르트 님의 수완에 기대할 수밖에 없는 겁니까. 뭐, 여성분 상대라면 괜찮지 않겠습니까?"

"평소였다면 아무렇지도 않게 함락시켰겠지만, 상대가 상대니까. 뭐, 어떻게든 해달라고 해야지."

이것만큼은 암약으로 어떻게 될 문제가 아니다.

본인이 본인의 힘으로 해결해야만 한다.

"밤이 되면 나도 따라가지. 가면을 쓴 의적한테는 흥미가 있으니까."

"괜찮으시겠습니까? 모습을 드러내게 될 텐데요."

"제국을 위해서 황자가 움직이는 건 이상하지 않잖아?"

"그야 물론입니다만, 찌꺼기 황자라는 평판은 괜찮겠습니까?"

"다른 나라 사람이잖아. 게다가 가면을 쓴 데다 음침한 손님이고. 내가 성실한 모습을 보이더라도 문제는 없을 텐데?"

"완전히 부메랑 같습니다만, 알겠습니다. 이번에는 온 힘을 다 하시겠다는 거지요?"

"그렇지. 아버님은 제위 쟁탈전이 휴전이라고 했지만, 상대가 범죄 조직이라면 문제도 없지. 결과적으로 제위 후보자들이 관여했다 하더라도 제국을 지키기 위한 싸움이야. 용서해 주겠지."

"그렇지요. 그런데 만약에 성녀님 건에 그리모어가 관여하지 않았을 경우에는 어떻게 하실 겁니까? 그쪽을 쫓아가 봤자 성녀님의 위기가 해결되지 않을 경우에는 위험할 것 같습니다만."

세바스가 한 말을 듣고 나는 한동안 생각에 잠겼다.

그게 제일 골치 아픈 경우이긴 하다. 내버려 둔다는 선택지는 없다. 하지만 만약에 그 두 가지가 이어져 있지 않을 경우, 다른 한 쪽 문제가 해결되지 않는다.

전력을 나누어야 할까. 레오 곁에 전력을 두면 그것만으로도 성녀의 호위를 강화시킬 수 있다.

"근위기사가 호위를 맡고 있는 이상, 일정 이상의 보호는 보장되어 있어. 그걸 안쪽에서 파고든다면……, 한두 명 증원해 봤자 소용 없겠지. 그것도 레오에게 맡기자고."

"괜찮으시겠습니까? 그렇게 불확실한 방법으로."

"다른 방법이 없어. 그리고 레오라면 어떻게든 하겠지. 범죄 조직까지 엮여 있고 규모가 큰 암살 계획이라면 모를까, 왕국 주변의 배신자가 나선 암살 정도라면 레오가 어떻게든 할 거야. 그 녀석은 내 쌍둥이 동생이라고. 아마 그 녀석도 기분 나쁜 예감이 들었을 테니까.”

쌍둥이인 우리는 서로가 자신의 분신이나 마찬가지다.

능력에 차이가 있을지도 모른다. 성격에 차이가 있을지도 모른다.

하지만 그런 것과 관련이 없는 감각 같은 건 똑같다. 레티시아가 한 말을 듣고 내가 기분 나쁜 예감이 들었던 것처럼, 레오도 레티시아를 보고 기분 나쁜 예감이 들었을 것이다.

그것이 우리의 강점이기도 하다. 우리는 서로에 대해 잘 알고 있다.

말은 필요가 없다.

“나는 범죄 조직을 추적한다. 레오는 성녀 곁에 있는다. 그렇게 가자고.”

“알겠습니다. 지크 공에게 다시 도움을 받으시겠습니까?”

“아니, 가면의 의적을 끌어들이자. 지크는 크리스타를 호위해 줘야 하니까.”

나는 그렇게 말하며 씨익 웃었다. 그리모어 녀석들은 자신들이 암약하고 있다고 생각하겠지만, 암약은 너희들만의 전유물이 아니라는 걸 가르쳐 줘야겠어.

9

행사까지 사흘. 오늘부터 대대적인 축제가 개최되기 시작한다.

“맛이 좋구나!”

"돈을 내고 먹어!"

축제라고 하면 노점. 그렇게 말한 오리히메가 나를 데리고 제도 거리로 나와 있었다.

물론 몰래.

"으음! 나의 시종아! 돈을 내주거라!"

"정말……."

나는 노점의 음식을 멋대로 먹은 오리히메에게 주의를 주면서 가게 주인에게 고개를 숙이고는 요금을 지불했다.

이런 축제에 요인이 몰래 참가하는 건 드문 일이 아니다.

예전에도 그런 요청을 한 요인이 꽤 있다. 제도의 축제 규모가 그만큼 크기 때문이다.

그래서 제국 쪽에서도 그럴 때 어떻게 대처할지 미리 준비해 두고 있다.

변장용으로 후드가 달린 코트를 주고, 완벽한 호위 체제를 갖춘다. 코트는 성에서 보유하고 있는 마도구다. 그 효과는 보장되어 있다.

후드를 쓰면 거의 들키지 않는다. 하지만 후드를 벗으면 효과가 사라지고, 쓰기 전부터 그 사람을 인식하고 있던 사람에게는 통하지 않는다.

그래서 나와 오리히메 주위에는 근위기사가 일정 간격을 둔 채 돌아다니고 있다. 에르나는 조금 멀찍이 떨어진 곳에서 우리를 보고 있고, 다른 기사들은 축제에 온 손님으로 변장한 상태다.

나와 오리히메의 설정은 시종과 몰래 나온 아가씨. 이름을 부르면 들킬 가능성이 있기 때문에 오리히메는 나를 시종이라고 부른다. 내가 아닌 다른 황자라면 거부할지도 모르는 설정이지만, 어차피 항상 시종이나 마찬가지 신세이니 나는 딱히 거절하지 않았다.

그렇게 신경을 많이 쓴 호위 아래 이번 잠행이 성립되었지만, 오리히메는 그런 것을 자각하지 못했다.

마음대로 돌아다녀서 나조차 따라가기만 하는 것도 벅찼다. 주위에 있는 근위기사들은 고생이 많을 것이다.

"다음은 저쪽이다! 시종아!"

"이봐! 기다리라고!"

"안 기다린다!"

신이 난 오리히메가 인파 속을 재주도 좋게 뛰어갔다.

와하하! 그렇게 묘한 웃음소리를 내며 뛰어가고 있기에 겨우 따라가고 있긴 하지만, 조만간 놓칠 것 같아서 두렵다.

뭐, 그래서 에르나가 멀리 떨어진 채 대기하고 있는 거지만.

놓치면 분명히 에르나가 오리히메를 붙잡을 것이다. 그리고 그 시점에서 이번 잠행은 끝난다. 솔직히 그게 더 편하겠지만, 계속 성안에서 심심하다며 떠들어 대던 오리히메의 스트레스 발산도 겸하고 있으니……. 혼자 떨어져서 에르나에게 잡히면 오리히메 기분이 나빠질 게 뻔하다.

"마음대로 안 되네……."

지금 골치 아픈 일을 떠안을지, 나중에 떠안을지 차이다. 그렇다면 오리히메가 기분 좋아하는 쪽이 더 편할 거라고 생각하는 나는 필사적으로 오리히메를 쫓아갔다. 밤이 되면 가면의 의적도 만나러 가야 하는데, 체력을 쓰게 만드는 곤란한 녀석이다.

그렇게 겨우 따라잡았나 싶었더니 오리히메는 어떤 노점을 빤히 바라보고 있었다.

"허억, 허억……, 겨우 따라잡았다……"

"나의 시종아! 나는 이걸 하고 싶구나!!"

오리히메가 눈을 반짝이며 그렇게 말했다.

나는 어떤 노점인가 싶어서 손을 떼고는 몸을 일으켰다.

그러자 거기 있던 것은 사격 노점이었다. 장난감 활로 선반에 진열된 경품을 쏴서 밑으로 떨어뜨리면 그 경품을 받을 수 있는 노점이다. 축제에는 예전부터 꼭 있는 고전적인 노점이라고 할 수 있다.

"이봐……."

"하고 싶다! 하고 싶다! 하고 싶단 말이다!!"

내가 노골적으로 싫은 기색을 보이자 오리히메가 옷을 붙잡고 어린애처럼 떼를 썼다. 올려다보며 부탁하는 그 모습이 마치 작은 동물 같아서 하고 해주고 싶은 마음도 들었지만, 그렇게 해주면 분명히 골치 아파질 게 뻔하다.

이런 노점은 경품을 전부 따버리면 장사를 하지 못하게 된다. 그렇기에 경품이 떨어지지 않게끔 손을 써둔다. 오리히메는 지는 걸 싫어하니 분명히 정신없이 떨어뜨리려고 하다가 나중에는 떼를 쓸 게 뻔하다.

그래서 나는 한숨을 쉬고는 오리히메에게 돈을 건넸다.

"이걸 다 쓰면 포기해. 그게 조건이야."

"오~!! 이 정도면 충분하다! 흐흥! 내가 가게의 경품을 전부 따주마!!"

오리히메가 그렇게 말하며 의기양양하게 노점으로 다가갔다.

그 모습은 용감했고, 마치 전장으로 나서는 장군처럼 당당했다.

"패주하지 않으면 좋겠는데……."

무모한 싸움에 나서는 군주를 보내는 신하가 이런 기분일까, 나는 그렇게 생각하며 오리히메를 지켜보기로 했다.

■ ■ ■

"으아아아아아아아아아아앙!!!! 어째서냐아아아?!?!"

오리히메가 머리를 감싸며 절규했다.

그 모습을 본 가게 주인은 훈훈한 표정을 짓고 있었다. 오리히메에게 꽤 많은 돈을 주었지만, 그걸 전부 다 썼는데도 오리히메는 경품을 하나도 따지 못했다.

"으으…… 내 예상으로는 모든 경품이 내 손 안에 있었어야 하거늘……."

오리히메는 울상을 지으며 얼마 남지 않은 돈을 바라보고는 이쪽을 힐끔거리며 보았다.

군자금의 증강을 요청하고 싶은 눈치지만, 더 이상 늘려줄 생각은 없다.

"있는 돈으로 어떻게든 해봐."

"어째서냐, 시종인데 쌀쌀맞아……. 으으…… 이제 한 번밖에 못하는 겐가……."

오리히메는 어깨를 축 늘어뜨렸다가 곧바로 마음을 다잡고는 다시 요금을 낸 다음에 도전했다. 마지막으로 돌격한다는 느낌일까.

"목표는 대장의 수급!!"

오리히메는 그렇게 말하며 케이스에 든 보석을 노렸다.

보석 두 개가 든 그것은 아마 이 가게의 주요 상품 중 하나일 것이다. 그런 경품은 실수로라도 떨어지지 않게끔 되어 있다. 그러니 다른 걸 노리면 하나 정도는 딸 수도 있겠지만 다른 걸 노린다는 생각을 하지 못한 오리히메는 계속 그것만 노리며 무참한 꼴을 보이고 있다.

"으아아아아아?!?! 또 떨어지지 않았다!!"

오리히메가 날린 화살은 케이스에 스쳤다. 하지만 케이스는 꿈쩍도 하지 않았다. 아마 뒤에 뭔가 장치가 되어 있을 것이다. 아마 정면에 제대로 맞는다 해도 떨어지지 않을 것이다.

그렇게 생각하더라도 소리 내어 말하진 않는다. 그런 것 또한 축제의 묘미이고, 예전에 어떤 소꿉친구가 부정행위라고 소리지르며 골치 아픈 일에 끌어들인 이후로 축제 노점에서 시비를 걸지 않기로 결심했다.

"끝났으면 가자."

"으아앙~!! 나는 저걸 가지고 싶~다~아~!!"

오리히메가 두 손을 휘두르며 떼를 썼다. 노점에 있는 물건이니 어차피 대단한 물건은 아닐 것이다.

하지만 오리히메는 마음에 들어버린 모양이다. 꼭 가지고 싶다며 떼를 쓰기 시작했다.

돈이 없는 건 아니지만, 한 번 약한 모습을 보여주면 계속 떼를 쓸 것이다. 애초에 저건 따지 못할 상품일 테고.

돈을 줘봤자 시간과 돈만 낭비다.

그렇게 생각하고 있자니 오리히메 옆에 어떤 여자가 슬쩍 나타났다.

나이는 나와 비슷한 정도일까. 황갈색 머리카락을 땋아서 묶었고, 눈동자는 호박색이었다.

특징은 두꺼운 안경. 그 안경 때문에 매우 촌스럽게 보였다.

"어떤 걸 원하시나요?"

"으, 저거."

오리히메가 그 질문을 듣고 보석이 든 케이스를 손가락으로 가리켰다.

그 말을 들은 여자가 방긋 웃고는 가게 주인에게 돈을 내고 장난감 활을 겨누었다.

"활 때문은 아니네요."

그렇게 말하며 고개를 살짝 끄덕인 그 여자는 당기는 동작을 몇 번 한 다음에 눈을 가늘게 뜨고 경품을 조준했다.

그리고 장난감 화살이 날아갔다.

오리히메가 날렸을 때와는 궤도가 전혀 달랐다. 오리히메가 날렸을 때는 곧바로 속도가 떨어졌지만, 여자가 날린 화살은 실이 달린 것처럼 경품을 향해 날아갔다.

하지만 그 화살은 오리히메가 원하던 케이스 옆에 있는 경품에 맞아 버렸다. 게다가 가운데에 맞지 않았기에 경품이 힘차게 돌고 있었다.

가게 주인이 한순간 안심한 듯이 숨을 내쉬었다. 하지만 회전하던 경품이 옆에 있던 케이스에 맞았고, 케이스가 뒤쪽이 아니라 앞쪽으로 떨어졌다.

아마 뒤쪽에 받침대를 두긴 했지만, 앞으로 쓰러질 것까지는 예상하지 못했을 것이다.

"자. 그건 제가 땄다랍니다."

"잠깐! 방금 그건 무효야! 뒤쪽으로 떨어뜨리는 게임이라고!"

가게 주인이 여자의 신들린 솜씨로 인해 떨어진 케이스를 끌어안고 소리쳤다. 설마 그런 억지 논리를 내세울줄은 몰랐는지 여자가 곤란한 듯한 표정을 짓고 있었다.

아무리 그래도 더 이상 곤란하게 만들 순 없겠지.

나는 천천히 앞으로 나선 다음, 노점 안으로 들어가 가게 주인에게 얼굴을 들이밀었다.

"이봐, 내 얼굴을 본 적 없나?"

"뭐어? 본 적이 있을 리가⋯⋯, 어⋯⋯?"

나는 후드를 살짝 젖히고 가게 주인에게만 보이게끔 얼굴을 내밀었다. 불과 얼마 전에 레오와 함께 얼굴을 보여 줬으니까. 가게 주인도 금방 눈치챈 모양이었다.

"다, 다, 당신은⋯⋯! 화, 화, 황."

"스톱. 내 일행이 그걸 원하거든. 가져가도 되겠지? 그러면 부정행위에 대해서는 눈을 감아 주마."

그렇게 협박하자 가게 주인이 조용히 고개를 몇 번 끄덕이고는 어색한 동작으로 여자에게 케이스를 건넸다.

여자는 가게 주인의 태도가 갑자기 바뀐 것으로 인해 의아해하면서도 오리히메에게 케이스를 주었다.

"자, 받으세요랍니다."

"오오오오!!!! 고맙다! 마음씨 착한 사람이여! 정말 좋아한다!!"

오리히메는 그렇게 말하며 여자를 끌어안고는 기뻐하는 감정을 드러냈다.

한동안 여자를 꽉 끌어안고 있던 오리히메는 만족했는지 여자를 향해 손을 흔들며 작별 인사를 했다.

"작별이다! 마음씨 착한 사람이여! 이 은혜는 잊지 않으마!!"

"은혜라니, 너무 호들갑이랍니다."

여자는 그렇게 말하고는 인파 속으로 사라졌다. 그건 그렇고 신들린 기술이었는데. 그런 재주는 근위기사도 해낼 수 있을지 모르겠다. 장난감 활이니까.

그렇게 생각하고 있자니 오리히메가 내 팔을 잡고 뭔가 하고 있었다.

"뭐해?"

"움직이지 말거라! 으음! 생각보다 어렵구나!"

오리히메는 그렇게 말하며 한동안 악전고투를 한 다음, 시원스러운 표정으로 완성되었다고 말했다.

"으음! 다 되었다!"

"이건……."

내 오른쪽 손목에는 케이스 안에 들어있던 보석이 달려 있었다. 보아하니 팔찌였던 모양이다. 솔직히 대단한 물건은 아니다.

하지만 오리히메는 매우 마음에 들었는지 자기 손목에도 차고 있었다.

"어떠냐! 한쌍이다!"

"정말……."

천진난만한 미소를 지은 오리히메는 나와 한쌍인 것을 몇 번이나 확인하고는 만족했는지 다시 인파 속으로 뛰어갔다.

그리고 나도 다시 쫓아갔다.

10

"으음?!"

슬슬 그날 축제도 끝나갈 무렵. 오리히메가 갑자기 고개를 들었다.

그 목소리는 분명히 평소와는 달랐다.

"저쪽인가."

오리히메가 그렇게 말하고는 단숨에 가속했고, 인파속을 뛰어가기 시작했다.

나는 도저히 따라잡지 못할 속도였다.

"전하."

"나는 됐다. 쫓아가."

나와 가장 가까운 곳에 있던 근위기사, 마르크가 작은 목소리로 지시를 요청했다.

그 말에 곧바로 대답하자 근처에 있던 근위기사들도 단숨에 이동하기 시작했다. 내가 호위를 받지 못하게 된 형태지만, 조금 떨어진 곳에는 에르나가 있다. 에르나라면 상황을 파악하고 내 호위에 전념할 것이다.

그리고 멀리 떨어져 있다고 해도 에르나에게는 충분히 가까운 거리다. 뭐가 오더라도 어떻게든 해낼 것이다.

나는 그렇게 생각하며 빠른 걸음으로 오리히메를 쫓아갔다.

■ ■ ■

"이 꼬맹이! 방해하지 마라!"

내가 오리히메를 따라잡았을 때, 그곳에는 사람들이 모여 있었다.

오리히메 일행을 빙 둘러싸고 있는 사람들. 그리고 그 중심에는 오리히메와 노점에서 신들린 묘기를 보여준 여자, 그리고 쓰러져 있는 노파. 그들과 대치하고 있던 건 2인조 불량배. 둘 다 덩치가 컸다.

근처에는 노점이 있었지만 상당히 어지럽혀진 상태로, 주변에는 그 노점의 것으로 보이는 음식들이 흩어져 있었다.

뭔가 문제가 생겼다는 걸 쉽사리 상상할 수 있었다.

"그건 내가 할 말이다! 할머니에게 사과하거라!"

"사과할 리가 없잖아! 여기는 우리 허가 없이 노점을 낼 수 없는 곳이다! 멋대로 노점을 낸 그 할멈 잘못이라고!"

"그런 말은 못 들었다랍니다! 할머니는 제대로 허가를 받으셨다랍니다!"

"우리 허가는 안 받았지!"

그렇군. 불량배들이 돈을 뜯어 내려 한 건가.

자기들 구역이니까 가게를 내고 싶다면 돈을 내라고.

"까불고 있군 그래."

원래는 곧바로 체포할 안건이다. 축제의 경비는 제도 수비대가 맡고 있고, 이런 녀석들을 단속하는 업무는 제도의 치안을 지키는 순찰대가 맡고 있다.

전자는 레오가 관할하는 부대이며, 후자는 법무 대신이 관할하는 부대다. 하지만 이 정도로 규모가 큰 축제를 구석구석까지 돌아보는 건 양쪽 집단을 모두 합쳐도 일손이 부족한 것 같다.

힐끔 보니 마르크를 비롯한 근위기사들이 이쪽을 보고 있었다.

내 판단을 기다리고 있는 모양이었다. 곧바로 제압하는 건 간단하지만, 어차피 이 녀석들은 불량배에 불과하다. 이렇게까지 시끌벅적하게 움직이는 걸 보니 누군가가 배후에 있을 것이다.

그걸 캐내는 것도 나쁘지 않지.

나는 그렇게 생각하고 인파를 헤치고 나아가 오리히메와 불량배 사이에 끼어들엇다.

"실례합니다. 저희 아가씨가 폐를 끼쳐드렸군요."

"어엉? 너는 뭔데?"

"이 아가씨의 시종입니다. 죄송합니다. 아가씨께서는 이런 곳의 상식이 없으셔서요."

"시종아! 어쩔 셈이냐!"

"아가씨는 잠깐만 조용히 계십시오."

뒤쪽을 돌아보고는 눈을 가늘게 뜨며 빤히 바라보았다.

쓸데없는 말을 하면 어떻게 될지 알지? 그런 의미를 담아서 바라보았는데, 정확하게 그 의도를 이해한 오리히메는 몸을 떨며 신들린 재주를 보여준 여자 뒤에 숨었다.

"저희 아가씨 때문에 정말 죄송합니다. 이걸 받으시고 부디 용서해 주시면 안 되겠습니까?"

나는 그렇게 말하며 금화가 든 주머니를 슬쩍 보이고는 거기에서 금화를 한 개 꺼내 불량배에게 건넸다. 많은 금화를 본 불량배들의 눈이 빛났다.

그리고 그 불량배들은 서로 눈짓을 주고받으며 씨익 웃었다.

돈을 뜯어낼 수 있을 거라 생각한 모양이다.

"이봐! 이봐! 이 정도로는 용서해 줄 수가 없지! 규칙을 어긴 건 저기 있는 할멈이고, 감싸 준 너희도 마찬가지잖아?"

"네, 그러니 죄송합니다."

"죄송하다고 생각하면 성의를 보여야지!"

불량배들은 그렇게 말하며 돈을 더 요구했다.

정말, 축제 때문에 간이 커졌구나. 마침 잘 된 상황이지만.

"그러면 이 정도는 어떻겠습니까?"

나는 그렇게 말하며 금화를 몇 개 더 건넸다.

하지만 불량배들은 만족하지 않았다.

"흥! 이게 성의냐? 이봐, 잘 들으라고! 우리 뒤에는 가믈리히 남작이 있단 말이다. 그 사람이 전부 무마시켜줄 거라고. 용서를 받고 싶으면 그 주머니를 통째로 넘겨!"

가믈리히 남작이라. 기드의 부하 중 한 명이었을 텐데.

뭐, 그 녀석이라면 이런 녀석들과 어울리기도 할 테니 이상하진 않겠군.

"주머니를 통째로 드리는 건 좀……, 몇 장 더 드리는 걸론 안 되겠습니까?"

나는 일부러 겁먹은 척했다. 지금 얼른 붙잡아서 가믈리히 남작을 다그치면 끝나겠지만, 그러다가 내 평판이 올라가는 건 곤란하다.

배후에 있는 귀족의 이름을 실토하게 만들고 근위기사에게 체포하게 시켰다고 보게 되면 곤란하다. 그것도 나름대로 괜찮은 느낌이 될 테니까.

어디까지나 소동을 일으키지 않게끔 돈으로 해결하려 한 사람이라고 생각하게 만들어야 한다. 제일 좋은 건 순찰대가 와서 이 녀석들을 체포하는 것이다. 그러기 위해서라도 시간을 벌어야 한다.

나는 그렇게 생각하며 불량배들과 한동안 교섭을 해 나갔다. 주위에 있던 백성들이 점점 내게 눈을 흘기기 시작했다. 어떻게든 불량배들의 비위를 맞추려 하는 시종으로 보였을 것이다.

슬슬 때가 되었나, 그렇게 생각했을 때, 불량배들의 인내심도 한계를 맞이했다.

"됐으니까 내놓으라고!"

불량배가 그렇게 말하며 내게 손을 뻗었다. 아~, 순찰대가 올 때까지 기다리지는 못했구나.

나는 그렇게 말하며 다가오는 손을 바라보았다.

그 손이 내게 닿지는 않았다.

"뭐, 야……?"

백성으로 위장하고 있던 근위기사들이 단숨에 불량배들을 향해 검을 겨누었기 때문이다.

근위기사들에게 포위당한 불량배들은 한 발짝도 움직이지 못하고 가만히 서 있었다.

"용서하십시오, 전하. 더 이상 기다렸다가는 대장님이 움직일 수도 있으니."

"괜찮아. 그게 너희 임무니까. 그런데 이제 문제가 생겼다는 걸 아버님께 보고해야 하게 되었군……. 귀찮아."

나는 진심 절반, 연기 절반으로 그렇게 말하며 후드를 벗었다.

한순간, 불량배들이 의아해하는 표정을 지었다.

내 얼굴을 보고 곧바로 눈치채지 못한 모양이었다. 그래서 나는 자기소개를 했다.

"제국 제7황자, 아르노르트 렉스 아드라다. 너희에게는 찌꺼기 황자라고 말하는 게 알아듣기 편하려나? 너희를 포위하고 있는 사람들은 근위기사다. 저항해도 상관은 없는데, 아마 소용이 없을걸?"

"화, 황자?! 어째서 이런 곳에?!"

"그야 아가씨가 가고 싶다고 했으니까."

나는 그렇게 말하며 돌아선 다음, 오리히메에게 고개를 숙였다.

"저희 제국 백성이 저지른 무례를 용서하여 주십시오. 예하."

그 말을 듣고 주위에 있던 사람들이 깜짝 놀랐다.

예하라 불리는 사람은 한 명밖에 없기 때문이다.

"됐다. 이쪽도 폐를 끼쳤으니."

오리히메가 그렇게 말하며 후드를 벗었다. 그 순간, 주위에 있던 사람들이 일제히 무릎을 꿇었다.

이게 찌꺼기 황자의 효과라고 해야 하나. 백성들은 내 정체를 알게 되더라도 무릎을 꿇지는 않는다. 뭐, 몇 명 정도는 무릎을 꿇었지만, 대부분은 고개만 숙이는 정도다.

하지만 오리히메의 정체를 알게 된 순간, 이렇게 되었다. 순조롭게 얕보이고 있다는 걸 확인한 나는 쓴웃음을 지었다.

"아르노르트 황자. 그 자들을 어떻게 할 겐가?"

"순찰대에 넘길 겁니다."

"그렇다면 그러기 전에 이 할머니에게 사과를 시키고 싶다만?"

오리히메가 그렇게 말했다. 나는 그 말을 듣고 고개를 끄덕인 다음, 불량배들을 보았다.

"어떻게 할 거지? 사과할 건가?"

"사, 사, 사과하겠습니다! 사과하게 해주십시오!"

"그렇군."

내가 마르크에게 눈짓을 하자 근위기사들에게 끌려온 불량배들이 노파 앞에 무릎을 꿇고 고개를 숙였다. 그 모습을 본 오리히메가 말했다.

"두 번 다시 이런 짓을 저지르지 말거라. 약한 자를 착취하려 하면 언젠가 그것이 자신에게 돌아올 게다. 다음부터는 정직하게 살도록."

"네, 네! 감사합니다! 선희님!"

불량배들은 몇 번이나 오리히메에게 고개를 숙였다. 오리히메가 마음에 들지 않는다고 하면 곧바로 참수당할 테니까. 적어도 목숨만은 건진 것이다.

그러던 와중에 이제야 순찰대가 다가왔다.

그들도 소동이 벌어졌다는 사실을 알게 된 모양이었다. 꽤 많이 왔다.

"대처는 맡기마. 기사 마르크."

"예. 맡겨 주십시오."

순찰대에게 불량배를 넘기는 과정이나 귀찮은 설명 같은걸 마르크에게 떠넘긴 나는 오리히메를 데리고 성으로 돌아가기로 했다.

"안녕이다! 마음씨 착한 사람하고 할머니!"

"감사합니다! 감사합니다!"

노파는 연달아 고개를 숙이고 있었고, 신들린 재주를 보인 여자도 고개를 숙였다.

그런데 문득 신들린 재주를 보인 여자와 눈이 마주쳤다. 그때, 여자가 입을 열었다.

"황자 전하……, 그들의 배후에 있는 자는 어떻게 하실 생각이신가요?"

"……"

오리히메의 정체를 밝혀서 그쪽 화제에서는 흥미를 돌리려 했는데…….

정말 잘 보고 있구나. 활 솜씨도 그렇고, 범상치 않은 자 같다.

"적절하게 대처할 거다. 내 동생이."

"도, 동생분이요……?"

"그래, 나는 안 해. 그런 건 동생이 할 일이거든. 그럼, 언젠가 또 보자고."

나는 그렇게 말한 다음, 오리히메와 함께 그곳을 떠났다.

이렇게 큰 소동이 일어났으니 이제 몰래 다닐 수는 없다.

11

그리고 밤. 성으로 돌아온 다음, 문제가 생겼다는 걸 아버님에게 보고하고, 세바스가 캐낸 정보도 아버님에게 전했다. 하지만 아직 단편적인 정보뿐이다.

혹시나 그럴지도 모르겠다는 억측에 불과하기에 아버님도 그렇고 프란츠도 곤란해하는 표정이었다.

결국에는 세바스가 정보를 모으면 다시 전하겠다는 결론으로 끝났다.

다시 말해 이번 건은 한동안 내가 맡게 되었다는 뜻이다.

"밤의 뒷골목은 정말 불길한 느낌이군."

"밀담을 나누기에는 안성맞춤이긴 합니다만."

그렇게 이야기를 나누고 있자니 뒤쪽에서 기척이 느껴졌다.

천천히 돌아보자, 그곳에는 붉은색 가면을 쓴 여자가 있었다. 손에는 활을 들고 있었다.

이 녀석이 번국의 의적, 주월의 기사인가.

그렇게 생각하고 있자니 내 얼굴을 본 상대방이 약간 당황한 듯이 중얼거렸다.

"아, 아르노르트 황자……?!"

"호오. 알고 있었나? 역시 번국의 의적이야. 나도 표적이었던 건가?"

"그, 그렇지 않다랍니다!"

"……랍니다?"

귀에 들어온 것은 복잡한 말투였다.

나는 축제 때 비슷한 말투로 말하는 여자와 만났다. 억지로 어미에 랍니다를 붙여서 말하는 사람이 여러 명 있을 것 같진 않다. 아무리 생각해도 잘못된 말투를 쓰는 사람이라면.

"……노점에서 만났던 그 신들린 재주를 보인 여자인가?"

"아, 아니랍니다! 활 같은 건 안 썼다랍니다!"

"……그렇군. 활은 안 썼다고."

"아…… 저질러 버렸네요랍니다…….."

나는 활이라는 말을 한 마디도 하지 않았다. 그 사실을 곧바로 눈치챈 주월의 기사는 자신이 무덤을 팠다는 걸 알고 어깨를 늘어뜨리며 풀죽은 모습을 보였다.

■ ■ ■

"용케도 가면의 의적 같은 활동을 해왔군그래?"

"으으, 뭐라 할 말이 없다랍니다…….."

내가 한 말을 듣고 주월의 기사가 축 늘어졌다.

장소는 세바스가 마련해 둔 여관. 원래는 뒷골목에서 이야기를 마칠 생각이었지만, 주월의 기사의 정체를 알아 버렸기에 장소를 옮기로 했다. 이쪽이 더 안전하니까.

"에휴……, 상상했던 것에 못 미칠 줄은 몰랐는데."

의자에 앉은 나는 너무 경솔한 모습을 보인 주월의 기사를 보고 어이없어하며 말했다.

뒤에서 세바스가 다른 사람에게 그런 말을 할 수 있냐고 중얼거렸지만, 무시했다.

피네에게 들켰을 때 이야기겠지만, 황자의 방에 멋대로 들어올 거라고 누가 예상할 수 있었을까. 주월의 기사의 실수와 한데 엮어서 보지 말았으면 좋겠다. 그건 피할 수가 없는 상황이었다.

"일단 자기소개부터 할까. 이미 알고 있겠지만, 나는 아르노르트 렉스 아드라. 제국의 황자다. 이쪽은 집사인 세바스찬."

"부디 세바스라고 불러주십시오. 어제는 매우 실례했습니다."

"아, 아뇨, 저야말로랍니다……."

세바스가 공손하게 고개를 숙이자, 주월의 기사도 고개를 숙였다.

그 모습을 보고 주월의 기사라는 거창한 이름을 상상하는 건 힘들 것 같다. 하지만 그녀가 번국의 의적이라는 건 사실이고, 우리가 모르는 것을 알고 있는 사람이라는 것도 사실이다. 그래서 나는 그녀에게 숨기지 않고 이야기하기로 했다.

"그리모어에 대해서는 아버님에게 전했지만, 아직 불확실한 정보밖에 없어서 나라가 움직일 수는 없다. 그래서 나는 그리모어가 정말로 제도에 있는지, 그리고 목적이 무엇인지, 그걸 알아내고 싶다. 그러기 위해 힘을 빌리고 싶은데?"

"……의적이라 불린다 하더라도 저는 도적이랍니다. 황자가 그런 자와 협력했다는 게 들통나면 번국과의 관계가 위태로워질 텐데요?"

"그건 나도 알아. 그러니까 몰래 만나러 왔지. 뭐, 내가 직접 온 건…… 여차하면 잘라낼 수 있는 황자니까."

"축제 때도 그랬지만, 소문으로 들었던 이미지와는 다른 것 같은 느낌이……."

내 설명을 듣고 주월의 기사가 당황한 듯한 낌새를 보였다.

그런 주월의 기사를 보고 나는 다리를 꼬며 대답했다.

"찌꺼기 황자치고는 너무 착실하다고?"

"……솔직하게 말씀드리자면 그렇답니다. 무능하고 무기력한 황자라는 평판과 지금 당신은 일치하지 않는답니다."

"뭐, 그렇지. 이번 건에는 의욕이 생겼거든. 동생이 엮여 있을지도 모르니까. 나와 상관이 없는 곳에서 일어난 일이라면 신경 쓰지 않겠지만, 내 가족이 엮였다면 이야기가 달라져. 나는 내 주위 사람들을 해치려 하는 녀석들을 용서하지 않겠다고 결심했거든."

그렇게 말한 내 눈을 본 순간, 주월의 기사가 한 발짝 물러섰다.

무심코 그랬을 것이다. 그 사실로 인해 주월의 기사 자신도 놀라고 있었다.

그런 주월의 기사를 보고 세바스가 곤란하다는 듯한 말투로 말했다.

"항상 이렇게 의욕을 보여 주시면 좋겠습니다만. 다시 말해 게으름뱅이라는 뜻입니다."

"게으름뱅이처럼 귀여운 게 아니네요랍니다……, 재주가 있는 매는 발톱을 숨긴다고 하는데, 역시 황금 독수리의 일족. 만만치 않은 분들이네요."

주월의 기사는 그렇게 말하며 천천히 가면을 벗었다. 그 안에 있던 얼굴은 예쁜 소녀의 얼굴이었다. 안경을 끼고 있었을 때는 눈에 띄지 않았지만, 단정한 외모다.

피네나 에르나처럼 사람들의 시선을 강하게 끌어당기는 아름다움과는 다르다.

그녀들이 장미나 수국처럼 한눈에 아름답다는 걸 알 수 있는 꽃이라면, 눈앞에 있는 소녀는 차분히 바라보아야 장점을 알 수 있는 바위취 꽃이라고 해야 할까.

"저는 미아라고 한답니다. 번국에서는 주월의 기사라고 불리고 있고요. 제국에 온 건 그리모어의 지부를 통해 제국에서 뭔가 계획을 진행시키려 한다는 걸 알아냈기 때문이랍니다."

"믿어 준다고 받아들여도 될까?"

"상관없어요랍니다. 귀족이나 왕족 같은 분들은 별로 좋아하지 않지만…… 당신은 다르다는 생각이 들었답니다."

"이유가 뭐지?"

"찌꺼기 황자라고 부르는 데도 진심을 보이지 않지만 가족을 위해서는 진심을 드러낸다. 가족이 소중하기 때문이겠죠? 제게 혈연으로 이어진 가족은 없지만, 그것과는 다른 인연으로 맺어진 가족이 있어요. 당신의 그런 마음을 저는 이해한답니다. 그러니까 당신을 믿기로 한 거죠."

나는 미아가 한 말을 듣고 쓴웃음을 지었다. 의적 같은 활동을 하고 있어서 그런지 판단 기준도 특이하네.

하지만 믿어 준다면 잘된 일이다.

"그러면 손을 잡도록 하자고. 이번 건이 끝날 때까지는 너에게 손대지 못하게 하겠어. 그 대신, 우리에게 협력해 줬으면 해."

"알겠어요랍니다. 제국 쪽에서 추격자를 보내면 조사 같은 것도 못할 테니까요. 그 대신, 그쪽 정보도 주셔야겠답니다."

미아는 그렇게 말하며 이쪽 정보도 요구했다. 그렇군, 힘만으로 전부 해결하려 드는 근육뇌인 줄 알았는데, 머리도 잘 돌아가는 모양이다.

일부러 세바스를 밤의 거리에서 움직인 이상, 이쪽에도 정보가 있다고 예상했을 것이다.

"딱히 상관없긴 한데, 돌이킬 수 없어질 걸?"

"애초에 가면을 썼을 때부터 퇴로는 끊겼답니다."

"그래…… 황제의 즉위 25주년 기념 행사로 인해 각 나라의 요인이 와 있다. 그건 알고 있겠지?"

"물론이랍니다. 당신과 함께 있던 오리히메님도 그중 한 분이시죠?"

"그래, 맞아. 그중에는 왕국의 성녀도 있지. 접대 담당자는 내 동생이야."

"……그 성녀님께 무슨 문제가 있다는 건가요?"

"본인의 말과 행동이 불길해. 마지막이라는 단어를 함부로 쓸 만한 사람이 아니야. 그래서 뭔가 있을 거라 짐작한 거지. 그녀가 신변의 위협을 느끼고 있다면 남몰래 무슨 음모가 진행되고 있을지도 몰라. 그래서 세바스에게 수상쩍은 곳이 있는지 조사를 시켰지."

"……성녀님께서 부탁한 게 아니라고요? 용케도 그런 상황에서 움직일 생각이 드셨네요……."

"내 기분 나쁜 예감은 잘 맞거든."

나는 그렇게 말하며 살짝 한숨을 쉬었다. 안타깝지만 이번에도 맞아 버렸다. 이제 그 기분 나쁜 사태가 얼마나 퍼져 나갈지가 문제인데, 그건 우리가 노력하는 것에 따라 막을 수 있다.

"솔직히 성녀에게 무슨 짓을 하려면 내부에 협력자가 필요해. 하지만 성에는 사람들이 많고, 제위 쟁탈전 때문에 세력도 몇 군데로 나뉜 상태야. 내부에서 찾는 건 힘들어. 손을 잡은 조직을 통해 거슬러 올라갈 수밖에 없다는 뜻이지. 그게 유일한 단서라고 할 수도 있을 거야."

"그리모어라면 성녀님을 습격하더라도 이상할 건 없답니다. 그 조직은 번국의 어둠에 숨어서 자신들의 연구 소재를 계속 찾아다니던 이상한 녀석들의 집단이니까요."

"노리고 있다는 증거는 없지만, 들어와 있는 것만으로도 해로워. 얼른 박살 내자고. 세바스에게 조직원을 추적하게 할 거다. 따라가 줄 수 있을까?"

"물론이랍니다."

"아, 세바스의 지시를 따라줘. 넌 덜렁이니까."

"더, 덜렁이?!"

"덜렁이잖아? 말투나 행동으로 정체를 들켰으니까."

"이, 익숙하지 않았을 뿐이랍니다!"

"익숙하지 않다니……, 적하고 마주쳤을 때는 어떻게 했는데?"

"멀리서 콰앙~이랍니다. 접근하더라도 이야기는 거의 하지 않았고, 놓치지도 않았으니까요."

"……."

미아는 활을 쏘는 시늉을 하며 그렇게 말했다.

그렇군. 너무 강해서 정체를 숨기거나 그런 걱정을 할 필요도 없었던 건가?

걱정거리가 하나 더 늘었는데.

"제대로 감시해."

"알겠습니다."

"그, 그게 무슨 뜻이죠. 정정을 요구하겠어요랍니다!"

"그 별난 말투를 고치고 나서 따지라고."

"별난 말투?! 할아버님께서 직접 전수해 주신 숙녀의 말투랍니다?!"

"진짜 숙녀는 그런 말투로 말하지 않아."

쿠궁. 충격을 받은 미아를 본 나는 살짝 골치가 아파졌다.

이래서 정말 괜찮을까.

그런 불안함을 느끼며 그날 밀담이 끝났다.

12

다음 날 밤.

나는 성에서 빠져나와 미아와 밀담을 나누었던 여관에 와 있었다.

"어때? 수확은 있었어?"

내가 묻자 미아가 곧바로 고개를 끄덕였다.

행사가 코앞으로 다가왔다. 역시 상대방도 움직였나.

"그리모어의 간부를 발견했답니다."

"호오? 얼굴을 알고 있었나?"

"아뇨. 저는 처음 보는 얼굴이었답니다."

"그런데도 간부라는 걸 알아봤다고?"

미아는 고개를 끄덕이고는 종이 한 장을 꺼냈다.

거기에 그려져 있는 것은 까만 책 마크. 그냥 책이 아니다. 악마의 날개가 돋아나 있는 기괴한 책 마크였다. 척 보기에도 수상쩍은 마크를 본 나는 눈을 가늘게 떴다.

"이게 뭐지?"

"그리모어의 심볼 마크랍니다. 간부는 이걸 몸에 문신으로 새기죠."

"그렇군. 이 마크가 있는 녀석을 발견한 건가?"

"네랍니다."

그리모어의 간부를 찾아낸 건 크다. 그 녀석의 움직임을 추적하다보면 자연스럽게 뭘 하려는 건지도 알아낼 수 있다.

행사 개최 중인 제도에 범죄 조직이 있다는 건 불길하기 짝이 없지만, 대처 방법은 경비를 엄중하게 하는 것 정도밖에 없다.

아버님에게 말해 봤자 수사에 나서진 않을 것이다. 그럴 일손도 없고, 계획이 시작되었다면 이미 늦은 상황이다. 중지할 수도 없다.

할 수 있는 건 제한적이다.

"말씀드릴 게 하나 더 있습니다."

"뭔데?"

"그 간부는 제도에 잠입해 있던 현상수배범, 저주술사 이안입니다."

"현상수배범이 그리모어의 간부라고? 원래 간부였든지, 아니면 초빙받은 건지. 어찌 됐든 제도에 들어온 이유가 확실해졌군."

점이 선으로 이어지기 시작한다. 따로 추적할 필요가 없어진 건 다행이다. 하지만 그렇다면 더더욱 얕볼 수는 없다.

현상수배범인 저주술사를 이용해서 대체 무슨 짓을 하려는 걸까. 암살일까, 아니면 다른 목적일까. 적의 선택지는 많다. 이쪽은 다양한 상황을 예상해야만 한다. 골치 아프기 짝이 없다.

"생각할 게 많군, 이번에는."

"그런 것 같군요. 그건 그렇고, 레오나르트 님은 어떠십니까?"

세바스가 그렇게 레오에 대해 물었다.

비밀을 쥐고 있을 성녀로부터 무언가 알아낼 수 있을 만한 건 레오밖에 없다.

신경 쓰는 게 당연하다.

"글쎄. 사이좋게 지내게 된 것 같긴 하지만, 레오가 하기 나름이겠지."

"성녀님께서도 뭔가 불길한 낌새를 느끼고 계신다면 말씀해 주셔야 힘이 되어드릴 수 있을 텐데요랍니다."

"그녀가 말하지 않는 시점에서 어느 정도는 예상이 돼."

"예상이라고요?"

"……성녀 레티시아는 왕국을 위해 싸웠어. 왕국과 거기에서 살고 있는 백성들, 그게 그녀가 지켜야 할 것들이야. 만약에 그들이 자신을 배신하더라도."

"왕국이 성녀를 배신할 거라는 말씀이십니까?"

세바스가 묻자 나는 고개를 끄덕였다.

레티시아가 자기 문제라며 입을 다문 이유는 그런 것 때문일 것이다.

"믿기지 않는답니다……, 성녀님께서 왕국을 지탱해 주고 계실 텐데요……?"

"왕국도 한데 똘똘 뭉친 집단은 아니야. 지금 왕국을 주도하고 있는 파벌은 성녀 레티시아를 중심으로 하는 친제국파지. 하지만 그들과는 별개로 반제국파도 많이 있어. 그리고 반제국파는 친연합 왕국파이기도 해. 그들은 연합 왕국과 손을 잡고 제국과 맞서야 한다고 주장하고. 그래서 제국과의 관계를 개선시키고 연합 왕국의 침공을 물리친 레티시아가 걸리적거리는 거야."

연합 왕국에 있어서 레티시아는 눈엣가시다.

레티시아라는 성녀가 있는 한, 연합 왕국은 왕국의 영토를 손에 넣을 수 없을 것이다. 애초에 연합 왕국의 주요 인물들은 전쟁을 벌이지 않는다. 아니, 벌일 수가 없다.

그만큼 연합 왕국에서는 레티시아를 두려워하고 있다. 트라우마에 가까울지도 모른다.

그렇기에 연합 왕국과 친밀한 관계를 쌓기에는 레티시아의 존재가 방해된다.

"구국의 성녀인데…… 자기들 형편에 안 좋아졌다고 제거하려 하다니, 최악이랍니다."

"사람들은 보통 그런 법이지. 레티시아가 전장에 섰을 때, 왕국은 매우 약해진 상태였어. 그런 상황에서 겨우 뒤엎는데 성공했지만, 힘을 되찾으면 영토를 확대하는 것도 시야에 넣게 되지. 그런 상황에서 제국과 사이좋게 지내는 건 곤란할 테고. 영토를 확대할 때 제일 욕심이 나는 곳은 대륙 중앙의 영토, 다시 말해 제국 영토니까."

"아이러니하군요. 성녀님께서 구해내고 세력을 회복시켰기에 성녀님께서 제거당하게 되다니."

"정말 그렇다니까. 지금 같은 시기에 레티시아가 제국에 온 걸 보니 친제국파는 제국과 조약을 맺을 생각일 거야. 저지하려면 지금이라고 생각한 반제국파가 움직이고 있다면 레티시아가 한 말도 이해가 돼. 이건 분명히 왕국 내부의 문제지. 단, 무대가 제국일 뿐."

제국 안에서 성녀가 암살당하면 제국과 왕국은 긴장 상태가 된다.

연합 왕국은 예전부터 대륙에 영토를 원하고 있었다. 번국보다 더욱 큰 영토를. 그래서 왕국으로 쳐들어갔지만, 딱히 왕국에 집착하는 것은 아니다.

그들이 원하는 건 대륙의 영토다. 어떤 나라의 영토든 상관없다는 뜻이다. 그렇다면 왕국과 손을 잡고 제국을 침공하는 것도 있을 수 없는 이야기는 아니다. 대의명분만 있다면 황국도 끌어들일 수 있을지 모른다. 그렇게 되면 아무리 제국이라 해도 힘들다.

"지금부터는 완전히 내 상상인데……. 제국이 열세에 처할 경우, 제국은 영토를 할양하게 될 거야. 그와 더불어 성녀 암살의 책임을 누군가에게 지우게 되겠지. 그리고 그때 곁에 있던 접대 담당자인 레오가 희생당할 가능성이 커. 다시 말해……, 제위 후보자들에게도 짭짤한 이야기라는 뜻이야."

"자기 나라에 피해를 입히면서까지 제위를 욕심낸다는 건가요? 주객전도랍니다."

"정말 그렇긴 한데……, 지금까지 했던 짓을 생각하면 그렇지 않을 거라 딱 잘라 말할 수가 없어. 그런 상황에 그리모어가 파고 들었거나, 아니면 왕국이나 제위 후보자가 끌어들였거나. 어찌됐든, 어떤 진영에도 동기는 있어. 동기가 있다는 건 가능성이 있다는 뜻이지."

"허나, 각자의 목적에 따라 움직이고 있는 이상, 시나리오대로 일이 진행되지는 않을 겁니다."

세바스가 한 말을 듣고 나는 고개를 끄덕였다.

반제국 쪽은 제국을 멸망시켜 버리고 싶어 하고, 제위 후보자들도 왕국을 아군으로 여기지는 않을 것이다. 그렇게 되면 성녀가 암살당하거나 그 직전에 각자가 독자적인 행동을 보이기 시작하더라도 이상할 게 없다.

여러 가지 음모가 뒤얽히면 예측하기가 매우 까다로워진다.

"그리모어가 성녀를 노리고 있는지는 확실하지 않지만…… 일부러 제국의 행사에 잠입한 이상, 바람직하지 못한 꿍꿍이를 품고 있다는 건 사실이야. 결과적으로 관여하지 않았다 하더라도 그리모어의 음모를 저지하면 그걸 이유로 내세우면서 요인들을 일찌감치 귀국시킬 수도 있고. 더 이상 골치 아파지는 걸 피할 수 있을지도 몰라. 그리모어를 더 조사해 봐. 녀석들의 계획이 뭔지 알아낼 필요가 있어."

"알겠습니다. 만에 하나, 제때 맞추지 못할 경우에는 어떻게 하실 생각이십니까?"

"그때는 이쪽에서 손을 써야지. 다가오지 않았으면 하는 미래지만."

성녀가 암살당하기라도 한다면, 레오는 한동안 정신을 차리지 못할 것이다.

그렇게 되면 세력 자체가 기울어진다. 무엇보다, 나도 나 자신을 용서하지 못할 것이다.

"최악의 경우에는 비장의 수로 어떻게든 할 거야. 하지만 쓰고 싶지 않은 수법이라고. 알겠지?"

"네. 맡겨주십시오."

나는 그렇게 말하고 나서 세바스와 미아에게 그리모어 건을 맡기고 방을 나섰다.

자, 어떻게 되려나. 우선 감시해야 할 제위 후보자는 정해졌다.

전쟁이라는 단어를 정말 좋아하는 녀석이라면 이런 계획에도 넘어올 것이다.

"예전에는 어쨌든, 지금은 이제 답이 없는 바보가 되었구나. 고든."

나는 그렇게 중얼거리며 성으로 돌아갔다.

➔ 제2장 행사 개최

1

아침. 제도는 평소보다 활기가 넘쳐나고 있었다.

오늘은 행사 첫날. 개회식이다. 성은 예전보다 더 어수선했다.

그렇게 어수선한 분위기 때문에 잠이 깨버린 나는 운동도 할 겸, 성을 산책하고 있었다.

"아르 오라버니……?"

"크리스타? 일찍 일어났구나."

뒤에서 누군가가 말을 걸길래 돌아보니 그곳에는 크리스타가 있었다.

장소는 성의 중턱. 광장이 있는 구역이다.

"오라버니야말로 일찍…… 뭐하고 있어?"

"산책하지."

"그럼 우리랑 같네."

"우리?"

그렇게 되묻자 크리스타가 조용히 고개를 끄덕이고는 광장 쪽을 돌아보았다.

그곳에서는 푸른 머리카락의 엘프와 리타가 즐겁게 걸어가고 있었다.

"엘프 공주구나. 꽤 사이가 좋아진 모양이네?"

"응. 좋은 사람이야."

"그렇구나."

크리스타가 잘 따르는 게 신기하다. 배타적인 엘프 중에는 인간을 얕보는 자들도 많다. 하지만 그런 사람이었다면 크리스타가 잘 따르지도 않았을 테고, 리타와 즐겁게 돌아다니지도 않았을 것이다.

그런데 문제가 있다. 그녀를 보고 있으면 아무래도 위화감이 든다.

성에 왔을 때는 결국, 그 위화감의 정체를 눈치채지 못했다.

그녀에게는 무언가가 있다.

그렇게 생각하며 그녀를 주의깊게 관찰하고 있자니 상대방이 내 시선을 눈치챘다.

고개를 크게 숙여 인사하자 상대방도 고개를 숙인 다음, 이쪽으로 다가왔다.

"처음 뵙겠습니다. 제7황자인 아르노르트라고 합니다. 엘프 공주님."

"공주님이라고 하시니 부끄럽네요. 저는 웬디. 엘프 마을에서 왔습니다."

공손하게 인사한 웬디로부터는 수상쩍은 낌새는 전혀 느껴지지 않았다.

싹싹한 미소에는 거짓이 없었다. 하지만 위화감만은 사라지지 않았다.

"아르노르트 전하께서는 크리스타 전하와 사이가 좋으신가요?"

"응, 아르 오라버니하고 크리스타는 사이가 좋아."

크리스타가 그렇게 말하며 나를 끌어안았다. 나는 쓴웃음을 짓고 크리스타의 머리카락을 쓰다듬으면서도 웬디로부터 눈을 돌리지 않았다. 왠지 이제 곧 알아낼 수 있을 것 같다는 생각이 들었다. 그렇게 생각하고 있자니 리타가 급하게 나와 웬디 사이에 끼어들었다.

"아, 아르 오빠! 우리는 이제 슬슬 가야 해!"

"으, 응! 돌아가야지!"

리타와 크리스타가 당황하는 게 아무래도 이상하다. 두 사람이 웬디의 손을 잡고 떠나가려 했다. 그때, 한순간이나마 웬디의 모습이 흔들린 것 같은 느낌이 들었다.

착각이라고 생각해도 될 정도로 희미한 변화였지만, 나는 그런 현상이 익숙했다.

"환술인가."

내 말을 듣고 리타와 크리스타가 멈추고는 몸을 떨었다.

정답이구나. 두 사람과는 달리 당사자인 웬디는 차분한 느낌이었다.

"역시 제국의 황족. 다들 좋은 눈을 가지고 계시군요."

"크리스타도 눈치채던가요."

"네. 이야기는 방에서 해도 될까요?"

"물론이죠. 뭔가 사정이 있으신 것 같으니."

나는 그렇게 말하고는 크리스타 일행과 함께 웬디의 방으로 갔다.

■ ■ ■

"우선, 속인 것을 사죄드립니다."

"그건 상관없습니다. 신경 쓰이는 건 어째서 환술을 사용한 건가, 그 이유죠."

내가 묻자 웬디는 고개를 한 번 끄덕이고는 자신에게 걸려 있던 환술을 풀었다.

웬디의 몸이 살짝 빛난 다음, 진짜 웬디가 나타났다.

날씬한 어른 여자였던 웬디의 키가 크리스타와 비슷할 정도로 바뀌었다.

다시 말해, 어린애라는 뜻이다.

"그렇군요. 어린애가 대표를 맡으면 예의에 어긋날 거라는 뜻인가요."

"네. 엘프 마을에 인간 나라에 가고 싶어하는 자는 별로 없습니다. 그렇게 별로 없는 사람들 중에서 대표를 맡을 만한 신분은 저밖에 없었고요. 하지만 대국인 제국에 보낼 사자로 어린애가 간다면 실례가 되지 않겠냐는 의견도 있었기에 어쩔 수 없이 환술로 외모를 바꾸었습니다."

"미리 말씀해 주셨다면 저희 쪽에서도 대처했겠습니다만……, 뭐, 이제 어쩔 수가 없겠죠."

거짓말을 한 이상, 그 거짓말을 끝까지 밀어붙일 수밖에 없다. 사정이 사정이고, 들켜봤자 아버님이 화를 내진 않겠지만, 들키지 않는다면 그게 제일 편하다.

크리스타와 리타를 힐끔 보자, 둘 다 혼나는 게 아닐까 생각했는지 움찔거리고 있었다.

그런 두 사람 머리에 손을 얹었다.

"비밀을 지킬 거면 좀 더 잘해야지. 수상했거든?"

"······화 안 내······?"

"안 내. 너는 접대 담당자야. 임무를 제대로 해내고 있지. 리타도."

"리타는 아무것도 못했어······."

거짓말을 들킨 게 충격이었는지, 리타는 어깨를 늘어뜨리고 있었다.

호위로서 역부족이라는 걸 느끼고 있을 것이다. 적어도 비밀을 지키는 걸 도와주려고 했을 텐데, 그걸 들통나게 만들어 버렸다. 미안한 짓을 했네.

"공주님. 이 아이들을 잘 부탁드립니다. 곤란한 일이 생기면 말씀해 주십시오. 힘이 되어드리겠습니다."

"폐하께 말씀하시지 않으실 건가요······?"

"말씀드려 봤자 아버님께서는 대처하실 겨를이 없습니다. 일을 늘려드리는 것보다는 계속 둘러대는 게 낫겠죠. 뭐, 들키더라도 문제로 삼을 사람은 아니니 어깨에 힘을 빼셔도 됩니다."

내 말을 듣고 웬디가 안심한 듯이 숨을 내쉬었다.

계속 긴장하고 있었을 것이다. 엘프의 성장은 어느 정도에서 멈춘다. 하지만 어느 정도까지는 인간과 거의 비슷한 성장 속도를 보인다. 다시 말해 외모가 어린애인 웬디는 틀림없이 어린애라는 뜻이다. 다른 나라에 와서 불안했을 것이다. 그럼에도 불구하고 견딜 수 있었던 것은 크리스타와 리타가 친구가 된 덕분일 테고.

"피네에게는 말했어?"

"아니…… 아직."

"그럼 피네에게는 말해둬. 문제가 생기면 나나 레오에게 알려 주고. 어떻게든 해줄 테니까. 여차할 경우에는 어머님에게 부탁하면 어떻게든 될 거야."

아버님은 크리스타에게 약하다. 그 어머니 같은 존재인 어머님에게도 당연히 약하다.

크리스타가 어머님에게 부탁하면 아버님은 틀림없이 용서해 줄 것이다. 하지만 아버님이 용서해 주더라도 문제를 크게 키우려는 자도 있을 것이다. 제국에는 엘프를 싫어하는 자들도 있고, 예의를 중시하는 자들도 있다.

그런 녀석들의 입을 다물게 하는 데 아버님의 힘을 빌리고 싶진 않다. 매우 바쁠 테니까.

"그래도 최대한 들키지 마시길. 황족의 시선을 조심하십시오. 제가 눈치챘다는 건 모두에게 들킬 가능성이 있다는 뜻입니다."

뭐, 위화감이 있다고 해서 그걸 해명하려는 자는 별로 없을 것이다.

문제는 그게 아니다. 웬디의 외모가 완전히 자기 취향인 변태가 있기 때문이다.

"일단 드라우 형에게는 다가가지 마. 알겠지?"

"응, 알겠어."

크리스타가 진지한 표정으로 고개를 끄덕였다. 크리스타도 위험하다는 건 알고 있는 모양이다.

웬디는 드라우 형이 원하던 '로리프' 그 자체다.

그 사람이 웬디를 보고 어떤 반응을 보일지, 예측이 안 된다.

"주의할 점은 이 정도인가? 그럼 실례하겠습니다, 공주님."

"아, 아르노르트 전하. 저기……, 감사합니다."

"고맙다는 인사는 됐습니다. 그만큼 제국을 즐겨 주십시오. 그러기 위해서 오신 거죠?"

"네! 저는 인간과 인간의 나라에 흥미가 있습니다! 축제도 보고 싶고요!"

"리타도 축제가 기대돼!"

"나도."

"그건 피네에게 말해. 손을 써줄 거야."

나는 그렇게 말한 다음, 방을 나섰다. 문을 닫자 지크가 벽에 기댄 채 서 있었다.

"또 성녀의 방에 다가갔나?"

"아니야. 네 여동생들을 호위하느라 졸릴 뿐이라고."

"그렇군……, 미안하다. 귀찮은 일을 떠넘겨서."

지크는 최대한 크리스타와 리타 곁에 있게끔 해두었다.

아마 그 과정에서 웬디의 정체도 눈치챘을 것이다.

들키지 않게끔 제대로 호위해주고 있는 모양이다.

"딱히 상관없어. 이것도 일이니까. 이쪽은 어떻게든 될 거다. 그쪽은 어때?"

"순조롭다고는 할 수 없겠지. 최악의 경우에는 소동이 일어날지도 몰라. 크리스타든, 웬디든, 목표가 될 가능성은 충분히 있고. 부탁한다?"

"흥, 누구에게 그런 말을 하는 건데. 이 지크 님께서 호위하고 있잖아. 상처 하나."

"아, 지크, 여기 있었네."

지크는 폼을 잡고 있다가 크리스타에게 안겨서 방으로 끌려가 버렸다.

또 장난감이 되겠구나, 그렇게 생각하고 있자니 안에서 비명이 들렸다.

"아야아아아아아!! 잡아당기지 말라고오오!!"

"……뭐, 일이라고 생각해야지, 어쩌겠어."

나는 조금 동정하며 그곳을 떠났다.

할 일이 많이 있기 때문이다.

2

"내 치세는 25주년을 맞이하였다. 모두에게 고생을 하게 만들었구나. 좋은 일만 있진 않았을 게다. 반성해야 할 점이 잔뜩 있지. 허나, 이렇게 무사히 이날을 맞이할 수가 있었다. 그건 지탱해 준 신하들, 그리고 따라와 준 백성들 덕분이다! 오늘, 이날은 모두를 위한 날이다! 이런 황제를 잘 따라와 주었구나! 제국이 존속하고 계속 번영한 것을 축하하고, 기뻐하고, 다가올 미래에 희망을 품고 나아가자! 오늘은 그렇게 특별한 날로 하자꾸나!!"

황제 요하네스의 연설을 통해 즉위 25주년을 기념하는 행사 개회식이 시작되었다.

그 모습을 관객석에서 보고 있던 레티시아와 레오는 박수를 치며 백성들을 둘러보았다.

"황제 폐하 만세!!"

"제국 만세!"

"제국이여, 영원하라!!"

열광적이라고 할 만한 그 분위기를 본 레티시아가 부드러운 미소를 지었다.

"좋은 나라로군요."

"그렇죠. 폐하께서는……, 아니, 아버님은 좋은 나라를 만드셨습니다. 저도 저렇게 될 수 있으면 좋겠다고 생각하고요."

"레오나르트 님께서는 분명히 되실 수 있을 거예요."

레티시아는 그렇게 말하며 미소를 지었다.

빈말이 아니었다. 레오라면 할 수 있을 것이다, 왠지 자신있게 말할 수 있었다.

"⋯⋯그렇다면 좋겠는데요."

"자신이 없으신가요?"

"그렇죠⋯⋯, 저는 자신감을 가질 만한 일을 아무것도 한 게 없으니까요."

"후후, 당신이 그런 말씀을 하시면 입장이 난처해질 사람들이 많을 텐데요."

"겸손해하는 게 아닙니다⋯⋯, 저는 정말 아무것도 한 게 없어요. 사람들은 저를 영웅이라고 부르죠. 하지만 저는 영웅이라 불릴 만한 일을 하지 않았습니다. 필사적으로 황족으로서 의무를 다하고, 주위 사람들이 도와주었을 뿐이죠."

"다른 사람들에게 도움을 받는다는 것도 황제의 소질인 것 같은데요?"

"그럴지도 모르죠. 다행히도 사람 복은 있습니다. 하지만, 그게 제일 중요하다면⋯⋯ 저보다 더 뛰어난 사람이 있거든요."

레오는 그렇게 말하며 다른 곳에서 황제의 연설을 보고 있는 아르 쪽을 돌아보았다.

그곳에는 오리히메와 웬디가 있었고, 크리스타와 피네도 있었다.

아르는 모두와 마음을 터놓은 듯한 느낌으로 이야기를 나누고 있었다.

얻기 힘든 사람을 얻는다. 아르에게는 그런 재능이 있었다.

"저도 아르노르트 님께서는 훌륭하신 분이라고 생각하긴 합니다. 저분은 분명히 사람을 아군으로 만드는 재능을 지니고 계시겠죠. 저도, 저분이 동생이라면 즐거울 것 같다는 생각이 드네요."

"도, 동생이요?"

"동생이죠. 제가 연상이니까요."

한껏 자기가 연상이라는 걸 강조한 레티시아는 레오를 보며 부드러운 미소를 지었다. 레오는 그 미소를 보고 얼굴을 붉혔다.

"레오나르트 님께서는 고민하고 계시군요. 자기가 황제가 되어야 할지, 아르노르트 님이 더 어울리는 게 아닐까 하고요."

"……네."

"하지만 딱 잘라 말씀드리겠습니다. 분명히 당신이 더 황제에 적합합니다. 아르노르트 님께서는 가까운 사람들에게 흥미를 보이시지만, 그렇지 않다면 흥미를 품지 않으실 겁니다. 지금도 곁에 있는 사람들을 보면서도 백성들을 돌아보진 않으시니까요. 그런 한편, 레오나르트 님께서는 나라를 가족으로 보실 수가 있습니다. 백성들을 위해 뭘 할 수 있을지, 그렇게 생각하실 수 있는 분이죠. 어느 쪽이 황제에 더 어울릴지는 확실한 것 같은데요."

"적합, 하다고요……."

"네. 당신은 적합합니다. 그리고 어울리는 것도 레오나르트 님이시죠. 황제는 나라의 상징. 황제는 결단을 내리고, 나라를 이끄는 존재입니다. 그렇기에, 황제를 목표로 삼고 나라를 좋게 만들려고 생각하는 자가 어울립니다. 아르노르트 님께서는 자질이 뛰어나지만, 그 의지가 부족합니다. 왜냐하면 저분에게는 당신이 있으니까요. 당신이 있는 이상, 아르노르트 님께서는 황제를 목표로 삼지 않으실 겁니다. 그 누구보다 당신을 인정하고 있기 때문입니다."

아직 부족한가요? 레티시아가 그렇게 눈빛으로 물었다.

그러자 레오는 고개를 저었다. 세력이 약했을 때는 필사적이었다. 하지 않으면 죽음이 바로 뒤에 있었기 때문이다. 하지만 세력이 커지고 황제의 의자가 조금씩 보이기 시작하자 망설임이 생겼다. 내가 거기 앉아도 되는가 하는 망설임이다.

망설일 만큼 여유가 생겼다는 뜻이다. 하지만 그 망설임도 사라졌다.

망설여 봤자 소용 없음을 깨달았기 때문이다.

"이제 괜찮습니다. 감사합니다."

"그런가요. 그거 다행이네요."

레오가 아르가 더 어울린다고 느낀 것처럼, 아르도 레오가 더 어울린다고 느낀다.

그리고 내가 더 적합하다면 답은 이미 나왔다. 황제가 된다고 해서 형제가 아니게 되는 것도 아니다. 서로 믿으면서 지금까지처럼 서로 받쳐 주면 된다.

레티시아가 해준 말을 들으니 그런 미래가 보였다.

눈앞에 있던 안개가 걷힌 것 같은 기분이 들었다. 계속 떠안고 있던 망설임이 사라진 것이다.

레오는 고마워하며 다시 아르 쪽을 보았다.

아르는 레오 쪽을 보지 않았다.

그건 분명히 레오를 믿고 있기 때문이다. 그리고 그 행동은 말 없는 메시지이기도 했다.

레오도 바보는 아니다. 계속 곁에 있었다. 레티시아가 뭔가 떠안고 있다는 건 눈치채고 있었다. 하지만 그걸 어떻게 해야 할지 몰랐기에 나서지 못하고 있었다.

아르가 그걸 눈치채고 이야기를 꺼낼지도 모르겠다고 생각했다. 하지만 아르는 아무런 말도 하지 않았다. 눈치채지 못했을 리가 없다. 같은 쌍둥이인데.

그렇다면 답은 하나다.

"내게 맡기겠다는 뜻인가……."

"네?"

"아뇨, 어떤 답에 도달했을 뿐입니다. 레티시아."

레티시아 씨라고 하지 않고, 그냥 이름으로만 불렀다.

지금까지 쓰던 호칭이 아니었기에 레티시아가 깜짝 놀랐지만, 레오는 계속 말을 이어나갔다.

"당신이 제 고민을 들어 준 것처럼, 저도 당신의 고민을 듣고 싶습니다. 만약에 믿어 주신다면――, 제게 이야기해 주실 수 있을까요? 당신의 고민을."

레오는 레티시아의 눈을 똑바로 바라보며 말했다.

전혀 상상하지 못한 말을 들은 레티시아는 말문이 막혔다.

"사실은 예전부터 눈치채고 있었습니다. 당신이 무언가를 떠안고 있다는 걸. 하지만 물어보는 게 두려웠습니다. 그래서 형이 그 이야기를 꺼낼 때까지 기다렸습니다. 하지만 형은 아무런 말도 하지 않았죠. 저에게 맡긴다는 뜻일 겁니다. 그러니 묻겠습니다. 당신이 떠안고 있는 고민을 저와 공유해 주실 수는 없을까요?"

"레오나르트 님……."

망설임이 없어진 레오는 올곧은 모습을 보였다. 레티시아는 그 올곧은 모습을 보고 처음에는 놀랐지만, 지금은 이게 이 쌍둥이의 차이일 거라 분석하고 있었다.

아르는 이런 식으로 직접 물어보지 않는다. 번거롭다고 할 만한 방법을 써서 캐내려 할 것이다. 그런 한편, 레오는 전혀 한눈을 팔지 않고 직접적으로 물었다.

둘 중 어떤 게 내 마음에 닿는가. 레티시아는 굳이 생각해 볼 필요도 없이 후자라고 느꼈다.

레티시아는 선의에 약하다. 그런 점으로도 레오는 레티시아를 설득하는 데 적합했다. 레티시아는 곤란하다는 듯이 웃고는 한숨을 살짝 쉬었다.

말해 버리고 싶다는 생각이 들었기 때문이다. 그런 생각이 들게 하는 무언가를 레오가 지니고 있었다.

말하면 끌어들이게 된다. 그건 절대로 바람직하지 않다는 걸 알고 있다. 하지만 레티시아의 입에서 새어 나온 것은 그런 마음과는 다른 말이었다.

"……국왕 폐하께서는 나이가 드셨습니다. 지금, 정무의 대부분은 제1왕자 전하께서 맡고 계십니다. 그리고……, 제1왕자 전하께서는 반제국파와 손을 잡으셨습니다. 제가 방해된다고 느끼게 되신 거겠죠. 저는 언젠가 암살당할 것 같습니다. 이제 왕국은 더 이상 저를 필요로 하지 않으니까요."

"암살……? 왕국을 위해 헌신한 당신을?!"

"물론 제 편을 들어 주는 분도 계십니다. 하지만…… 저는 이 성장을 들었을 때, 왕국에 모든 것을 바치기로 결심했습니다. 왕은 나라를 이끄는 자. 그리고 다음 왕이 제 죽음을 원한다면, 저는 받아들일 거예요."

"어떻게 그런, 그럴 수는……."

"왕국은 바뀌었습니다. 제가 전장에 섰을 때, 왕국은 매우 약해진 상태였습니다. 하지만 지금은 그렇지 않아요. 대륙 3강이라고 불릴 만한 힘을 되찾아 가고 있습니다. 그리고 그건 백성들도 마찬가지입니다. 백성들은 자신감을 되찾고 왕국이 대륙 최강이라는 생각까지 하기 시작했습니다. 하지만 현실적으로 왕국은 대륙 3강 중에서는 가장 약소하다는 평가를 받고, 그런 취급을 받고 있습니다. 그게 백성들에게 불만이 되어가고 있습니다. 그런 왕국의 분위기를 느꼈기 때문에 지금까지는 어느 쪽 입장도 지지하지 않으셨던 제1왕자 전하께서도 움직이신 거겠죠. 제가 생각을 바꾸고 제국과 맞서는 걸 용인한다면 목숨을 건질 수 있겠지만……,

저는 제국과 싸우는 것이 왕국의 미래로 이어질 거라 생각하지 않습니다. 제국은 강한 나라예요. 싸우기보다는 손을 잡고 함께 발전하는 게 왕국에 도움이 될 거라 생각합니다."

"맞습니다! 레티시아, 당신은 잘못 생각하는 게 아니에요! 제가 힘이 되어드리겠습니다!"

레오는 그렇게 말했다. 성녀 레티시아가 지닌 인기의 규모는 대륙급이다. 그녀를 지지하는 세력이 분명히 있을 것이다. 그들을 제국이 뒷받침해 준다면 제1왕자도 생각을 바꿀 것이다.

레오는 그렇게 생각했지만, 레티시아는 그 말을 듣고 슬픈 미소를 지었다.

"이 문제에 제국이 관여하면 왕국과 제국이 전쟁을 벌이게 될 겁니다. 최악의 경우에는 왕국이 둘로 나뉘어서 내란을 벌이게 될지도 몰라요. 그걸 용인할 수는 없습니다."

"그러면 그냥 살해당할 때까지 기다리실 겁니까……?"

"제국에 폐를 끼치진 않을 거예요. 그들은 분명히 제국 안에서 저를 암살하고 제국과 전쟁을 벌이기 위한 구실로 삼을 생각이겠죠. 하지만 행사 중에 저를 암살하는 건 매우 힘들 겁니다. 근위 기사가 감시하고 있으니까요. 돌아가는 길을 노리게 될 겁니다. 하지만 믿을 수 있는 사람들을 데리고 왔어요. 저를 암살할 수 있는 건 왕국 영지 안으로 들어간 이후일 테고요. 그러니까…… 이번 행사까지가 제 마지막 시간이라는 뜻입니다. 그래서 당신 형제를 지명했고요. 당신들이라면 분명히 즐거운 시간을 보낼 수 있을 것 같아서⋯⋯."

　제국의 근위기사단은 대륙 최강이라고 할 수 있다. 그 호위를
돌파하는 건 비현실적이다.

　하지만 계속 제국에 머무를 수는 없다.

　"이게 제 고민이에요. 그리고 이건 제 문제입니다. 레오나르트
님께서 신경 쓰실 필요는 없으니까, 부디 그렇게 슬픈 표정을 짓
지 말아주세요."

　"⋯⋯왕이 죽으라고 하면, ⋯⋯죽으실 겁니까?"

　"⋯⋯그게 나라입니다. 제 성장은 강력해요. 백성들이 왕국의
힘에 자신감을 지닌 것은 이 성장의 힘 덕분이기도 하죠. 제가 죽
으면 백성들의 열기도 가라앉을 겁니다. 그렇게 되면 제1왕자 전
하께서도 방향을 틀기 편해질 테고요. 전쟁은 비참합니다. 하지
않을 수 있다면 하지 않는 게 낫죠. 제가 왕국 영지 안에서 죽으
면 전쟁을 피하기 쉬워질 테니⋯⋯. 그게 제가 할 수 있는 왕국에
대한 마지막 봉사입니다."

　그렇게 딱 잘라 말한 레티시아의 표정에는 망설임이 없었다.

　성장은 왕국의 안쪽 깊숙한 곳에 봉인되어 있었다. 나라를 구
하기 위해 그 봉인을 풀러 갔을 때부터, 편히 죽지는 못할 거라고
생각하고 있었다.

　"제 마지막 고집입니다. 부디 즐거운 시간을 주세요. 레오나르
트 님."

　레티시아는 그렇게 말하며 웃었다.

무슨 말을 해야 레티시아의 생각을 바꿀 수 있을까. 레오는 그걸 알 수가 없었다. 레티시아는 살아가는 것을 포기했다. 그런 사람에게 무슨 말을 해야 할까.

그리고 결국, 해야 할 말을 찾지 못한 채 개회식이 끝났고, 제도는 기념 행사를 위해 움직인다.

3

개회식이 끝난 뒤, 레오가 내 방에 와서 둘이서만 이야기를 나누고 싶다고 했다.

너무나도 심각한 표정이었기에 나는 오리히메를 피네가 있는 곳으로 보내고 이야기를 듣기로 했다.

"……."

"……."

하지만 레오는 말을 하지 않았다. 아니, 말을 하지 못한 건지도 모르겠다. 마음속으로도 정리가 안 된 것 같다.

"레티시아가 뭐라고 했는데?"

"……형, 나는……."

레티시아의 이름을 들은 순간, 레오의 얼굴이 울상을 짓는 것처럼 일그러졌다.

그 표정을 보고 어떤 이야기가 오갔는지는 대충 짐작이 되었다.

"그녀는 역시 목숨을 위협받고 있었나……."

"형은 눈치채고 있었구나……."

"그럴지도 모르겠다고 의심하고 있었지. 하지만 그녀는 내게 말하지 않았어. 너에게는 말했구나."

"기쁘지 않아……. 그녀는 자기 목숨을 포기했다고……!"

레오는 쥐어짜내는 듯한 목소리로 그렇게 말하고는 레티시아와 나눈 이야기에 대해 말하기 시작했다.

왕국의 반제국파가 레티시아를 노리고 있다는 것. 그 반제국파 중에는 차기 국왕도 있다는 것. 국민들까지 포함해서 왕국의 반제국 의식이 있다는 것.

반항하면 나라가 분열하기 때문에 레티시아가 자신의 목숨을 포기했다는 것. 마지막 시간을 즐기게 해달라는 말을 들었다는 것. 레오는 분한 듯이 그렇게 이야기했다.

"그게 그녀의 결의인가……."

왕국에 몸을 바친 레티시아에게 있어서 왕국은 자신의 모든 것이다.

그녀는 뭘 하든지 왕국을 가장 우선적으로 생각한다. 그런 레티시아에게 있어서 왕국이 제국과 전쟁을 하러 나서는 것은 피해야만 하는 일이다. 하지만 정면으로 맞설 수는 없다.

그렇다면 성장의 소유자이자 강한 왕국의 상징인 자신이 죽을 수밖에 없다. 그렇게 생각하고 있을 것이다.

모든 것은 왕국을 위해서. 그녀답다고 할 수도 있을 것 같다.

"뭔가…… 뭔가 방법이 없을까? 나는 그녀를 구하고 싶어!"

"그러면 좋긴 하겠지만…… 우리와는 상관이 없는 일이야."

"어……?"

"그녀는 왕국 사람이야. 그래서 왕국을 가장 우선적으로 생각하지. 그리고 우리는 제국의 황족이다. 제국을 가장 우선적으로 생각할 의무가 있어. 그녀가 제국에서 죽지 않게끔 지킨다는 건 찬성하지만, 그 이후로도 관여할 이유는 없고, 그럴 여유도 없어."

"그럴 수가……! 그렇다면 그녀에게 죽으라는 거야?!"

"그래. 죽고 싶다면 죽으라지. 그녀가 원하잖아. 거기에 우리가 참견하는 건 잘못이야. 제국에서 죽으면 곤란하다만, 왕국 안에서 죽는다면 우리는 곤란하지 않아."

내가 그렇게 쌀쌀맞다고도 할 만한 말을 하자 레오가 한 발짝 물러섰다.

절망으로 가득 찬 얼굴을 보고 싶지 않았기에, 나는 눈을 감았다.

"형……. 그녀는 친구잖아?!"

"친구지. 하지만 가족은 아니야. 가족이라면 모든 것을 제쳐두고서라도 구하겠지만, 어디까지나 좋은 친구일 뿐이야. 왕국의 깃발 아래에서 살아가고 있는 이상, 우리가 구할 대상이 아니라고."

"왜 그런 식으로 말하는 거야! 그녀는 필사적으로 왕국에 헌신했고, 왕국을 위해 노력했다고! 그건 아니지!"

"그래. 무슨 말을 하고 싶은지는 알겠어. 하지만 어떻게든 해야만 하는 건 왕국 사람이야. 이건 왕국의 문제니까."

"그녀는 친제국파 사람이야! 구해 주는 건 제국의 이익으로 이어져!"

"어설픈 각오로 관여하면 그녀가 말한 대로 왕국이 둘로 갈라질 거다. 그걸 피하기 위해 그녀가 죽으려 하는 거라고……. 그녀의 결의를 허사로 만들 셈이냐? 죽지 않았으면 한다는 건 이쪽이 멋대로 밀어붙이는 고집이야."

눈을 슬쩍 떠보니 레오가 감정이 엉망진창으로 뒤섞인 표정을 짓고 있었다.

분노, 슬픔, 체념. 다양한 감정이 안쪽에서 솟구쳐서 전혀 정리가 안 되는 모양이었다.

예전에 비슷한 표정을 본 적이 있다.

"예전에……, 네가 죽어가던 고양이를 주워온 거 기억나?"

"……기억나."

"그때, 어머님은 네게 자기 책임이라고 했지. '그 이후'의 모든 것에 책임을 지겠다면 구해 줘도 된다고 했고. 이번도 마찬가지야. 책임을 지지 못한다면 행동해선 안 돼."

"……그녀는 고양이가 아니야."

"그렇지. 그러니 짊어지게 될 책임도 비교가 안 될 거다. 그녀는 왕국의 성녀야. 그녀를 구한다는 건 그 이후에 생기게 될 수많은 문제에 대해 책임을 진다는 뜻이라고. 그리고 우리는 그런 책임을 질 수 있는 입장이 아니야. 그러니 그녀가 바라는 대로 즐거운 시간만 제공해 줘라."

결국, 죽어가던 고양이는 둘이서 돌봐 주며 수명으로 인해 세상을 뜰 때까지 함께 지냈다.

하지만, 이번에는 둘이서 힘을 합치더라도 부족한 상황이다.

레오는 축 늘어진 채 고개를 떨구었다. 무력함을 통감하고 있을 것이다.

"세바스가 조사한 것에 따르면 제도에 범죄 조직이 잠입해 있어. 나는 실버에게 움직여 달라고 부탁하러 갈 거다. 너는 그녀 곁에 있어 줘라."

"……그럴 수밖에, 없는 걸까?"

"글쎄. 나는 나다운 대답밖에 못 해. 방금 한 건 내 답이다."

그 말을 듣고 레오가 어색하게 웃었다.

그리고 알겠다고 말한 다음, 레오가 방에서 나가려 했다. 그때, 문을 노크하는 소리가 들렸다.

"들어오시죠."

"실례합니다. 저는 웬디님의 시종, 폴라라고 합니다."

그렇게 말하며 들어온 사람은 안경을 낀 여자 엘프였다.

능력있는 사람이라는 분위기가 풍기는 그 사람은 미소를 지으며 공손히 고개를 숙였다.

"무슨 일이십니까?"

"웬디 님께서 축제를 보고 싶다고 하셔서요. 그곳에 있던 사람들로만은 판단을 할 수가 없었기에 아르노르트 전하께 여쭈어 보러 왔습니다."

"그렇군. 알겠어. 준비하지."

"감사합니다. 그리고 레오나르트 전하시죠? 전하의 소문은 엘프 마을에서까지 들렸습니다. 만나 뵙게 되어 영광입니다. 악수를 해주실 수 있을까요?"

폴라가 그렇게 말하며 레오에게 악수를 청했다.

전혀 그럴 기분은 아니겠지만, 레오는 겨우 미소를 지으며 대답했다.

"그런 표정으로 레티시아에게 가면 그녀가 슬퍼할걸?"

"나도 알아……. 제대로 할 테니까."

폴라가 나간 다음, 레오에게 그렇게 말하자 레오가 작은 목소리로 대답했다.

괜찮을까, 나는 그렇게 생각하며 레오를 보냈다.

그러자 내 뒤에서 목소리가 들렸다.

"너무 엄하신 것 아닙니까?"

"함께 구해 주겠다고 말해 줬어야 했을까?"

소리도 없이 나타난 세바스가 고개를 저었다.

"그런 말씀을 드린 게 아닙니다. 그저 너무 몰아붙이신 게 아닌가 하는 생각이 들어서요."

"그 정도로 포기한다면 겨우 그 정도인거지. 포기하는 게 나을 거야."

"마치 포기하지 않았으면 한다는 것 같습니다만? 레오나르트 님이라면 다른 답에 도달할 것이다. 그렇게 생각하시는 겁니까?"

세바스는 슬쩍 웃으며 그렇게 말했다.

나는 그 말을 듣고 인상을 쓰며 화제를 돌렸다.

"현상수배범의 거점을 찾아냈나?"

"예. 들키지도 않았습니다."

"그렇군. 그럼 내가 간다. 미아는 대기시켜."

"꽤 적극적이시군요."

"성 내부에 분명히 배신자가 있을 거다. 그런데 여기저기 돌아봤는데도 누구인지 모르겠어. 그리모어가 유일한 단서야. 실패는 용납되지 않아. 최대 전력으로 제압한다."

"알겠습니다."

세바스는 그렇게 말하고는 실버의 가면을 준비했다.

4

"거점은 지금 아무도 쓰지 않는 귀족의 저택 지하입니다. 마도사의 집단답게 강력한 결계가 펼쳐져 있으니 직접 전이하시지 않는 게 나을 것 같습니다."

"알겠어. 일단 주위에서 대기해 줘."

"알겠습니다."

"그럼, 다녀오지."

"다녀오십시오."

나는 그렇게 말한 다음, 실버가 되어 전이했다.

전이한 곳은 미리 이야기를 들었던 귀족의 저택. 몇 년 전에 쓰지 않게 된 이후로 방치되었다고 한다. 그런 곳을 범죄 조직이 거점으로 이용하고 있으니 제국의 실수라고도 할 수 있다.

"뭐, 방치된 저택 같은 걸 전부 파악하진 못할 테니까 어쩔 순 없겠지."

나는 그렇게 중얼거리며 저택 안으로 들어갔다.

그리고 지하실로 이어지는 문을 발견했다. 물론 그 문은 잠긴 상태로, 결계로 막혀 있기도 했다.

하지만, 이 정도는 없는 거나 마찬가지다.

문에 손을 대고 마력을 흘려넣었다. 그러자 문이 단숨에 터진다. 결계도 내가 불어넣은 마력을 버티지 못하고 완전히 사라져 버렸다.

"이제 상대방도 눈치챘겠지."

나는 지하실로 이어지는 계단을 내려가며 주위의 마력 농도를 높이기 시작했다.

마도사가 주도하는 조직이라고 해도 말단은 평범한 사람일 것이다. 일부러 그런 녀석들을 상대할 필요는 없다. 그렇게 생각하다 보니 지하실에 도착했다.

"호오?"

눈앞에 있는 것은 외길.

딱히 특징이 없는 것처럼 보이지만, 눈에 보이지 않는 마력의 실이 둘러져 있다.

저기에 걸리면 무언가가 나오겠지, 그렇게 생각하며 나는 아무렇지도 않게 그 외길을 나아갔다. 그러자 마력의 실이 반응하며 벽에서 화살이 날아들었다.

"마법과 함정의 연동인가. 역시 그리모어의 거점이군."

재미있는 장치인 것 같긴 하지만, 재미있을 뿐이다. 발동될 때까지의 시간을 고려하면 강자에게는 통하지 않는다.

실제로 내게 날아든 화살은 중간에 속도를 잃고 떨어져 버렸다.

그대로 외길을 나아가자 단숨에 넓은 공간으로 나왔다.

그곳에서는 남자들 수십 명이 무기를 겨눈 채 기다리고 있었다.

"왔다! 던져!"

그 함정을 돌파할 만한 녀석에게는 화살이 통하지 않을 거라 판단했기 때문일 것이다.

남자들이 투창을 던졌다. 그 투창도 마법으로 약간 강화된 물건인지, 그 질은 군대에서 채용하더라도 이상할 게 없는 수준이다.

하지만.

"이제 끝인가?"

"말도 안 돼⋯⋯."

누군가가 그렇게 중얼거렸다. 날아든 창은 전부 내 앞에 멈춰 있었다.

공중에서 정지한 창을 보고 감이 좋은 녀석은 다음에 일어날 사태를 눈치채고 그늘로 숨으려 했다.

"그럼 이제 모조리 돌려주지."

창이 제자리에서 빙글 반전했다. 그제야 무슨 일이 일어난 건지 눈치챈 남자들이 도망치려 했지만, 이미 늦었다.

내 앞에 있던 창이 한순간에 사출되어 남자들의 몸을 꿰뚫었다.

그늘에 숨은 자들도 그 장애물까지 꿰뚫어서 그곳에 있던 사람들 대부분이 죽거나 행동불능 상태가 되었다.

하지만.

"호오?"

"우오오오오오!!"

나름대로 실력이 괜찮은 녀석이 한 명 있었나.

검을 뽑아든 남자가 내 왼쪽에서 달려들었다. 그 빗발치는 창을 피한 시점에서 아마 실력을 따지면 A급 모험자 정도는 될 것이다. 뭐, 그렇다 하더라도.

"이럴, 수가……."

"미안하군. 어설픈 공격은 내게 닿지도 못한다고."

남자가 날린 혼신의 일격은 내 앞에서 멈췄다.

꿈쩍도 하지 않는 검을 보고 남자가 절망한 표정을 지었다.

"남길 말은 있나?"

"시……."

"시?"

"시, 실버다아아아아아아아아아!!!!"

"소개하느라 수고했다."

남자를 왼손으로 날렸다. 그것만으로도 남자는 벽에 박혀 절명했다.

자, 이제 내가 왔다는 사실이 적 전체에게 알려졌겠지.

보아하니 이 지하실은 꽤 넓다. 아마 원래 있던 지하실을 확장했을 것이다.

"자, 간부를 찾아볼까."

나는 그렇게 중얼거리고는 피바다로 변한 방을 지나 앞으로 나아갔다.

■ ■ ■

"쏴라! 쏴라!! 더 이상 안으로 들어오지 못하게 해!!"

지하실을 나아가자 조직 구성원으로 보이는 자들이 제각각 다른 방법으로 반격에 나섰다.

마법을 사용하는 자들도 있었고, 연노를 쏘는 자들도 있었다.

전부 내게 닿지 않는 결과로 끝났지만, 처음 만났던 강자와 비슷한 수준인 자들도 있었다. 그것만으로도 이 조직의 큰 규모를 느낄 수 있었다.

"걸리적거린다."

앞에 탁자를 쌓아 바리케이드로 만들려던 녀석들을 발견하고, 나는 오른팔을 휘둘러 풍압을 일으켜서 바리케이드까지 함께 그 녀석들을 날려 버렸다.

이런 폐쇄 공간에서는 뭘 하더라도 힘을 꽤 조절해야 하기에 내게는 불리하지만, 상황을 보아하니 내가 돌입하길 잘한 것 같다.

세바스와 미아가 제압할 수는 있었겠지만, 시간이 오래 걸릴 거나 하면 놓칠 가능성도 커질 것이다.

그렇게 분석하고 있자니 안쪽에서 젊은 남자가 나왔다.

피처럼 붉은 머리카락에 험상궂은 남자. 등에는 대검을 메고 있다. 그 얼굴에 드리운 것은 도발적인 미소.

"설마 범죄 조직에 S급 모험자가 관여했을 줄은 몰랐다. 이그나트."

눈앞에 나타난 남자의 이름은 이그나트. 영귀 토벌 때 모였던 S급 모험자 중 한 명이다.

"흥! 모험자는 해결사잖아? 보수만 받으면 뭐든지 하지! 누군가가 새치기를 해서 생각보다 보수를 못 받았으니 말이야. 여기서 벌고 있다고. 이 녀석들은 최고거든? 돈을 잘 쳐준단 말이지. 제국과는 다르다고!"

이그나트가 그렇게 말하며 유쾌하다는 듯이 웃었다.

돈 때문에 움직인다는 것은 모험자다운 생각이다. 그건 맞는 말이다. 하지만, 모험자 길드는 소속된 모험자에게 범죄 조직과 관계를 맺는 것을 용납하지 않겠다고 선언했다.

백성을 위하여. 그 유일무이한 철칙에 어긋나기 때문이다.

"모험자로서의 긍지는 버렸나?"

"백성을 위하여? 역시 SS급 모험자님이셔. 모범생이라고. 그리고 내 대답 말인데, 그런 건 엿이나 먹으라지. 백성들이 우리에게 뭘 해준다고? 지켜주는데도 불평만 하고 말이야. 나는 정말 싫다고. 백성들도, 그 모험자의 철칙을 내세우는 너 같은 녀석도 말이다!"

이그나트가 그렇게 말하며 등에 메고 있던 검을 뽑아들었다.

그리고 그 검에 마력이 담기자 칼날이 불꽃에 휩싸였다.

"마검인가."

"그래! 몬스터든 인간이든, 무엇이든지 불살라 가르는 최고의 파트너다!"

이그나트는 그렇게 외치며 나를 향해 똑바로 달려들었다.

S급 모험자 쯤 되면 분명 강하다. 게다가 나는 폐쇄 공간에서 온 힘을 다해 싸울 수가 없다.

정말 큰 오산이긴 하지만……

"커헉……?!"

"──우연이군. 나도 정말 싫어한다. 모험자의 유일한 철칙을 어기는 녀석을 말이지."

이그나트는 내게 다가오기도 전에 옆에서 후려치는 공격을 맞고 벽에 부딪혔다.

무슨 일이 일어난 건지 이해하지 못한 이그나트를 향해 나는 손짓했다.

"일어서라, 이그나트. SS급 모험자로서 모험자의 철칙이라는 걸 가르쳐 주마."

"까불지 마라! 허약한 마도사 주제에!!"

이그나트는 일어선 다음, 이번에는 페인트를 섞어가며 내게 덤벼들었다.

그리고 마검을 들어올려 내리쳤다. 나는 그 공격을 결계로 막았다.

"막아 냈구나? 여유가 사라졌는데? 실버어!"

"아니, 뭐든지 벨 수 있다는 네 파트너를 시험해 보았을 뿐이다. 별것 아니었다만."

"이 자식이! 너는 죽인다! 그리고 그 악취미 같은 가면을 벗겨 주마!!"

그렇게 제도 지하에서 아무도 모르게 SS급 모험자와 S급 모험자의 전투가 시작되었다.

5

"하하하!! 왜 그러지? 실버!!"

"쳇!"

이그나트는 교묘하게 페인트를 섞어가며 접근전을 벌이려 했다. 그러자 나는 두 손에 마력을 집중시켜서 이그나트의 마검을 튕겨 내며 거리를 벌리려 했다.

"방어만 하고 있잖아! 겨우 그 정도냐! SS급이라는 게!"

"수다를 떨다니, 여유로운 모양이군."

나는 그렇게 말하며 손날을 내리쳤다. 거기서 생겨난 것은 회

오리바람이었다.

이그나트는 재빨리 마검으로 막아 냈지만, 그 기세에 밀려서 멀리 물러나게 되었다.

"쳇! 마도사 주제에!!"

"그 마도사에게 접근전으로 겨우 호각이라면 S급도 땅에 떨어졌군."

"이 자식……! 그 말! 후회하게 해주마!!"

이그나트는 마검에 마력을 더 많이 담았다.

그러자 검을 휘감고 있던 불꽃이 단숨에 부풀어 오르더니 이내 조용히 검을 감싸는 정도로 줄어들었다.

불발은 아닐 것이다. 강대한 불꽃이 압축되면서 마검이 더욱 강화된 상태겠지.

"SS급이 되려면 길드 본부가 인정할 만큼 특별한 전공이 필요하지. 내게 없고 네게 있는 건 그 전공이 될 만한 몬스터와 만났다는 것뿐이다!!"

"그러니까 기회만 있으면 SS급 모험자가 될 수 있었을 거라는 뜻인가?"

"그래! 그걸 지금 증명해 주마!!"

이그나트가 그렇게 말하며 돌진해 왔다.

하지만 일직선으로 오고 있을 뿐이었기에 다시 손날로 회오리바람을 만들어냈다.

하지만 이그나트가 좀 전에는 막아 냈던 그 회오리바람을 쉽사리 베고는 다시 직진해 왔다.

"이런 걸로 막을 수 있을 것 같으냐!!"

"호오?"

역시 S급 모험자라고 해야 하나. 꽤 하는데.

나는 정면에 견고한 결계를 펼쳐서 이그나트의 마검을 막아 냈다. 처음에 시험삼아 펼쳤던 것과는 달리 제대로 된 결계다.

"너도 온 힘을 다한 게 아니라는 뜻이냐!"

"글쎄다."

나는 움직임이 멈춘 이그나트의 몸통을 꿰뚫으려 했다. 그러자 이그나트는 몸을 비틀어서 피한 다음, 내 팔을 휘감듯이 잡더니 내던졌다.

날아간 나는 공중에서 자세를 바로잡고 착지했지만, 이그나트가 그 틈을 노리고 다시 돌진해 왔다.

철저하게 접근전에서 한방을 날리는 것을 노리고 있다. 아마거리를 두고 날리는 공격으로는 내 방어를 돌파하지 못하기 때문, 그리고 내가 유리한 거리에서 싸우고 싶지 않다는 목적 때문일 것이다.

그런 걸 철저하게 지키는 걸 보면, 그래도 모험자라는 건가.

"잡았다아아아아!!"

"크윽!"

내 몸통을 향해 내지른 마검을 나는 두 손바닥으로 감싸며 막았다.

보통은 온도가 높은 검을 잡으면 손이 버티지 못하지만, 그런 상황을 우려해서 두 손에 마력을 모아 두었다. 하지만 그래도 열기가 느껴지는 걸 보니 꽤 버거운 마검이라 할 수 있을 것이다.

"이제 결계를 펼칠 여유도 없나?"

"그렇군······. 접근전은 서투르니까."

나는 그렇게 말하며 이그나트를 향해 발차기를 날렸지만, 이그나트는 곧바로 마검에서 손을 떼고 발차기를 피한 다음, 복수라는 듯이 내 배에 송곳같은 발차기를 날렸다.

나는 그 찌르기 공격 때문에 후퇴할 수밖에 없었고, 마검도 놓쳤다. 이그나트는 마검이 떨어지기도 다시 잡았다.

"크윽······."

"마력으로 강화시킨 발차기인가? 위력은 충분하겠지만, 그렇게 어설픈 기술로 맞출 수 있을 리가 없잖아?"

마력으로 아무리 강화한다 하더라도 소체인 나 자신에게는 센스가 요만큼도 없으니까.

어느 정도는 나아지더라도 전투의 프로와는 비교하는 것조차 부끄러울 정도다.

그런 내 체술로는 이그나트를 뛰어넘을 수가 없다. 뭐, 이미 알고 있었지만.

나는 배를 누르며 일어섰다. 대미지는 별로 입지 않았다. 하지만 전투 내용만 따지면 상대방이 더 앞서가고 있다. 조만간 강한 공격을 당하게 될지도 모른다.

그런 사실을 알고 있기에 이그나트는 여유로운 표정을 짓고 있다.

"왜 그러지? 항상 잘 쓰던 대마법을 사용하라고! 뭐, 제도 지하에서 그런 걸 쓰면 위쪽에서 피해가 생길 테니 말이다!"

"잘 알고 있군그래. 그러니 나는 대마법을 쓰지 않겠다."

"백성을 위해서라고? 바보 같은 소리! 네가 그런 걸 신경 쓰지 않았다면 이런 상황이 되지 않았을 텐데! 자기 목숨보다 백성들이 더 소중하다는 거냐?!"

나는 이그나트의 질문에 대답하지 않았다. 굳이 대답할 필요도 없는 질문이었기 때문이다.

고대 마법을 사용하는 SS급 모험자. 그것이 실버이자, 제도의 수호자로서 행동했기에 용인되어 온 이단이다.

그런 존재가 백성을 위하여라는 철칙을 어기면 어떻게 될 지는 뻔하다. 이상적인 모험자로 행동하기에 실버는 제국에 군림할 수 있다.

그렇기 때문에 실버는 제국의 백성을 저버리지 않는다. 설령 자기가 죽게 되더라도.

"흥! 이상으로 살아가는 건 상관없다만, 그러다가는 오래 못 살 거다!!"

이그나트는 그렇게 말하며 마검을 들어올렸다. 강력한 일격을 날릴 셈인가.

"내가 쓰는 기술에 일일이 이름을 붙이진 않지만, 그중에서 유일하게 이름을 붙인 게 이 기술이다."

"비장의 수단이라는 건가……. 역시 S급 모험자로군. 재주가 다양해."

"그 여유…… 이 기술을 본 뒤에도 유지할 수 있을까!"

마검이 커다란 불꽃에 휩싸였다.

그 불꽃은 지금까지 이그나트가 보여준 불꽃 중에서도 특히나 붉고 강한 불꽃이었다.

눈부시게 타오르던 그 불꽃은 이그나트가 심호흡을 할 때마다 점점 작아졌다. 이그나트 자신이 불꽃을 받아들여 검과의 동조율을 높이고 있는 건가.

그리고 나중에는 마검을 감싸고 있던 불꽃이 사라졌다. 하지만 그것은 폭풍 전야의 고요함일 것이다.

"종화장(終火葬)."

이그나트가 중얼거린 순간, 이그나트의 모습이 사라졌다.

그리고 그는 어느새 내 품속에 뛰어들어와 있었다.

빠르다. 지금까지와는 전혀 다르다. 순간이동에 가까운 그 속도는 마검이 만들어 낸 불꽃을 이그나트가 흡수했기 때문에 생겨났을 것이다. 신체 능력이 폭발적으로 늘어난 것이다.

원래 마검사로서 S급 모험자가 된 이그나트의 신체 능력은 뛰어난 수준이었다. 그것이 더욱 강해졌다.

이그나트는 곧바로 찌르기로 넘어갔다. 그 마검에서는 막대한 에너지가 느껴졌다.

제약이 있는 나는 피할 수가 없었다. 애초에 마도사인 나는 이런 폐쇄 공간에서는 온 힘을 다해 싸울 수가 없다. 이그나트와 맞서던 거리는 원래 절대로 침입하게 두지 않는 영역이다.

평소에는 이런 경우를 배제하거나 거리를 두었을 것이다.

하지만 이곳에서는 그러지 못했다. 전이 마법으로 피했다가 다시 싸우는 방법도 있었겠지만, 그렇게 하면 모처럼 생긴 단서를 잃게 된다.

그렇다고 해서 대마법으로 공격하면 지하실이 붕괴할 테고, 지상의 제도에도 피해가 생긴다.

그래서 나는 어떻게 해볼 수가 없는 상황이었다. 그렇기에.

"수고했다. 그런 공격을 기다리고 있었지."

"뭐, 라고……?"

이그나트가 날린 찌르기 공격은 내게 닿기 전에 결계에 막혔다.

그것은 단순한 결계가 아니다.

"내 마법은 폐쇄 공간에서 너무 강하거든. 힘조절을 하는 것조차 힘들지. 그래서 네 공격을 이용하는 게 제일 편하거든."

"설마……?!"

"그래, 안심해라. 진심으로 상대한 거였으니. 죽을 힘을 다하지는 않았지만."

"크윽?!"

나타난 결계가 어떤 것인지 눈치챈 이그나트가 내게서 거리를 벌리려 했지만, 이미 늦었다.

애초에 이곳은 폐쇄 공간이다. 도망칠 곳 같은 건 없다.

결계의 이름은 반사 결계. 그 이름대로 상대방의 공격을 반사한다.

이그나트의 찌르기 공격은 모아둔 에너지를 단숨에 해방시켰지만, 그것은 전부 일단 결계에 빨려 들어간 후 이그나트를 향해 다시 튕겨져 나갔다.

"끄아아아아아악?!?!"

자신의 비장의 수를 제대로 맞은 이그나트는 재빨리 마검을 들고 있던 오른팔로 몸을 감쌌다. 그 덕에 이그나트의 몸 자체는 가벼운 화상만 입었지만 그 영향이 온몸에 퍼졌기 때문에 가볍지만은 않다.

그리고 오른팔은 새까맣게 타버렸다. 후두둑, 오른팔이 부서지자 이그나트도 의식을 잃엇다.

나는 이그나트를 결계로 포박한 다음, 발걸음을 돌렸다.

"자, 조사를 계속해 볼까."

이그나트보다 더 강한 호위는 이제 없을 것이다. 간부를 체포하는 것만 남았다.

얼른 끝내자. 이곳에 있으면 스트레스가 쌓인다. 조만간 스트레스 때문에 무심코 마법을 날려 버릴 것 같다.

■ ■ ■

이그나트와의 전투에서 승리한 다음, 나는 다시 지하실을 나아갔다.

예상했던 대로 이그나트보다 강한 경호원은 없었고, 최심부까지 가는 동안에는 산발적인 저항뿐이었다.

그리고 나는 어떤 문 앞에 도착했다.

마력이 느껴지는 문이었지만, 나는 아랑곳하지 않고 문을 열었다. 그러자 나를 향해 뇌격이 날아들었다.

하지만 그것은 결계로 인해 막혔다.

"역시 고대 마법의 사용자. 제국 최강의 마도사라 불릴 만도 하군. 대단한 결계야."

그렇게 말하며 박수를 친 사람은 금발을 올백으로 넘긴 청년이었다.

그의 눈은 보라색과 녹색의 오드아이였다. 그것만으로도 뛰어난 마법의 소양이 있다는 걸 알 수가 있었다.

거만하게 의자에 앉아 나를 똑바로 바라보고 있었다.

그 방의 분위기는 지금까지와는 달랐다.

책으로 뒤덮인 그 방은 서재라고 해야 할까. 눈앞에 있는 남자의 개인적인 공간일 것이다. 왠지 할아버지의 방과 비슷한 느낌이 들었다.

마법에 매료되어 마법 연구만 한다는 점으로 따지면 동류라고도 할 수 있다. 본질적으로는 큰 차이가 있겠지만.

"네가 간부냐?"

"그렇다. 내 이름은 이안. 그리모어의 간부다. 뭐, 최근에 들어

왔지만."

이안은 그렇게 말하며 자기 왼손에 있는 마크를 보여 주었다.

악마의 날개가 돋아난 책 마크. 미아가 말했던 간부의 증거일 것이다.

오드아이는 선천적으로 강한 마력을 지니게 된다. 그것을 가지고 있는 것만으로도 뛰어난 마도사라는 뜻이다.

"마법의 연구자들이 모여 만든 범죄 조직, 그리모어. 제도의 지하에서 몰래 뭘 하고 있었지?"

"모르고 온 건가?"

"지하에 구더기가 들끓는다는 이야기를 들어서 말이지. 구더기가 뭘 하는지까지는 모른다."

내가 도발하자 이안이 웃었다. 그 미소에는 여유가 있었다.

"말이 심하군. 우리가 구더기라고. 그렇다면 지상에 있는 인간들은 돌멩이인가?"

"그렇지. 너희와 비교하면 보석만큼의 가치가 있다."

"역시 제도에 군림하는 SS급 모험자로군. 편애가 대단해."

"글쎄다. 어떤 SS급 모험자에게 물어봐도 똑같은 대답을 할 텐데? 이래 봬도 SS급 모험자 중에서는 착한 편인데 말야. 내 말투가 마음에 안 들었나?"

"그렇다. 일반적인 감성은 지니고 있으니까. 구더기 취급을 받으면 조금이나마 상처를 받지."

"그렇군. 미안하다. 다시 말하마. 마법에 사로잡힌 쓰레기. 이곳 제국에서 뭘 하고 있었나?"

이번에는 이안이 반응하지 않았다. 하지만 마력은 천천히 강해지고 있었다.

얼굴에 드리우고 있는 여유로운 표정은 여전히 사라지지 않았다. 뭔가 대책이 있을 것이다.

"어디서 마법 연구를 하든 내 마음일 텐데?"

"마법 연구? 떳떳한 연구라면 어째서 지하실에 틀어박혔지?"

"낯을 많이 가리거든."

"그렇군. 그러면 건전한 마법 연구란 말인가?"

"물론이다."

"……마도사로서 흥미가 생겼다. 일단 들어보기라도 하지. 뭘 연구하고 있었나?"

"어떤 인물의 협력을 받아 대마법에 도전할 생각이다. 지금까지 아무도 사용한 적이 없는 마법이다."

"협력이라고……."

이런 시기에 일부러 제도에 잠입해서 평범한 마법을 연구할 리가 없다.

그리고 이 녀석들에게 협력한다는 것은 실험체가 된다는 뜻이다. 기꺼이 협력할 녀석은 없을 것이다. 다시 말해서.

"협력자가 아니라 피험체라고 해야 하지 않나?"

"그렇게 말할 수도 있겠지."

"그렇군. 흥미가 생겼으니 한 가지 더. 그게 성녀인가?"

"역시 실버로군. 귀가 밝아. 그렇다. 그녀에게 협력해 달라고 할 생각이다."

이안은 방긋 웃었다.

그 웃음에는 악의가 없었다. 자기가 나쁜 짓을 한다고 생각하지 않는 사람의 웃음이었다.

자신 이외의 모든 것은 실험체로만 생각하는 건지도 모르겠다. 잔드라와 비슷한 느낌이 든다. 이 녀석들에게는 자신의 목적 이외에는 아무래도 상관이 없을 것이다.

"그렇군. 자세히 말해 주면 좋겠다만."

"그럴 수는 없지."

"그렇군, 그러면 억지로 물어보도록 하지. 잔재주를 부릴 준비는 끝났나?"

내가 그렇게 말하자 이안이 한순간 인상을 찌푸렸다. 하지만 곧바로 다시 미소를 지었다.

"여유롭군. 일부러 준비를 마칠 때까지 기다려 준 건가?"

"마도사로서 흥미가 생겼다. 비합법적인 수단을 써서 다른 사람을 계속 이용하며 개발한 마법이라는 게 얼마나 시시한 건지 흥미가 있었거든."

"흥…… 네놈은 그 시시한 것 때문에 패배할 거다!"

이안이 그렇게 말하며 손가락을 튕겼다.

그 순간, 방 전체에 펼쳐진 수많은 결계가 발동되었고, 내가 서 있던 곳이 마법진으로 둘러싸였다.

그 마법진은 외눈 같은 문양을 하고 있어, 그것이 나를 바라보자 구속당했다.

"내 전문은 저주. 고금동서의 저주 결계를 모아 연구한 내 저주 결계는 대상을 완전히 무력화시킨다! 그것이 내 새로운 마법, 사안 결계! 방 안에 들어온 시점에서 네놈의 패배는 결정되어 있었다!"

"다양한 결계를 조합한 것 같긴 하군."

방에 펼쳐진 결계는 스무 개가 넘었다. 그렇게 많은 결계를 겹쳐서 강력한 효과를 내 밑에 있는 외눈 마법진에 집중시키고 있을 것이다.

강력하긴 하다. 하지만 어차피 자잘한 것들을 한데 모은 것에 불과하다.

"내가 바로 최강의 저주술사다! 상대를 잘못 골랐구나! 실버!"

"그래, 정말이지 상대를 잘못 골랐다."

나는 그렇게 말하며 오른쪽 다리를 살짝 들고는 그대로 외눈을 걷어찼다.

그것만으로도 내 아래에 있던 마법진이 무너졌고, 방에 펼쳐져 있던 결계도 유리가 깨지는 것 같은 소리와 함께 무너져 내리기 시작했다.

"말도, 안 돼……."

"솔직히 대단하다는 생각이 든다. 서로 반발할 결계를 교묘하게 조합시켜서 절묘한 밸런스로 하나의 결계에 담아냈으니까. 하지만 그 밸런스를 무너뜨리면 금방 사라진다. 실전에서는 써먹을 수 없지."

"그런 건 나도 알고 있다……. 그래서 함정으로 사용했는데, 어째서 그 결계 안에서 움직일 수 있는 거지……?"

"네 저주보다 내 결계가 더 강하기 때문이겠지."

이안은 결계 안에 끌어들이기만 하면 이길 수 있을 거라 예측한 것 같지만, 너무 어설픈 생각이다.

이래 봬도 명색이 제국 최강의 마도사다. 상대가 오리히메의 결계라 하더라도 시간만 있으면 탈출할 수가 있다. 대륙 최고의 결계사가 펼친 결계도 그 정도다. 이안 정도의 저주 결계라면 평소처럼 움직일 수 있다.

그리고 평소처럼 움직일 수 있다면 마력을 담아 마법진의 밸런스를 무너뜨리는 것도 쉬운 일이다.

"아무리 다양한 마법을 연구하고 조합해 봤자 그건 새로운 마법이라 할 수 없다. 그런 건 현재 사양을 조금 조작한 것과 다를 게 없지. 새로운 마법이란 기존에 있는 것들의 벽을 하나 넘어서야 만들 수 있다. 마법의 개발을 얕보지 마라."

"후, 후후…… 역시 대단하군……. 나로는 못 당하는 건가……, 하지만, 이미 늦었다."

웃고 있던 이안은 손거울 같은 마도구를 쥐고 있었다. 그것이 단숨에 펼쳐진 뒤 커다란 원이 되어 이안을 집어삼켰다.

전이형 마도구. 희귀도가 높은 마도구로, 팔면 몇 세대에 걸쳐서 놀고 먹을 수 있을 만큼 큰돈을 얻을 수 있다. 이안 따위가 그런 걸 아쉬워하는 기색도 없이 쓸 줄이야.

예상하지 못한 상황에 나는 잠시 굳었다. 그동안에 이안은 그곳에서 전이해 버렸다.

"너무 얕봤나……."

나는 그렇게 말하며 순식간에 전이문을 열었다. 설마 전이를 할 줄은 몰랐지만, 만에 하나를 대비해서 이안에게 추적용 마력을 묻혀 두었다.

쓸데없이 수다를 떨고 있었던 것은 아니다. 평범한 상대라면 지금부터 추적하기 시작해서 며칠 정도는 시간을 벌 수 있었겠지만.

"안타깝게 되었군. 전이는 나도 쓸 수 있다."

나는 그렇게 말하며 이안을 뒤쫓아 전이했다.

6

전이한 곳은 왕국과 제도의 국경 부근. 그곳에 있는 작은 산.

미리 전이 장소가 설정되어 있었을 것이다.

주위에는 말을 타고 도망친 흔적이 있었다. 하늘을 날아가며 그 흔적을 따라갔다.

나는 곧바로 말을 타고 도망치는 이안을 발견했다.

"도망칠 수 있을 줄 알았나?"

"흥! 내가 아무런 대책도 세워두지 않을 줄 알았나? 원군은 준비해 두었다!"

이안은 그렇게 소리쳤다. 하지만 이안이 말한 원군의 낌새는 느껴지지 않았다.

이안도 뭔가 이상하다고 느낀 건지 연달아 주위를 둘러보고 있었다.

"어째서지······? 어디 있는 거야······?"

"계획에 차질이 생겼거나, 아니면 버림받았거나, 어찌 됐든 안타깝게 되었군."

나는 그렇게 말하며 이안을 결계로 가두었다. 이제 놓칠 걱정은 없다.

그렇게 생각한 순간, 멀리서 무언가가 빛났다.

곧바로 내 주위에 결계를 펼쳤지만, 그것은 내 결계를 쉽사리 관통하고 내 옆을 지나쳤다.

내 결계를 쉽사리 뚫는 공격. 그럴 수 있는 녀석은 손에 꼽을 정도밖에 없다. 게다가 내 감지가 늦었다. 아마 장거리 저격.

그러한 요소가 상대방에 대해 가르쳐 주었다. 하지만 그 전에 내 사고가 멈췄다. 공격당한 것이 나뿐만이 아니었기 때문이다.

"커헉······."

"쳇!"

붙잡혀 있던 이안의 가슴에는 구멍이 뚫려 있었다. 곧바로 치유 결계를 전개했지만, 즉사에 가까운 상처다. 늦지 않게 살려 낼 수 있을지 모르겠다.

그렇게 치료하고 있던 동안에 저격수가 모습을 드러냈다.

"뭐야, 실버? 치료해 주고 있는 거냐? 그 녀석은 생사 불문의 현상수배범인데?"

나른한 말투로 그렇게 말한 사람은 중년 남자. 푸석푸석한 황 갈색 머리카락과 똑같은 색 눈동자. 말라 보이지만, 그 모습에서 뿜어져 나오는 분위기는 강자의 것이었다.

어디에나 있을 법한 남자처럼 보이지만, 대륙에서 손꼽히는 강 자. 하지만 그 얼굴은 빨갰고, 분명히 술에 취한 상태였다. 나는 그를 보고 짜증을 느끼며 남자의 이름을 불렀다.

"무슨 속셈이냐……, 잭!"

남자의 이름은 잭. 형식상으로는 왕국에 소속된 모험자다. 그 계급은 SS급. 대륙에 다섯 명밖에 없는 SS급 모험자 중 한 명.

별명은 '방랑의 궁신'. 대륙 최강의 궁수. 마궁사이기도 하며, 마음만 먹으면 전혀 보이지 않는 곳에서도 표적을 저격할 수 있 는 달인이다.

"보면 모르겠냐? 의뢰라고, 의뢰."

"의뢰라고? 누구의 의뢰지?"

"내가 어떻게 알아. 흥미도 없다고. 얼른 신병을 넘겨라. 술값 이 다 떨어져서 말이지. 그 녀석의 상금이 필요하거든."

SS급 모험자는 문제아들뿐이나, 그중에서도 잭은 불량하다고 할 수 있을 것이다. 술에 빠져 살면서 기본적으로는 의뢰를 받지 않는다. 받을 때는 돈이 다 떨어졌을 때. 홀쩍 나타나서 홀쩍 의뢰를 수행한다. 다른 사람의 의뢰를 뺏는 경우도 많기 때문에 같은 모험자들 중에서도 싫어하는 사람이 많다.

"내가 추적하던 상대인데?"

"내 알 바 아니야. 해치운 건 나라고."

"규칙이라는 걸 모르는 모양이군그래? 이곳은 아직 제국 영지 다만?"

"그래서 뭐 어쨌다고? 너도 다른 나라에서 움직였잖아. 어디였더라…… 그래, 공국에서 해룡 소동이 일어났을 때. 그때와 마찬가지잖아?"

"그때와는 다르지. SS급 모험자의 영역에서 멋대로 날뛴 적은 없다."

"귀찮게 구네. 길드가 멋대로 정한 거잖아."

잭은 하품을 하며 그렇게 말했다. 제국 소속이나 왕국 소속. 그건 길드 쪽에서 정한다. 그곳을 거점으로 삼기 때문에 그런 표현을 쓰는데, 영역을 주장하는 것이기도 하다. 다른 모험자들은 별로 신경 쓰지 않지만, SS급 모험자는 다르다. 너무 강력해서 자잘한 충돌만으로도 일이 커지기 때문이다. 그래서 소속을 정해둔다.

유일한 예외는 에고르 옹뿐. 본인이 공에 집착하지 않는 것, 그리고 다른 SS급 모험자들이 한 수 접어준다는 것. 이 두 가지 사실 때문이다.

"교묘하게 이용당했군. 이 녀석은 제국의 기념 행사 때 뭔가 음모를 꾸미던 범죄자다. 너는 그 입막음에 이용당한 거라고."

"계속 똑같은 말을 하게 만들지 마라. 내 알 바 아니야."

한순간, 정적이 흘렀다. 그리고 동시에 움직였다.

잭은 단숨에 마법 화살을 날려 치료 중인 이안을 노렸다. 나는 그것을 광탄으로 상쇄했다.

한순간, 눈살을 찌푸린 잭이 이번에는 나를 향해 화살을 날렸다. 그것도 연달아서.

수없이 날아드는 화살에 맞서 이쪽도 수많은 광탄으로 응전했다. 화살과 마법이 맞부딪히며 나와 잭 사이에서 폭발했다.

자잘한 기술로 맞서서는 끝이 없겠는데. 상대는 나와 동격인 SS급 모험자다. 연달아 날리는 한 발 한 발이 내 마법과 비슷한 위력을 자랑하고 있다.

우리는 거의 동시에 거리를 벌렸다. 나는 하늘로 올라갔고, 잭은 단숨에 뒤쪽으로 물러섰다.

"마지막 충고다. 그 녀석을 넘겨라, 실버."

"거절한다. 중요한 정보를 갖고 있을 테니까."

"흥, 어째서 그렇게까지 고집을 부리지?"

"말했을 텐데. 저 녀석은 범죄 조직의 일원이다. 제국에서 뭔가 음모를 꾸미려 했고, 그것에 대한 정보를 지니고 있다. 희생을 줄이기 위해서는 저 녀석의 정보가 필요하다."

"네놈이 그런 행동을 한다고? 그건 제국 사람이 할 일일 텐데?"

"제국은 내 영역이다. 범죄 조직이 마음대로 설치는 걸 그냥 내버려 두라는 건가?"

"날뛰면 토벌한다. 그게 우리가 할 일이지. 미연에 희생을 방지하겠다고? 정보를 손에 넣겠다고? 흥, 웃기고 있군. 그런 건 다른 녀석에게 맡겨 두라고."

"너와는 정말로 의견이 맞지 않는 것 같군."

"그런 모양인데? 확실하게 말해 두지만, 나는 네가 싫거든?"

"우연이군. 나도 마찬가지다."

양쪽 다 살기를 뿜어내고 있다. 상대가 상대다. 온 힘을 다해 싸우지 않으면 부상 정도로 넘어갈 수가 없다.

먼저 움직인 것은 잭이었다. 단숨에 활시위를 당기고 연사. 숫자는 세 개. 평범한 화살이 아니다. 대륙 최강의 궁수가 날리는 강력한 마법 화살이다. 숫자를 줄인 만큼, 좀 전에 그 화살보다 위력이 강할 것이다.

나는 그것을 마법 창으로 요격했다. 숫자는 아홉 자루. 화살 한 발에 마법 창 세 자루가 부딪히며 상쇄되었다. 하지만 폭발이 예상보다 내 쪽에 가깝다. 내가 예상했던 위력보다 더 강하다는 뜻이다. 잭의 화살이.

"짜증나는 마도사로군……. 영창도 없이 그렇게 강한 기술을 쓰지 말라고."

"강한 기술? 이 정도로 강한 기술이라고 하지 마라."

나는 그렇게 말하고는 되갚아 주겠다는 듯이 잭을 결계로 포위했다. 단숨에 잭의 움직임이 멈췄고, 그 틈을 놓치지 않고 잭을 결계로 짓누르기 시작했다.

활시위를 당기지 않으면 궁수는 무력하다. 그 정석에 따른 공격이었지만…….

"얕보지 마라!"

잭은 그렇게 소리치며 결계를 걷어 차서 부쉈다. 내 결계를.

대륙에 몇 명이나 있을까? 내 결계를 예비 동작도 없이 부술 수 있는 사람이. 게다가 궁수다. 검사도, 권사도 아니다.

SS급 모험자는 규격에서 벗어난 존재들의 모임이다. 영창 없이 파격적인 마법을 날릴 수 있는 나는 마도사의 규격에서 벗어난 존재다. 당연히 잭도 규격에서 벗어난 존재다. 활조차 쓰지 않고 내 결계를 파괴할 수 있다. 궁수의 상식 따위는 통하지 않는다.

그 사실을 새삼 인식한 나는 천천히 한숨을 쉬었다.

그동안에 잭이 활을 세게 당기는 동작으로 들어갔다. 화살은 없지만, 점점 마력이 모여들어서 거대한 화살을 만들어 나갔다. 잔재주 승부는 질린 모양이었다.

그에 맞서 나는 마력을 모으며 영창에 들어갔다. 그렇다면 승부를 받아들일 뿐이다.

《나는 은의 이치를 아는 자 · 나는 진정한 은에 선택받은 자 · 은뢰는 천공으로부터 모습을 드러내고 · 지상을 질주하며 모조리 불태운다 · 그 은뢰의 열은 신위의 상징 · 그 은뢰의 소리는 신언의 메아리 · 광천의 멸뢰 · 암천의 인뢰 · 은뢰여 나의 손으로 울려퍼지거라 · 은천의 의사를 나타내기 위하여── 실버리 라이트닝.》

영귀의 브레스와 맞부딪혔던 은뢰. 사람에게 날리기에는 지나치게 강한 마법이지만, 상대가 잭이라면 어쩔 수 없다. SS급 모험자는 인류의 규격에서 벗어난 존재다. 성질을 따지면 사람보다는 악마에 가깝다.

상대방도 똑같은 생각을 하고 있을 것이다.

내가 은뢰를 날린 것과 동시에 잭도 거대한 빛의 화살을 날렸다.

양쪽에서 날린 공격이 충돌하고, 그 여파가 주위를 파괴해 나갔다. 결계로 지키지 않았다면 이안은 그 여파로 인해 죽었을 것이다.

위력은 호각. 일진일퇴의 공방이 펼쳐졌지만, 결국에는 결판이 나지 않고 양쪽의 공격이 흩어졌다.

풍경이 바뀐 일대가 그 엄청난 충돌의 규모를 나타내주고 있었다. 마치 용이 날뛴 듯한 광경이다. 근처에 사람들이 살지 않아서 정말 다행이다.

"쳇, 술이 깨 버렸군. 그만해, 그만하자고."

잭은 손을 살랑살랑 흔들며 발걸음을 돌렸다. 나는 경계하며 지상으로 내려와 이안을 살펴보았다. 겨우 목숨을 건진 것 같긴 하지만, 이야기를 할 수 있게 될 때까지 시간이 얼마나 걸릴지…….

"실버, 한 가지만 말해 두마."

"뭐지?"

"제국이 소중하다는 건 알겠다만, 너무 개입하지 마라. SS급 모험자가 정치에 관여하는 건 금지되어 있다고. 균형이 무너지니까."

"굳이 말할 필요도 없지."

"그렇다면 상관없고. 네놈이 SS급 모험자로서 부적합하다고 판단되면 다른 SS급 모험자가 처리하기 위해 동원될 거다. 그렇게 귀찮은 짓은 사양이라고."

잭은 그렇게 말하고는 그곳을 떠났다.

SS급 모험자가 정치에 관여해서는 안 되는 이유는 나라의 중추에 관여함으로써 균형을 무너뜨리기 때문이다. 강력한 SS급 모험자는 정치에도 강한 영향력을 지닌다. 너무 개입하면 나중에는 국가간의 균형이 무너질지도 모른다. 그것은 대륙의 균형이 무너지는 결과로 이어진다.

그런 상황을 막기 위해 길드에서 부적합하다고 판단하면 위험 분자로 처분당하게 된다. 그때 동원되는 것은 잭 같은 SS급 모험자다.

황자라는 입장인 SS급 모험자는 지금까지 존재하지 않았다. 내가 정체를 밝힌다면 혼란스러워지긴 하겠지만 처분당하진 않을 것이다. 하지만 그것은 내 비장의 수임과 동시에 약점이기도 하다. 제위 쟁탈전이 이렇게까지 진행된 이상, 밝히는 타이밍에 따라서는 레오가 실각하게 될지도 모른다.

신분을 밝힐 수도 없고, 너무 지나치게 개입했다고 판단되면 처벌을 받게 된다.

"골치 아프군……."

147

상대가 그 녀석들이라면 나도 힘든 싸움을 하게 된다. 쉽사리 물리칠 수 있는 상대가 아니다.

SS급 모험자로서 정치에 개입하는 게 얼마나 까다로운 일인지를 새삼 인식하며 나는 제도로 전이했다.

7

"정보는 모였나?"

그리모어의 아지트로 돌아온 나는 아지트에 남겨져 있던 자료를 정리하고 있던 세바스에게 물었다.

세바스는 내가 나타났는데도 놀란 기색도 없이 자료 몇 가지는 내게 건넸다. 나는 그것을 훑어보다가 무심코 한숨을 쉬었다.

"에휴……."

"옆에 계신 분은 정보를 실토했습니까?"

세바스가 내 옆에 누워 있던 이안을 보았다. 정황을 통해 무슨 일이 있었는지 짐작했을 것이다.

"아니, 방해를 받았어. 이 녀석은 한동안 도움이 안 될 거야."

"그렇군요. 그러면 어떻게 하시겠습니까?"

자세히 물어보지는 않는다. 지금 중요한 것은 그게 아니기 때문이다.

다행히 지금 있는 자료만으로도 꽤 많은 정보가 모였다. 이 정도만 있으면 움직일 수가 있다.

"이곳은 맡기마."

"알겠습니다."

뒤처리를 세바스에게 맡긴 나는 성으로 전이했다.

■ ■ ■

행사 때문에 떠들썩한 성안에서 많은 사람들이 내 모습을 보고 깜짝 놀란 듯한 표정을 지었지만, 나는 아랑곳하지 않고 계속 올라갔다.

목적지는 꼭대기층. 옥좌의 방이다. 위쪽으로 가자 상급 귀족과 대신들도 마주치게 되었다.

내 모습을 볼 때마다 다들 당황했다. 무슨 일이 생겼나 생각하며 안절부절 못하면서도 따라오려는 사람은 아무도 없었다. 목적지를 짐작하면서도 SS급 모험자와 황제 사이에 끼어들만큼 호기심이 강한 사람은 없을 것이다.

그리고 나는 옥좌의 방에 도착했다. 호위를 맡고 있는 근위기사에게 모험자 카드를 보여 주고 곧바로 문을 열었다. 그러자 옥좌의 방에 먼저 온 손님이 몇 명 있었다.

"실버냐. 축하해 주러 온 느낌은 아닌 모양이로구나."

아버님이 내 모습을 보고 한숨을 쉬었다. 그런 아버님과는 달리 분노를 드러낸 것은 윌리엄 왕자와 함께 인사를 하러 와 있던 고든이었다.

"실버! 무례도 정도가 있지!"

"무례하긴 하군."

그렇게 말하며 고든에게 맞장구를 친 사람은 에리크였다.

그 옆에는 황국의 요인도 있었다. 황국의 대신을 맡고 있는 황자다. 외무 대신인 에리크에게는 교섭 대상이기도 하다. 하지만 에리크는 이쪽을 살펴보면서 의도를 파악하려는 눈치였다. 분노를 드러낸 고든보다 한 발짝 물러선 느낌이다.

고든 옆을 힐끔 보았다. 거기 있는 것은 용왕자라 불리는 윌리엄 왕자. 내가 나타났는데도 동요하지 않았다. 차분하게 관찰하고 있다. 역시 대단한 것 같다.

그런 두 황자와 요인들. 나는 그렇게 먼저 와 있던 손님들을 모두 무시했다.

"할 이야기가 있다. 다른 사람들을 물려 주시지."

"호오? 황자들에게는 할 수 없는 이야기인가?"

"그렇다. 안타깝게도 나는 당신의 아들들을 믿지 않으니까."

"그런가…… 둘 다 물러가거라. 윌리엄 왕자, 마르틴 대신. 인사 중에 미안하군. 나중에 다시 와 주겠나?"

"아버님! 요인들보다 모험자 따위를 우선시하시는 겁니까?!"

고든이 분노를 폭발시켰지만, 그에 대한 아버님의 반응은 싸늘했다.

"그렇게 말했다. 어서 물러가거라."

"큭…….''

아버님이 그렇게 딱 잘라 말하자 고든은 입을 다물 수밖에 없었다.

에리크와 요인들은 따지지 않고 얌전히 인사를 하고는 물러갔다. 고든보다는 어른이군. 역시.

그리고 네 사람이 떠나자 옥좌의 방에는 아버님과 나, 그리고 아버님 옆에 있던 프란츠만 남았다.

"프란츠도 물러가게 할까?"

"그럴 필요는 없다. 이건 재상에게도 보였으면 하니까."

나는 그렇게 말하며 그리모어의 거점에서 가지고 온 자료 몇 가지를 프란츠에게 건넸다.

"이건……?"

"찌꺼기 황자가 골치 아픈 범죄 조직의 거점 제압을 의뢰했다. 제도 지하에 범죄 조직의 거점이 있다고 하니 마음에 들지 않았기에 받아들였다만, 예상했던 것보다 더 골치 아픈 일인 모양이다."

"그런가, 아르노르트가 말했던 그리모어가 실제로 제도에서 움직이고 있었나……. 수고를 끼쳤구나."

"정말 번거로웠다. 수사를 시킬 거라면 좀 더 전력을 주는 게 나을 거다. 그 황자는 요즘 골치 아픈 일이면 제일 먼저 내게 떠넘기려 하고 있다."

내가 그렇게 말하자 아버님이 쓴웃음을 지었다. 그리고 프란츠에게서 자료를 받아들고는 살펴보기 시작했다. 그러자 표정이 서서히 굳어졌다.

"성녀를 이용한 마법 실험인가……."

"그 계획서다."

그렇다, 그 거점에 있던 것은 '성녀를 어떻게 써먹을 것인가'. 그런 자료들뿐이었다. 아직 손에 넣지도 않은 것을 필사적으로 연구했다는 뜻이다. 너무나도 부자연스럽다.

"성녀의 경비는 엄중하다. 그럼에도 불구하고 그 녀석들은 유괴 계획이 아니라 그 다음 단계의 계획을 세우고 있었다. 이게 무슨 뜻인지 당신들이 모르진 않겠지."

성녀의 경호가 아무리 엄중하더라도 상관이 없다. 그 녀석들에게는 손에 넣을 방법이 있다는 뜻이다. 근위기사가 지키고 있는 레티시아의 신병을.

레티시아 자신도 성장 사용자다. 어설픈 전력으로 붙잡을 수는 없다.

게다가 그 녀석들은 그런 준비를 하고 있는 낌새가 없었다. 성녀를 납치하려면 반드시 규모가 커질 수밖에 없다. 어딘가에서 허술한 부분이 생길 텐데, 그런 허술한 부분이 보이지 않았다.

다시 말해 성녀를 붙잡는 건 그리모어가 아니라는 뜻이다.

"그리모어는 마도의 비의를 추구하는 연구자들이다. 성녀를 원하는 것도 이해가 되지. 그 거점에 이런 계획서밖에 없었다는 건 그 녀석들에게 협력하는 자가 있고, 그 협력자가 성녀를 납치하는 역할을 맡고 있다는 뜻이다. 그리고 우리는 그 협력자를 알아내지 못했다. 그러니 위험하다, 너는 그렇게 말하는 게로구나?

실버."

"정답이다. 지금 당장 성녀를 왕국으로 돌려보내야 할 거다."

"꽤 많이 개입하는구나. 이건 정치적인 문제다만?"

"사람의 목숨이 달려 있다."

"그렇군……. 결론을 말하마. 그녀는 왕국으로 돌려보내지 않겠다. 이대로 예정에 맞춰 행사와 그 이후의 축제까지 즐기게 한 뒤에 귀국시킬 것이다."

"……무슨 일이 생긴 뒤에는 돌이킬 수 없을 텐데?"

내가 한 말을 듣고 아버님이 고개를 크게 끄덕였다.

모를 리가 없다. 이 나라에서 성녀가 유괴당하는 일이 어떤 상황으로 이어질지.

암살이라면 그나마 낫다. 그녀의 신병이 그리모어의 손으로 넘어가면 그 연구의 피해를 입게 되는 건 제국이다. 내부에서는 그리모어. 외부에서는 분노한 왕국. 최악의 시나리오다.

"우선 한 가지만 묻고 싶군. 거점 안에 자료가 이것밖에 없었던 것은 처분되었기 때문 아닌가?"

"그런 흔적은 보이지 않았다. 만약에 그렇다 하더라도 뭐가 달라지지? 그리모어가 성녀를 노리고 있다는 사실은 마찬가지이고, 우리는 그 수단도 알지 못한다. 위험하니까 왕국으로 돌려보낸다. 그게 무슨 잘못이라는 거지?"

"하지만 그리모어의 거점은 네가 괴멸시켰을 텐데? 위험도가 매우 낮아진 것 아닌가?"

"……성녀가 죽었으면 하는 건가? 왕국과 전쟁을 벌이길 원하는 건가?"

"실버. 폐하께서도 동원하실 수 있는 수단이 별로 없습니다."

프란츠가 끼어들었다. 그의 얼굴에는 씁쓸한 표정이 드리워져 있었다.

"그게 무슨 뜻이지?"

"……왕국은 제국과의 전쟁을 원하고 있습니다. 이 행사는 황태자 전하를 잃고 많은 사건으로 인해 약해진 것으로 추측되는 제국이 건재하다는 모습을 어필하기 위한 것이기도 합니다. 그런데 위험하다고 해서 성녀를 돌려보낸다면 왕국은 제국의 약화를 확신해 버릴 겁니다."

"그렇게 되면 왕국이 쳐들어오겠지. 연합 왕국과 번국도 움직일 테고. 그러니 약한 모습을 보일 수는 없다."

"체면을 신경 쓰고 있을 때가 아닐 텐데. 성녀가 제국 안에서 유괴당하면 똑같은 일이 벌어지잖나?"

"하지만…… 왕국이라는 나라는 매우 약해질 겁니다. 왕국 안에는 친제국파와 반제국파가 있고, 성녀의 소속은 친제국파지요. 그녀가 유괴당한다면 친제국파는 반제국파의 소행이라고 생각할 겁니다. 한데 뭉치지 못한다면 얼마든지 파고 들 여지가 있습니다."

"어차피 전쟁을 벌일 거라면 성녀가 없는 왕국이 더 편할 거라는 건가……? 지금 움직이면 구할 수 있는 목숨이 있는데도?!"

"왕국으로 돌려보낸다 하더라도 성녀는 오래 살지 못한다. 현재 왕국의 주류는 반제국파다. 그녀는 언젠가 암살당하겠지. 그녀 자신이 내게 그렇게 말했다. 제국과의 평화를 바라고 있지만, 힘이 부족해서 미안하다고. 왕국에 남아있는 그녀의 지지자들도 상황은 이해하고 있다. 성녀의 죽음으로 인해 분노에 몸을 맡기고 폭주하지도 않을 게다. 왕국은 확실하게 한데 뭉칠 수 없게 된다."

한데 뭉치지 않으면 얼마든지 갈라 놓을 수 있다. 아버님의 눈이 그렇게 말하고 있었다.

그에 나는 입술을 깨물었다. 무슨 말을 하는 건지는 이해가 된다. 하지만 그걸 받아들이면 레오는 분명히 깊은 상처를 입게 된다. 그것만큼은 받아들일 수가 없다.

"실버. 너와 나는 입장이 다르다. 구할 수 있다고 해서 그녀를 구하면 그녀는 분명히 살해당하거나 전쟁에 이용당할 게다. 제국에게 있어서 최악은 후자다. 왕국은 그녀에게 있어서 전부다. 여차하면 그녀는 제국을 적대시하는 길을 선택하겠지. 그것이 왕국을 위한 일이라고 납득한다면 말이다. 그렇게 되면 목숨을 잃는 것은 우리 제국의 병사들이다. 나는 황제이니 제국을 가장 우선적으로 생각해야 한다."

"……죽어 주는 게 제국을 위해서 도움이 될 거라고? 그게 당신의 답인가?"

"그렇다. 물론 지키긴 할 것이다. 만반의 준비를 갖추고. 이미 선희님에게 의뢰해서 그녀의 방에 결계를 쳐두었다. 그녀가 열지 않으면 아무도 침입할 수가 없다. 너도 단시간에는 힘들겠지."

"선희의 결계는 견고하긴 하지. 나도 그건 인정한다. 하지만 어떤 수비에도 허점은 있다."

"만반의 준비를 갖추었다. 그런 상황에서 그녀에게 무슨 일이 생긴다면 어쩔 수 없겠지. 프란츠와 함께 그런 상황을 고려하며 움직이고 있다."

현실적인 생각을 들게 되자 나는 아무런 말도 할 수가 없었다.

모험자 입장에서도, 황자 입장에서도 더 이상 내가 뭔가 말할 권리가 없기 때문이다. 레오를 위해서 그녀를 구해 주고 싶다고 생각했다. 황자로서는 그녀의 죽음을 받아들였지만, 실버로서는 별개다.

구할 수 있는 목숨은 구한다. 그것이 실버의 신조다.

하지만 국가 규모의 문제다. 그렇다면 황제의 결정은 절대적이다.

"그렇군…… 당신의 생각은 알겠다."

"실망했나?"

"아니, 입장은 이해가 된다."

"그런가. 그렇다면 다행이군. 그녀가…… 제국 사람이었다면 이야기가 달라지겠다만."

그렇다. 황자로서도 그런 결론에 도달했다. 제국 소속으로서 왕국 사람을 구하는 건 힘들다. 결국은 그런 결론에 도달할 수밖에 없는 것이다.

이제 모험자 입장으로도 그녀를 구할 수는 없다. 국가의 결정을 무시하면서까지 그녀를 구하면 아무리 실버라 하더라도 문제가 될 것이다. 이건 이제 정치니까.

다시 말해……, 레오에게 기대할 수밖에 없다는 뜻이다.

나는 포기하고 발걸음을 돌렸다. 하지만 곧바로 멈춰서서 마지막 질문을 던졌다.

"황제 폐하. 성녀를 노리는 이상, 외부인만으로 범행을 저지르는 건 불가능하다. 분명 성안에 협력자가 있겠지. 짐작은 되나?"

"프란츠에게 조사를 시키고 있긴 하지."

"……황자들을 조심하도록."

"내 아들들이 제국을 배신할 거라고? 있을 수 없는 일이다. 제위를 손에 넣으면 제국은 그 사람의 것이다. 자신의 물건에 흠을 내는 녀석이 어디 있지?"

"남의 것이 될 거라면 차라리 부숴 버리겠다는 파멸적인 생각을 하는 녀석이 간혹 있지."

"내 아들은 그렇게까지 어리석지 않다."

그렇게 말한 아버님의 얼굴에는 신뢰가 힐끔 보였다. 근본적인 부분에서 제국을 배신하지 않을 거라 확신하는 것 같았다. 물론 보통은 그렇다. 하지만 이번 제위 쟁탈전은 조금 다르다.

그건 프란츠도 느끼고 있을 것이다.

프란츠는 아버님 옆에서 생각에 잠긴 표정을 짓고 있었다. 주군이 무언가를 믿는 건 잘못이 아니다. 만약에 그 신뢰가 어긋난다 하더라도 신하가 받쳐주면 된다. 그리고 아버님에게는 명참모가 있다.

나는 내가 할 수 있는 일을 할 뿐이다. 아버님은 프란츠에게 맡겨두면 된다.

나는 그렇게 판단하고 옥좌의 방을 떠났다.

8

"레오나르트 님! 이쪽으로 가요!"

제도에서 개최된 축제. 레오와 레티시아는 그 현장에 있었다.

하지만 두 사람은 유명하다. 변장하지 않고 외출할 수는 없다. 그래서 두 사람의 복장은 평소와는 크게 달랐다.

레오는 그냥 안경을 꼈을 뿐이다. 하지만 예전에 피네가 꼈던 것과 마찬가지로 환술 효과가 부여되어 있다. 그렇기 때문에 지나가는 사람들도 레오라는 걸 알아보지 못했다.

문제는 레티시아 쪽이었다. 프릴이 달린 메이드복. 그걸 입고 완전히 메이드가 되어 있었다.

"저기…… 레티."

"아, 죄송합니다. 주인님."

외출할 때 정한 호칭이다. 레오는 레티시아를 레티라고 부르고, 레티시아는 레오를 주인님이라고 부른다. 주종관계라는 설정 때문이다.

레오는 말로 표현하기 힘든 그 느낌 때문에 얼굴을 붉히며 고개를 돌렸다. 레티시아는 그런 레오를 보고 쿡쿡 웃었다. 그 모습이 레오의 부끄러움을 더욱 부추겼다.

어째서 레티시아가 메이드복을 입고 있는가? 그 이유는 그 메이드복에 환술 효과가 부여되어 있기 때문이다. 어디까지나 시험용으로 만들어진 것으로, 용도는 호위 은폐, 요인을 바꿔치기하는 것 등이다. 진지한 목적으로 만들어졌지만, 레오는 견디기가 힘들었다.

누가 준비한 건지는 짐작이 되었다. 원래는 요인용으로 후드가 달린 코트를 마련해 주지만, 그걸 입고 다니면 자연스럽게 즐길 수가 없다. 아르가 그런 이유를 대며 일부러 준비해 준 것이다. 반쯤 재미삼아서.

레오는 언젠가 복수해 주겠다고 결심하며 레티시아와 함께 축제를 즐겼다.

그렇게 축제를 즐기던 두 사람은 어떤 공연장 앞에서 멈춰섰다.

"연극이네요? 봐도 될까요?"

"그러시죠."

레오는 그렇게 말하고는 레티시아를 데리고 인파를 헤치며 잘 보이는 곳까지 이동했다. 호위라는 관점에서는 위험한 행동이지만, 주위에는 근위기사가 있다. 그리고 레오도 경계하고 있었기에 정말 특이한 경우가 아닌 이상, 안전하다고 할 수 있었다.

"여러분, 일어서세요!"

연극은 어떤 소녀의 이야기였다. 궁지에 처한 조국을 구하기 위해 전설의 지팡이를 든 소녀. 소녀는 나중에 성녀라 불리게 된다.

"당신 이야기인 것 같은데요?"

"조금 쑥스럽네요……."

레티시아는 부끄러운 듯이 웃으며 주역이 든 지팡이를 주목했다. 그것은 성장을 본떠 만든 소품이었다.

"잘 만들었네요. 자주 드러내지도 않는데."

"그렇죠. 저도 사성보구 중 하나, 성장이라고 불린다는 것밖에 모르고요."

"숨기고 있는 건 아니지만요. 이름은 홍천(虹天), 이리스. 그 능력은 색을 부여하는 것. 각 색에는 각각 특성이 있어요. 강화 마법을 부여해 준다고 생각하시면 대충 맞을 거예요."

"알려 주셔도 괜찮은가요?"

"일단은 기밀이긴 하지만, 숨겨 봤자 소용이 없으니까요. 그리고 알고 있더라도 막을 수가 없어요. 사성보구란 그런 거죠. 말은 이렇게 해도 성검에 비하면 뒤처지지만요."

레티시아는 쓴웃음을 지으며 그렇게 설명했다. 그 모습에서 슬쩍 보인 것은 확실한 자부심. 연합 왕국의 맹공을 버텨냈다는 사실이 그 자부심을 뒷받침해주고 있었다.

"조국을 지킵시다! 살아가는 자로서, 우리가 머무를 곳을 지킵시다!"

연극은 막바지로 접어들었다. 성장을 든 소녀는 군대를 이끌고 조국을 지키기 위해 싸우러 나선다. 치열한 전투 끝에 소녀는 승리를 손에 넣었다.

"······어땠나요?"

"재미있었어요. 하지만 실제로는 저렇게 화려하지 않았죠."

"그런가요?"

"제국과의 전쟁이 왕국의 힘을 크게 깎아냈어요. 그 이후에 연합 왕국이 침공했죠. 군대는 신병들뿐이었고, 통솔이 되지 않는 데다 왕가의 구심력도 떨어진 상태였어요. 성에서는 날마다 정쟁이 펼쳐졌고, 이름난 장군들은 다들 한직으로 쫓겨났죠. 성장을 들었기에 전장에 나선 게 아니에요. 전장에 나서기 위해서, 나라를 하나로 뭉치기 위해서 성장을 든 거죠."

"그런 사정이 있었군요······"

"전장도 깨끗한 곳은 아니죠. 주인님께서는 아시겠지만······ 그곳에서는 죽음이 소용돌이치고 있으니까요. 하지만 백성들은 영웅을 원하죠. 알고 싶은 게 현실이 아니니까 연극이 화려해지는 게 아닐까요."

레티시아는 조금 슬픈 듯이 그렇게 중얼거렸다. 백성들은 화려한 이야기만 듣기에 착각해 버린다. 그 착각의 결과, 레티시아는 제대로 움직일 수 없는 상태가 되어버렸다.

하지만, 그렇다고 해서 영웅들의 실상을 가르쳐 줘도 소용이 없다. 보고 싶은 것은 보고, 보고 싶지 않은 것을 보지 않는 게 사람이기 때문이다.

"이런 이야기는 그만하죠. 지금은 즐거운 시간이니까요."

레티시아는 그렇게 말하고는 레오의 손을 잡고 나아갔다. 그 미소가 눈부시고 밝았기에, 레오의 마음은 점점 가라앉았다.

언젠가 그 미소가 사라질 것을 알고 있기 때문이다.

9

결국, 나는 성안에 있는 배신자의 단서를 찾아내지 못했다.

그리고 행사 첫날 밤. 성에서는 대규모 파티가 개최되었다. 각 나라의 요인들은 물론이고 많은 귀족들이 초대받은 그 파티는 매우 활기가 넘치는 모습을 보여주었다.

"피네! 저쪽에 신기한 음식이 있다!"

"오리히메 님. 너무 뛰어다니시면 위험해요."

검은 드레스를 입은 오리히메가 주위를 보지 않고 뛰어가다가 다른 사람과 부딪힐 뻔했다. 그러자 오리히메가 조용히 주의를 주었다.

피네는 푸른 드레스를 입었고, 둘 다 파티 회장에서 격이 다른 존재감을 뿜어내고 있었다.

나는 그런 두 사람을 따라 파티 회장 안을 이동했다. 원래 오리히메의 접대 담당자는 나지만, 오늘 하루 동안 오리히메를 접대해준 건 피네였다. 그래서 오리히메는 피네와 사이좋게 지내게 되었다. 뭐, 그것과는 별개로 오리히메가 자신을 내버려 두었다고 토라지기도 했지만.

"으음! 이건 진묘한 맛이로구나! 그런데 맵군. 아르노르트. 나는 목이 마르다."

"저쪽에 있는데."

"목이 마르다."

오리히메는 나를 빤히 바라보았다. 하루 종일 내버려 놓고서 이 정도 부탁도 들어주지 않는 거냐. 눈이 그렇게 말하고 있었다. 나는 어쩔 수 없이 근처 테이블에 있던 과일 주스를 가지고 와서 한숨을 쉬며 오리히메에게 건넸다.

"자."

"으음. 수고했다."

"거만하네."

"음? 불만이라도 있는 겐가? 그쪽이 그럴 생각이라면 나도 하루 종일 내버려 두었던 것에 대한 불만을 말할 수도 있다만?"

"내버려 두다니, 피네랑 놀았잖아?"

"으음. 피네는 내게 정말 잘해 주었다. 엘프 공주와 함께 축제를 보러 가기도 했지."

"그럼 괜찮은 거 아니야?"

"괜찮지 않다! 나는 슬펐단 말이다……."

오리히메가 풀죽은 듯이 어깨를 늘어뜨렸다.

그러자 피네가 쓴웃음을 지으며 달래 주었다. 왠지 매우 나쁜 짓을 한 듯한 기분이다. 뭐, 오리히메는 축제에 또 가고 싶다고 했고, 나는 데리고 가주겠다고 했었다. 그 약속을 어기고 말았으니 미안하긴 하다.

"미안해. 마음 풀어."

"음……."

"다음에 시간을 내서 맞춰줄 테니까."

"정말이냐? 거짓말을 하는 것은 아니겠지?"

"그래, 정말이야."

"으음! 그렇다면 용서하마!"

오리히메는 그렇게 말하며 밝은 미소를 지었다. 전환이 정말 빠르다. 뭐, 금방 기분이 풀어져서 다행이다. 아니, 접대를 내팽 개쳤는데도 불쾌해진 정도로 끝난 시점에서 고마워해야겠지만.

아버님에게 보고하면 나는 혼쭐이 났을 것이다. 그렇게 되면 솔직하게 그리모어를 조사하고 있었다고 얘기야 하겠지만, 번거 로워지는 건 사실이다. 지금은 시간이 아깝다. 뭘 하더라도 시간 이 부족하다.

이 파티가 열리는 시간을 이용해서 세바스에게 성안을 탐색하 라고 했지만, 과연 단서를 찾아낼 수는 있을지.

"못 찾겠지……."

나는 그렇게 중얼거리면서 주위를 보았다. 파티 회장 구석에서 웬디와 크리스타, 그리고 리타가 즐겁게 식사를 하고 있다. 거기 서 시선을 약간 돌려보니 황국의 대신과 에바, 줄리오가 이야기 를 하고 있었다. 아마 외교 관련 이야기일 것이다.

근처에는 에리크와 콘라트가 있었고, 둘이서 뭔가 이야기를 하 고 있었다. 콘라트는 형식적으로나마 고든을 지지하고 있다. 그런데 에리크와 무슨 이야기를 나누고 있는 걸까.

뭐, 콘라트는 만만하지 않은 녀석이다. 종잡을 수 없는 느낌이고, 처세술이 능숙한 분위기가 있다. 에리크와도 사이좋게 지내는 게 나을 거라고 생각하면 곧바로 행동에 옮길 것이다.

그곳에서 정반대 쪽에 고든과 윌리엄 왕자가 있었다. 이야기를 나누는 상대는 번국의 요인. 옆에는 드라우 형이 있다.

드라우 형의 시선은 멀리 떨어진 곳에 있는 크리스타 쪽으로 쏠려 있었다. 정말 대단하다는 말만 나온다.

그러면서도 이야기에 귀를 기울이고 있는 모양이라 번국 요인도 껄끄러워 보였다. 뭔가 꿍꿍이에 대해 이야기를 하면 제일 먼저 드라우 형이 눈치챌 것이다. 저래 봬도 드라우 형이 진심으로 나서면 골치 아프기 짝이 없다. 속이는 건 매우 힘들 것이다.

역시 내가 걱정해야 할 곳은 저쪽인가? 나는 그렇게 생각하며 회장 가운데로 눈을 돌렸다.

그곳에는 하얀 드레스를 입은 레티시아가 있었다. 청순하고 청초하다는 개념을 그대로 가져다 놓은 것 같은 그 순백의 드레스는 레티시아와 잘 어울렸고, 회장의 시선을 사로잡고 있었다.

그야말로 주역이라는 느낌이다. 자연스럽게 눈길이 가고, 그 몸짓에 무심코 넋이 나가 버린다. 그 옆에 있는 건 제대로 차려입은 레오. 이쪽도 여자들에게 주목받고 있었다. 레티시아 옆에서 존재감을 잃지 않는 게 역시 대단하다고 해야 할까.

여자들이 한숨을 쉴 정도로 잘 어울리는 두 사람이다.

하지만 레오는 왠지 우수에 젖은 표정을 짓고 있다. 근처에 있던 귀족 여자들이 그런 레오를 보고 오늘 레오나르트 님은 평소보다 멋져! 그렇게 말하고 있지만, 내가 보기에는 불안하기만 하다.

문득 레오와 시선이 마주쳤다. 도움을 청하는 듯한 시선이다.

어쩔 수 없지. 가능하면 혼자서 해결해 줬으면 하는데.

나는 고개를 움직여서 따라오라고 했다. 그 의도를 정확하게 눈치챈 레오는 레티시아에게 양해를 구하고 나를 따라왔다. 장소는 발코니. 마침 주위에 다른 사람이 없었다.

"형……."

"표정이 어두운데?"

"응, 좀."

레오는 그렇게 말하며 눈을 내리깔았다.

정말, 손이 많이 가는 동생이다. 나는 그렇게 생각하며 레오에게 물었다.

"레오. 네 답은 나왔어? 내 답이 아니라 너 자신의 답 말이야."

레티시아를 저버린다는 건 황자로서 내놓은 내 답이다.

그 답은 레티시아가 원하는 것과도 들어맞는다. 하지만 그건 내 답이다. 레오의 답은 듣지 않았다. 그래서 나는 물어보았다. 그것 때문에 고민하고 있을 거라 생각했기 때문이다.

하지만, 레오는 곧바로 대답했다.

"나왔어. 내 답은 이미."

"응? 그것 때문에 고민하는 거 아니었어?"

"답도 내놓지 못한다면 황제가 될 자격은 없어. 형이 말한 것처럼 그녀에게 최고의 추억을 주어야 한다고 생각했거든. 그래서 계속 그녀만 생각했지. 그리고 깨달았어. 나는—— 이렇게나 그녀가 살았으면 좋겠다고 원한다는 걸."

"호오……, 그래서 어떻게 할 건데?"

"……모든 것을 해결할 방법은 한 가지야. 그녀를 제국으로 빼내 오는 거지."

"망명이라. 그녀가 받아들일 것 같지는 않은데?"

"나도 알아. 그러니까 마지막 수단을 쓸 거야."

"마지막 수단?"

어느 정도 예상은 된다. 레오라면 그런 답을 내놓을 거라 생각했기 때문이다.

일부러 말하지 않은 건 레오가 스스로 깨달았으면 했기 때문이다. 그리고 스스로 깨닫지 않으면 의미가 없기 때문이다.

레오가 스스로 내놓은 답의 연장선상이 아니라면 레티시아가 움직이지 않는다. 이건 감정 이야기니까.

"응. 나는…… 레티시아를 부인으로 맞이하고 싶어."

"그렇군. 괜찮지 않을까? 잘 어울리는 것 같은데?"

나는 레오의 답을 듣고 만족하며 고개를 몇 번 끄덕였다.

역시 레오는 레오다. 고민하면서도 최선의 답을 이끌어 낸다. 제위 쟁탈전을 고려해도 지금 인기가 많은 레티시아를 부인으로 맞이하는 건 이득밖에 없다. 개인적으로도, 대국적으로도 완벽한

한 수라고 할 수 있다.

역시 내 자랑스러운 동생이다. 그렇게 생각하고 있었는데, 갑자기 레오가 한심한 표정을 지었다.

"그, 그래서 말인데……. 형, 곤란한 게 있어……."

"응? 뭔데?"

"……저기……."

"왜 그래? 몸이라도 안 좋은 거야?"

"몸이라고 해야 하나, 속이 안 좋아……. 실은 말이지, 프로포즈를 어떻게 해야 할지 몰라서 곤란하거든……. 어쩌지……? 뭐라고 하면 돼?"

애원하는 듯이 이쪽을 보는 레오를 보고 나는 한숨을 크게 쉬었다.

역시 이 녀석은 손이 많이 가는 동생이다.

10

"휴……, 피곤하네요."

"네, 네에……."

밤. 파티 회장에서 빠져나온 레티시아와 레오는 성 밖을 걷고 있었다.

레티시아는 즐겁게 걸어가고 있었지만, 레오는 그럴 여유가 없었다.

레오는 발코니에서 아르에게 프로포즈를 어떻게 해야 할지 모르겠다고 말했지만, 아르는 나도 모른다고 쌀쌀맞게 내쳤다.

"그야 형도 경험은 없을지 모르겠지만……."

동생이 일생일대의 위기에 처했는데 모르겠다니 그게 무슨 소리냐며 레오는 한숨을 쉬었다.

아르는 어렸을 때부터 레오의 의논 대상이었다. 곤란한 일이 생기면 의논을 했고, 그럴 때마다 아르는 항상 도움이 되는 답을 주었다.

주위의 어른들과는 다른 시점을 지닌 아르는 그때그때 필요한 것을 알고 있었다. 그래서 레오는 아르를 의지했다.

하지만 이번에는 대답해 주지 않았다. 대답하지 못한 게 아니다. 대답하지 않은 거라는 사실을 레오도 알고 있었다. 스스로 생각하라는 뜻이다.

생각한 결과, 어떻게 해야 할지 모르겠는데도 불구하고. 이야기를 끝내면서 조언 같은 걸 해주긴 했지만, 자세한 조언은 아니었다. 레오는 자세한 조언을 원했다. 레오는 너무하다고 생각하면서 레티시아를 쫓아갔다.

도착한 곳은 그리폰들의 축사였다.

"후후, 잘 지냈나요? 블랑."

레티시아는 그렇게 말하며 자기가 타고 온 흰색 그리폰의 머리를 쓰다듬었다.

그 뒤에서 자기도 쓰다듬어달라는 듯이 고개를 내민 것은 탑승자가 없었던 검은 그리폰이었다.

"네, 네. 느와르도 잘 지냈나요?"

"저기…… 레티시아."

"네? 왜 그러시죠?"

"저기, 당신이 타고 온 그리폰은 흰색 그리폰이죠? 검은 그리폰은 어떤 이유로 데리고 오신 겁니까?"

"이 애는 데리고 온 게 아니라, 따라온 거예요."

레티시아는 그렇게 말하고 느와르라는 검은 그리폰의 머리를 쓰다듬으며 쓴웃음을 지었다.

따라왔다는 말을 들은 레오는 의아해하는 표정을 지었다.

그리폰은 페를랑 왕국에 사는 환수종이다. 인간이 해치려 하지 않는 이상은 인간을 공격하지 않기에 몬스터가 아니라 귀중한 동물 취급을 받는다. 똑똑하고 용감하며 고고한 그리폰은 좀처럼 사람을 주인으로 인정하지 않는다. 그리폰 기사의 숫자가 많지 않은 이유 중 하나다.

그런 그리폰이 따라왔다는 게 무슨 뜻일까.

"저를 처음 태워 준 그리폰은 이 아이들의 어머니였어요. 그 어머니는 병에 걸려서 죽었지만, 그 이후로는 제가 이 아이들의 어머니 같은 존재였죠. 그 때문인지 양쪽 다 저를 잘 따라서……. 특히 느와르는 저 말고 다른 사람을 받아들이지 않는 애라 어딜 가더라도 따라오거든요."

"어머니 같은 존재라고요……."

"느와르는 성격이 사나워서 다른 나라에 데리고 싶지 않았기에 처음에는 두고 왔어요. 그런데 틈을 봐서 탈주한 모양이라……."

"그렇군요……. 이어져 있나 봅니다."

"네, 이 애는 어디에 있더라도 저를 찾아내요. 제 앞에서는 정말 착한 아이인데……."

레티시아는 그렇게 말하며 느와르의 턱을 쓰다듬었다. 그러자 느와르는 기분 좋은 듯이 목을 울렸다.

보기에는 얌전한 것 같긴 하다. 그렇다고 해서 나도 만져 보자, 레오는 그런 생각이 들지 않았다. 느와르가 레오를 보는 눈빛이 확실하게 적을 보는 눈빛이었기 때문이다.

이곳에서는 도저히 프로포즈를 할 수가 없다. 그랬다가는 이 그리폰에게 잡아먹히지 않을까, 그런 생각이 든 레오는 다른 곳으로 가자고 제안했다.

"레, 레티시아. 저기…… 절경을 보고 싶진 않으신가요?"

"절경, 말씀이신가요?"

"네. 제도를 한눈에 내려다볼 수 있는 곳이……."

레오는 그렇게 말하려다 자신의 실수를 눈치챘다.

하늘을 날아다니는 그리폰을 타고다니는 레티시아는 예쁜 경치 같은 건 질릴 만큼 많이 보았을 것이다.

성에서 제도를 한눈에 내려다볼 수 있는 곳은 최고의 경치를 약속해 주겠지만, 과연 레티시아가 그곳에서 감동을 느낄 수 있을까.

레오는 말하던 중간에 머리를 감싸 버렸다. 그런 레오를 보고 레티시아가 쿡쿡 웃었다.

"절경도 좋긴 한데, 더 가보고 싶은 곳이 있어요. 데려다 주시겠어요?"

"네, 네! 기꺼이!"

"그럼 가요!"

레티시아는 그렇게 말하며 레오의 손을 잡고 뛰어가기 시작했다.

■ ■ ■

"와~! 정말로 숨겨진 방이군요!"

그렇게 말하며 들뜬 모습을 보인 레티시아가 있는 곳은 성에 있는 비밀의 방이었다.

그곳은 일반적으로 알려지지 않은 숨겨진 방으로, 성 하부에 있는 어떤 방 옆에 있었다.

입구는 역대 황제 초상화 뒤에 있는 스위치를 누르면 나타나는 구조기에, 보통은 찾아낼 수가 없는 방이다.

"여기 와보고 싶으셨나요?"

"네. 기억나세요? 5년 전에 제가 미츠바 님하고 이야기를 나누고 있을 때 아르노르트 님하고 두 분이 비밀의 방을 찾으러 간다는 이야기를 하신 거요."

"그러고 보니 그 시기였군요."

5년 정도 전. 아르와 레오는 성의 숨겨진 방을 찾아내는 놀이에 푹 빠져 있었다.

각 시대마다 황제가 제검성을 손보았고, 알려지지 않은 비밀의 방이나 통로가 잔뜩 있었다. 황제조차 전부 파악하지 못한 숨겨진 방을 찾아낸다. 그것은 소년의 모험심을 자극하는 놀이였던 것이다.

"두 분의 이야기를 듣고 저도 가보고 싶었는데……, 입장상 이야기를 꺼내지 못해서 계속 신경이 쓰였거든요."

레티시아는 그렇게 말하며 비밀의 방을 산책했다.

꽤 넓은 이 방은 심플하지만 비싼 가구가 갖춰져 있었고, 가운데에는 커다란 침대가 있었다.

"형이 조사한 것에 따르면 이곳을 만든 건 5대 전 황제라고 합니다. 아마 첩과 밀회할 때 쓰지 않았을까 하던데요."

"황제라면 측실로 들이는 방법도 있지 않나요?"

"자세히는 잘 모르겠습니다. 도서실에서 조사하다가 형이 발견한 건 손수 쓴 편지였으니까요. 내용으로 보아하니 그 첩에게 보낸 것 같고요."

"편지에는 뭐라고 적혀 있던가요?"

"짧막한 내용입니다. '이루지 못할 사랑을 하고 있는 사람에게, 비밀의 방에서 기다려 주십시오'라고요. 5대 전 황제는 평생 측실을 두지 않은 것으로 유명한 사람이라서 놀랐습니다."

"별로 바람직한 일은 아니지만…… 멋지다는 생각도 드네요.

이런 방까지 만들 정도로 만나고 싶었던 모양이에요."

"아마, 허락을 받을 수 있었다면 그 사람과 결혼하고 싶었겠죠. 하지만 제국을 위해서 황제로서 살아가는 선택을 했고요."

그건 황제로서 칭찬받아 마땅할 일이다. 측실을 들이지 않음으로써 정실의 일족과 보다 견고한 유대감을 다질 수 있다. 레오는 당시 제국이 그럴 필요가 있었을 거라고 추측했다.

하지만 그것과는 별개로 포기할 수 없는 연심이 있었을 것이다. 그래서 이 방을 만들었다.

황제도 인간이었다는 뜻이다.

"왠지 슬프네요……."

"그러게요……."

그 이야기를 들었을 때, 레오도 그렇게 생각했다.

하지만 아르는 그렇지 않았다. 비웃었다. 5대 전 황제를, 바보 같은 황제라고.

"형은 이렇게 말했습니다. 책에 편지가 끼워져 있는 건 첩의 소행이라고요."

"첩의 소행요?"

"황제에게 받은 비밀 편지. 원래는 곧바로 처분해야겠지만, 그걸 받은 첩은 처분하지 않고 책에 끼워 두었죠. 형은 그 첩이 관계가 발각되는 걸 원했을 거라고 하더군요."

"왠지 갑자기 진흙탕 같은 분위기네요……."

레티시아는 곤란하다는 듯한 표정을 지었다. 레오도 당시에는 비슷한 표정을 지었다.

아르가 말하기로는 첩은 관계가 발각된 뒤에, 황제가 책임을 지고 측실로 맞이하는 배포를 기대한 게 아니냐고 했다.

하지만 두 사람의 관계는 결국 드러나지 않았다. 그때 무슨 일이 있었는지는 제쳐두고, 아르는 그 5대 전 황제를 바보라고 단정지었다.

"사랑하는 사람을 지키지 못하면서 제국을 지킬 수 있겠냐."

"아르노르트 님께서 그렇게 말씀하셨나요?"

"네. 형은 사랑하는 사람을 측실로 맞이하지도 못한 당시의 황제를 철저하게 매도했습니다. 당시에는 그렇게까지 말할 필요가 있을까도 생각했지만…… 지금은 이해가 되네요. 당시의 황제는 바보입니다."

황제는 제국에 모든 것을 바친다. 제국을 가장 먼저 생각한다. 그건 당연한 사실이다.

하지만, 그와 동시에 황제도 사람이다. 아무리 노력해도 불가능한 것이 있다.

그럴 때 받쳐 줄 사람이 필요하다. 그렇게 받쳐 주는 사람을 지키는 것도 황제가 할 일이다. 도량을 보일 때다. 첩이 어떤 입장이었는지는 모른다. 어쩌면 다른 나라 사람이었을지도 모른다. 어쩌면 복잡한 관계 속에 서 있던 사람이었을지도 모른다.

하지만 그런 것도 어떻게든 해결할 수 있는 게 황제다. 황제라면 사랑이 싹튼 이상, 측실로 맞이하는 배포를 보여야 할 것이다.

몰래 만나는 건 너무 한심하다.

비밀의 방에서만 속삭이는 사랑에 얼마나 가치가 있을까.

레오는 고개를 슬쩍 들고 레티시아를 똑바로 바라보았다.

"레티시아. 당신께 말씀드릴 게 있습니다. 들어 주시겠어요?"

"네? 뭔데요? 갑자기."

레오는 살짝 심호흡을 했다.

5대 전 황제가 바보라면 지금 나는 그 이하일 것이다, 레오는 그렇게 생각했다. 비밀의 방에서만이긴 하지만, 5대 전 황제는 사랑을 말했다. 하지만 레오는 아직 자기 가슴 속에 숨겨 두고 있다.

자기 가슴속으로만 속삭이는 사랑에 얼마나 가치가 있을까.

세상에는 말하지 않음으로써 빛나는 사랑도 있을 것이다. 하지만 레오의 사랑은 그렇지 않다.

말로 하지 않으면 전해지지 않는다. 레오는 아르와 나눈 이야기를 떠올렸다.

"모, 모르겠다니…… . 형, 그건 너무하잖아…… ."

"네 일이잖아. 나한테 물어보지 마."

"그, 그래도, 거절당할지도 몰라…… . 그러면 전부 허사가 될 거야…… . 그녀를 구하지도 못할 테고, 두 나라의 관계도, 나와 그녀의 관계도, 망가질 거야…… . 나는 두려워. 전부를 걸었는데 거절당한다면…… ."

입장이 있기에 어깨에 얹힌 것도 무겁다. 평민이 평민에게 결혼해 달라고 말하는 것과는 다르다. 하지만 아르는 평소와 똑같은 분위기로 말했다.

"시끄러워. 그런 건 전부 걸고 나서 생각해. 부딪혀서 깨지면 조각은 주워 주마."

"나, 남 일이라고……."

"우리는 쌍둥이지만, 그 문제는 남 일이지. 당연하잖아. 네 곁에 평생 설 사람인데."

"형……."

"그래도 격침당하면 나도 귀찮아지겠지. 그러니까 한 가지만 조언해 주마."

아르는 그렇게 말하고는 마지막으로 조언을 남겨 주었다.

레오는 그 조언을 가슴에 품고 숨을 들이쉰 다음―― 말했다.

"레티시아. 제 부인이 되어 주시겠어요?"

겨우 그 말을 꺼내기 위해 레오는 살아오면서 가장 큰 용기를 냈다. 악마에게 덤비는 게 훨씬 편했다고 생각하며, 레오는 떨리는 손을 꽉 쥐었다.

두려워서 견딜 수가 없었다. 거절당하면 많은 것들을 잃게 된다.

하지만, 말하지 않으면 더 많은 것을 잃는다. 사람과 사람의 관계에서 진도를 나가는 것은 지금 관계를 버리는 것이기도 하다. 앞으로 크게 나아갈수록, 버리는 것도 커진다. 그러니 용기가 필요하다. 사람은 버리는 것을 두려워하기 때문이다.

하지만 레오는 마음속으로 중얼거렸다. 아르는 말하고 나서 생각하라고 했다. 앞으로 나아간 뒤에 생각하면 된다. 시간이 있다

면 조금씩 앞으로 나아갈 수도 있었을 것이다. 하지만, 레오에게
는 시간이 없었다.

머무를 것인가, 나아갈 것인가. 둘 중 하나밖에 선택하지 못하
는 이상, 레오의 선택지는 정해져 있었던 것이다.

하지만.

"……저를 구하기 위해서군요. 제가 제국의 황자와 결혼하면 제
국과 왕국이 전쟁을 벌이지 않게 되긴 하겠죠. 많은 문제가 있다
고는 해도 저 같은 강한 왕국의 상징이 없어질 테니 왕국의 전쟁에
대한 열기는 사그라들 거예요. 그건 분명히 좋은 방법이겠죠……,
하지만."

"아닙니다."

"아니라고요……?"

레티시아가 놀란 듯이 눈을 크게 떴다.

아르는 마지막으로 조언을 해주었다. 그것은 질문이었다.

구하고 싶어서 프로포즈를 하는 건지, 사랑하기 때문에 프로포
즈를 하는 건지. 그건 확실하게 해줘라. 아르는 그렇게 말했다.

레오는 그 질문에 대해 확실한 답을 지니고 있었다. 지닐 수 있
었다.

"5년 전, 당신을 처음 만났을 때부터 좋아했습니다. 당신을 잊
고 지낸 날은 하루도 없었죠. 그리고…… 이번에 당신이 왔고, 당
신과 함께 지내면서 알게 되었습니다. 제가 당신을 사랑한다는
걸. 10년, 20년, 그 뒤에도 계속. 곁에 있어 줄 사람은 당신이었

으면 하니까. 당신이 아니면 안 된다고. 당신을 잃게 된다는 건 상상할 수가 없어. 누군가가 당신을 **빼앗으려** 한다면── 내가 당신을 **빼앗겠어.** 상대가 누구든 넘기진 않을 거야."

황금 독수리의 일족. 제국의 황족, 아드라 가문은 그렇게 불리는 경우가 있다.

제국의 문장인 황금 독수리는 본래, 아드라 가문이 내걸고 있던 문장이었기에.

그 일족은 때로는 우아하게 하늘을 날며, 때로는 발톱을 숨기고 대륙 중앙에 거대한 제국을 만들어 냈다.

그 성질은 사냥꾼이라고 한다. 아드라 일족은 노린 사냥감을 놓치지 않는다. 천부적인 황족으로서, 그들은 사냥감 앞에서는 믿기지 않을 정도로 억지스러운 모습을 보였다.

마왕이 나타나서 혼란스러워진 시대에도 계속 강한 나라로 존재했고, 꾸준히 국가를 강하게 만들어 온 그들을 적대자들이 야유하며 이렇게 부른다.

약탈자라고.

11

"누군가가 당신을 **빼앗으려** 한다면── 내가 당신을 **빼앗겠어.** 상대가 누구든 넘기진 않을 거야."

평소 레오의 모습에서는 상상할 수 없을 정도로 억지스러운 말투로 인해 레티시아는 완전히 압도당해 버렸다.

레티시아는 지나치게 올곧은 그 프로포즈를 받고 고개를 숙였다.

자신을 구하기 위한 프로포즈라면 레티시아도 이미 예상하고 있었다. 레오는 마음씨가 착하다. 황족의 일원으로서 나를 지키려 하더라도 이상할 게 없다. 그 정도로 인식하고 있었다.

하지만, 사랑하기 때문에 프로포즈를 할 거라는 예상은 하지 못했다. 처음 느껴보는 부끄러움 때문에 레티시아는 고개를 들수가 없었다.

레티시아는 그게 쑥스러움이라는 것을 자각하고는 얼굴을 빨갛게 물들였다.

무엇보다── 기쁘다는 마음이 들고, 기세에 이기지 못해 대답을 해버릴 것 같은 자신이 부끄러웠다. 그것은 너무나도 경솔하고 경박한 생각이었다.

레오는 결코 폐가 된다고 하지 않겠지만, 그 제안을 받아들인다면 많은 폐를 끼치게 될 것이다.

받아들여서는 안 된다. 받아들일 수는 없다. 레티시아는 그렇게 결심하고 고개를 들었다.

하지만 진지하게 바라보고 있는 레오와 눈이 마주쳐 버렸다. 그 순간, 레티시아는 곧바로 고개를 숙였다.

도저히 마주 볼 수가 없었다. 얼굴이 점점 빨개지고, 열기를 띠기 시작했다는 것을 알 수가 있었다.

점점 숨이 가빠지는 느낌도 들었다. 이대로 가다가는 쓰러져

버릴 것이다.

레티시아가 그렇게 생각했을 때, 레오가 말했다.

"곧바로 대답해 달라고는 하지 않겠습니다. 축제가 끝나고 제도를 떠나기 전까지 대답해 주시겠어요?"

"……네, 네."

레티시아는 자기 목소리가 아닐 것 같을 정도로 힘없고 연약한 목소리 때문에 경악했다.

질질 끌어서 어떻게 된다는 걸까. 어차피 거절할 거라면 지금 거절해야 한다. 그렇게 자신을 질타하는 마음속 자신이 있는 한편, 다행이다, 잘됐다, 어떻게 하나 싶었는데. 그렇게 안심하는 마음속 자신도 있었다.

이런 경우는 처음이었다. 그래서 레티시아는 가벼운 공황 상태에 빠져 있었다.

프로포즈를 받은 것은 이번이 처음은 아니었다.

성장을 들고 전장을 달리던 때부터 많은 남자가 레티시아에게 프로포즈를 했다.

전장에서 지팡이를 들어올린 모습에 이끌린 군인. 성녀로서의 지명도를 욕심낸 귀족. 초창기부터 함께 싸워 온 동료.

모두가 아름다운 레티시아를 찬미하고, 그녀의 존재 방식을 긍정했다. 당신 곁에 있고 싶다고 말했다.

하지만 곁에 있어 줬으면 한다는 말을 한 사람은 레오뿐이었다. 빼앗겠다는 말을 한 것도 레오뿐이었다.

그래서 어쨌다고, 그렇게 생각하는 자신도 있다. 그냥 말뿐일 거라고 단정짓는 건 간단하다.

그럼에도 불구하고 거절하지 못하는 자신도 있었다. 레오가 성녀로서의 나 자신을 필요로 하는 게 아니기 때문이다.

이곳에서 성녀라는 직책은 걸리적거릴 뿐이다. 하지만 레오는 프로포즈를 해주었다. 그 사실이 참을 수 없이 기뻤다.

"너무 갑작스러워서 당황하셨겠지만…… 전부 진심입니다. 어떤 대답을 하셔도 받아들이겠습니다. 안심하시길."

"네…… 감사합니다."

"그러면 방까지 바래다 드리죠."

레오는 그렇게 말하며 별 생각없이 손을 내밀었다.

레티시아도 그 손을 잡으려다가 곧바로 망설였다. 좀 전까지 별다른 생각이 없었던 손을 잡는다는 행동이 매우 부끄럽게 느껴졌기 때문이다.

손을 살짝 든 상태로 굳어버린 레티시아를 보고 레오가 쓴웃음을 지으며 살며시 그녀의 손을 잡았다.

"윽?!"

"어두우니까요. 발치 조심하시고요."

"네, 네……. 레오나르트 님."

너무 부끄러워서 기어들어 가는 듯한 목소리로밖에 대답할 수가 없다. 다른 사람이 한 말로 인해 이렇게까지 동요한 것은 처음이었다. 그런 레티시아의 손을 당기며 레오가 문득 말했다.

"레오."

"네……?"

"레오라고 불러 주시면 안 될까요? 저를 그렇게 부르는 사람은 그리 많지 않으니까요."

"저기……."

"당신은 그렇게 불러 주셨으면 합니다."

미소가 억지스럽다. 레티시아는 그렇게 생각하며 눈을 피하고는 고개를 끄덕였다.

겨우 그것뿐이었지만, 레오는 만족스러운 듯이 웃으며 레티시아를 계속 에스코트해주었다.

그리고 레티시아의 방이 보이기 시작했다. 방 앞에는 금발 여기사가 서 있었다.

"어서 오십시오. 레티시아 님."

"카트린……. 늦어서 죄송해요."

"아뇨, 신경 쓰지 마시길."

카트린이라 불린 여기사는 그렇게 말하며 고개를 숙였다.

레티시아는 그 카트린을 레오에게 소개해 주었다.

"레, 레오……. 저기, 몇 번 만나셨을 텐데, 제 호위 대장을 맡아 주고 있는 카트린이에요."

"잘 부탁해, 카트린."

"예, 전하."

그렇게 짤막한 대화를 나눈 다음, 레오는 레티시아의 손을 놓았다. 그리고 시원스러운 미소를 지으며 말했다.

"그럼 편히 주무십시오, 레티시아. 내일 다시 또 모시러 오겠습니다."

"네, 네……."

그대로 떠나가는 레오의 뒷모습을 레티시아가 계속 바라보고 있었다.

그런 레티시아 옆에서 카트린이 쓴웃음을 지었다.

"대답은 하셨습니까?"

"무, 무슨 말씀이세요?"

"프로포즈를 받으신 거 아닙니까?"

"어, 어떻게 그걸?!"

"보면 압니다. 보아하니 대답은 아직인 모양이군요."

"……기다려 달라고 했습니다."

"레티시아 님께서 결정하실 문제겠지만…… 신변의 안전을 확보한다는 의미로는 나쁘지 않습니다. 단."

"단?"

"제국 전체의 여자들을 적으로 만들지도 모르겠지만요."

"으으으, 제게는 아까운 분이세요……."

"그런가요? 잘 어울린다고 생각합니다만."

카트린은 그렇게 웃으며 방문을 열었다.

그리고 레티시아가 방으로 들어가자 오리히메의 결계가 발동되었다.

"그러면 편히 주무십시오. 레티시아 님."

"네. 잘 자요. 카트린."

그렇게 레티시아는 잠자리에 들었다.

■ ■ ■

늦은 밤. 성에 있는 모든 사람들이 잠들었을 무렵.

레티시아의 방문을 노크하는 소리가 들렸다.

그 소리에 잠이 깬 레티시아는 눈을 비비며 물었다.

"누구시죠……?"

"접니다."

"레, 레오?!"

설마 이런 시간에 찾아올 줄이야. 레티시아는 그 행동의 의미를 생각하고는 얼굴을 붉혔다. 하지만, 곧바로 그 생각은 사라졌다.

"말씀드려야 할 게 있습니다. 문을 열어주시겠어요?"

진지한 말투였다. 무슨 일이 생겼으리라는 걸 금방 짐작할 수가 있었다.

레티시아는 망측한 상상을 한 자신을 매도하며 침대에서 일어나 문으로 다가갔다.

그리고 문을 열었다.

"감사합니다. 이렇게 늦은 밤중에 죄송합니다."

"아뇨……. 무슨 일이 있었나요?"

"네."

레오는 그렇게 말하고는 주위를 경계하며 살며시 방으로 들어온 다음, 문을 닫았다.

암살에 관련된 문제일 거라 생각한 레티시아는 눈을 내리깔았다.

"암살자인가요……."

"네. 당신이 무사하니 안심이 되는군요. 방에도 아무도 없는 것 같고요."

"네, 여기에는 당신하고 저밖에 없어요."

"그렇군요."

레오는 그렇게 말한 다음, 주머니에서 작은 보석을 꺼냈다.

그것이 깨지며 보라색 연기가 뿜어져 나왔다.

"뭐, 뭐죠?!"

"안심하세요. 잠들뿐입니다."

"잠든다고요……?!"

레티시아는 재빨리 입과 코를 막았지만, 이미 마셔 버렸다.

그 순간, 엄청난 졸음이 레티시아를 덮쳤다. 시야가 일그러지고 다리가 후들거리기 시작했다. 레티시아는 비틀거리면서도 침대 쪽으로 물러났다.

그곳에 성장이 있기 때문이다.

하지만 레오는 그런 레티시아의 손을 잡아당겨서 연기가 있는 곳으로 데리고 왔다.

"역시 성녀님이시군요. 인간 여자에게만 효과가 있게끔 개량했고, 보통은 곧바로 잠들 텐데. 대단한 정신력입니다."

"당신은⋯⋯, 레오가⋯⋯, 아니야⋯⋯?"

"글쎄요, 과연 누구일까요. 당신하고는 상관이 없죠. 당신은 여기서 죽을 테니까."

"환⋯⋯술⋯⋯."

레티시아는 자신의 경솔함을 저주했다. 설마 레오로 변장할 줄이야. 프로포즈를 받은 뒤라 얼굴을 제대로 보지 못했던 것도 곧바로 눈치채지 못했던 원인이다. 환술 특유의 위화감도 제대로 관찰하지 않으면 알아챌 수가 없다.

지금까지 느꼈던 졸음보다 더 강한 졸음을 느낀 레티시아는 자신의 입술을 깨물었다.

강한 힘으로 깨물린 입술이 피를 흘리며 한순간의 통증을 레티시아에게 가져다 주었다. 레티시아는 그 통증으로 졸음을 참으며 기어가듯이 성장이 있는 쪽으로 갔다.

하지만, 얼마 남지 않은 곳에서 몸이 움직이지 않게 되었다.

"레, 오⋯⋯."

레티시아는 마지막으로 그렇게 중얼거리고는 잠들어 버렸다.

그리고 레오로 변장한 사람은 그런 레티시아를 내려다보며 중얼거렸다.

"당신은 아무런 잘못도 없습니다. 전부 왕국 때문이죠."

그렇게 말하며 허리에 찬 검을 빼들었다.

12

행사 이틀째 아침.

레오는 레티시아의 방으로 가고 있었다.

오늘도 축제가 열린다. 그녀가 즐기기 위해서는 어떻게 해야 할까. 어디로 데리고 가야 할까.

그런 생각을 하고 있던 레오의 발걸음은 가벼웠다.

하지만 레티시아의 방 앞에서 많은 근위기사를 보고, 발걸음이 멈춰 버렸다.

"……레티시아……."

레오는 그녀의 이름을 부르며 곧바로 뛰어가기 시작했다.

근위기사가 말리려 했지만, 그들을 돌파하고 방문 앞에 도착했다.

그곳에는 에르나가 있었다.

"레오……."

"물러서, 에르나."

"너를 위해서 하는 말이야……. 방으로 돌아가."

"물러서!!"

레오는 분노하며 방으로 들어가려 했다.

하지만 에르나가 막아 섰다. 그런 두 사람을 향해 조용한 목소리가 날아들었다.

"들어가게 해줘. 볼 권리는 있잖아."

"아르?!"

"형……."

아르가 한 말을 들고 레오를 말리던 에르나의 손에서 한순간 힘이 빠졌다.

그 순간, 레오는 방 안으로 들어갔다. 안에는 황제와 재상, 에리크와 고든도 있있다.

그리고 모두의 시선이 벽에 쏠려 있었다.

"아, 아아……, 이럴 수가……."

그곳에는── 레티시아가 검으로 인해 벽에 박혀 있었다.

엄청나게 많은 피가 방 전체에 넘쳤고, 누가 보더라도 죽었다는 걸 알 수 있는 상황이었다.

그 모습을 본 레오의 마음속에서 무언가가 후두둑, 무너져내렸다.

"으아, 으으으……, 으아아아아아아아아아아아아아아악!!!!!!!!!!!"

레오의 비통한 외침이 방안에, 성안에 울려 퍼졌다.

레오는 머리를 감싸고는 계속 소리를 질렀다. 이럴 리가 없다. 이건 악몽이다, 그렇게 자신을 타일렀다. 그런 레오에게 고든이 말했다.

"시체를 봤다고 비명을 지르는 거냐? 익숙할 텐데, 이 정도 시체는."

그 말을 들은 레오는 한순간 머릿속이 새하얘졌다.

그리고 고개를 들었다. 시야에는 고든과 에리크, 두 사람이 들어왔다.

레오의 손이 천천히 검으로 향했다.

"너희들이냐아아아아아아아아아아아!!!!"

"에르나."

"크윽……."

에리크와 고든에게 덤벼들려던 레오는 에르나가 가한 타격으로 인해 기절했다.

지시를 내린 아르는 숨을 크게 내쉬고는 다시 지시를 내렸다.

"방에 가둬."

"아르……."

에르나는 한순간 어두운 표정을 지었지만, 아르가 똑바로 바라보자 조용히 고개를 끄덕이고는 의식을 잃은 레오를 데리고 나갔다.

"동생의 무례를 용서하여 주십시오. 아버님, 형님."

"그럴 만도 하지. 나조차 마음이 무거워지는구나."

황제는 그렇게 말하며 방금 그 일을 불문에 붙이기로 했다.

그리고 아르는 레티시아의 시체를 돌아봤다. 시체를 관찰하던 도중에 황제가 보고를 받았다.

"살해에 사용된 검은 호위대장의 검입니다. 그리고 호위대장은 행방불명 상태입니다."

"문지기들은 뭐라고 하던가?"

"경비를 맡고 있던 모든 인원을 모아 조사를 진행하고 있습니다만, 지금까지는 밤에 성밖으로 나간 자는 없습니다."

"그렇다면 성을 봉쇄하거라. 축제가 시작되면 그 소동을 틈타

도망칠 것이다. 반드시 찾아내라."

황제의 지시를 받고 재상이 공손히 고개를 숙였다.

아르는 그런 보고를 들으면서도 레티시아의 시체에서 눈을 떼지 않았다.

■ ■ ■

성이 봉쇄되고, 범인 수색이 시작되었다. 그런 와중에 나는 계속 레티시아의 방에 있었다.

"후회하고 계십니까?"

소리없이 나타난 세바스가 그렇게 말했다. 나는 그 말을 듣고 고개를 저었다.

"딱히 후회하진 않아. 애초에 어째서 그렇게 생각하지?"

"억지로라도 데리고 나갈 걸 그랬다. 그렇게 생각하실 줄 알았습니다만?"

"이렇게까지 위화감이 심한 현장이 아니었다면 그렇게 생각했을지도 모르지."

"위화감입니까?"

세바스가 고개를 갸웃거렸다. 역시나. 레티시아의 시체에는 약간의 위화감이 있다. 하지만 그것은 황족이 차분히 관찰해야 겨우 알아낼까 말까할 정도로 희미한 위화감이다.

주의력이 뛰어난 세바스조차 눈치채지 못했다. 완벽한 시체라고도 할 수 있다.

하지만, 분명히 위화감이 든다.

"저는 잘 모르겠군요."

"그러면 아는 것만 물어보지. 어째서 죽였을 것 같아?"

"제국 안에서 성녀가 죽으면 왕국과 전쟁을 벌일 계기가 됩니다. 반제국파로서는 바람직한 전개 아닙니까?"

"그 레티시아가 믿고 데리고 온 호위대장이 배신했다고?"

"상황 증거가 그렇게 나타내고 있습니다."

"상황 증거라······. 오리히메의 결계는 레티시아가 문을 열지 않는 이상, 깨지지 않아. 다시 말해 상대는 레티시아가 문을 열어 줄 사람이지. 호위대장이라면 그럴 수도 있을 거야. 검도 그 호위대장 거고."

"네. 그러니."

"이상하잖아? 제국과 왕국의 전쟁. 그걸 원한다면 레티시아의 호위대장이 저지른 범행이어선 안 돼. 이러면 왕국 쪽에서 인원을 잘못 보낸 실수라고."

"그렇긴 하군요······."

세바스도 내 위화감에 도달했다. 시체 말고도 이 현장에는 위화감이 들었다. 호위대장의 소행이라고 주장하는 듯한 상황 증거. 그것은 정말로 호위대장이 반제국파로서 레티시아를 죽였다면 없애야만 하는 것들이다.

그게 역시 마음에 걸린다.

"시간이 없었다고 넘기는 건 간단하겠지만⋯⋯ 벽에 박아넣을 시간이 있었다면 증거를 없앴어야지."

"굳이 생각하자면, 뽑아 내지 못했다는 건 어떨까요?"

"성녀의 호위대장은 그리폰 기사이기도 해. 그렇게까지 얼빠진 녀석일까? 그리고 저항한 흔적도 보이지 않아. 저항하지 않는 상대를 있는 힘껏 벽까지 찔러넣는다고? 애초에 호위대장이라면 다른 흉기를 마련할 수도 있었을 거야."

"그렇긴 하군요⋯⋯. 그렇다면 호위대장이 범인이라고 단정짓는 건 위험하겠습니다."

"위험한 정도가 아니야. 호위대장의 범행이 아니라면 범인은 따로 있는 거라고. 그러면 누명을 뒤집어쓴 호위대장은? 지금 아버님은 '왕국의 호위대장'에게 누명을 뒤집어씌우고 범인으로 지목해서 찾고 있는 게 되겠지. 그것도 성을 봉쇄하면서까지. 이런 상황에서 범인이 바깥으로 도망쳤다면 추격자를 보낼 기회를 놓친 거나 마찬가지야. 성을 봉쇄하면 아무도 바깥으로 나가지 못하겠지만⋯⋯ 제국이 자랑하는 근위기사도 움직일 수 없게 돼."

"왕국에서 보기에는, 안성맞춤인 상황이로군요. 그건 확실하게 제국의 실수입니다."

"일부러 도망치게 보내주었다고 하면 반박의 여지도 없어. 하지만⋯⋯ 성을 봉쇄하는 것 자체는 정석이지. 성에서 사건이 일어나면 황제가 반드시 성을 봉쇄한다. 문제는 그렇게 자주 일어나지도 않는 사건에 대한 정석을 적이 알고 있었다는 점이야. 알

지 못한다면 이런 흐름이 되진 않았을 테니까. 적의 진짜 목적은
우리를 묶어 두는 거다. 그리고 제국은 그 함정에 빠졌어."

그 시점에서 성을 봉쇄하지 않고 추격자를 보낼 수는 없다. 성
에 범인이 있을지도 모르기 때문이다. 아버님은 적의 목적이 어
떤 것이든, 성을 봉쇄하고 수색하라는 명령을 내릴 수밖에 없다.

다시 말해 레티시아의 시체가 발견된 시점에서 이 흐름은 필연
적인 것이다.

범인은 골치 아픈 근위기사를 묶어 둘 수 있었고, 왕국은 전쟁
의 계기를 얻었다.

"어떻게 하실 겁니까?"

"제국 쪽 사람이 범인을 찾아낼 수밖에 없겠지."

"찾아내실 수 있겠습니까?"

"찾아낼 수 있을 리가 없잖아. 단서가 없다고……. 하지만 내
추측이 맞다면 단서를 찾아낼 수 있을지도 몰라."

"추측 말씀이십니까?"

"그래. 범인은 우리를 묶어 두는 것, 왕국은 전쟁의 계기. 각각
이번에 얻을 이익이 있어. 하지만, 이익을 얻지 못한 조직이 한
군데 있지."

"그리모어 말씀이시군요?"

나는 세바스가 한 말을 듣고 고개를 끄덕였다.

제도 지하에서 암약하던 그리모어는 이번에 전혀 이익을 얻지
못했다.

조직의 거점이 괴멸된 것뿐만이 아니라 연구 대상으로 삼을 예정이었던 레티시아가 죽었다.

아마 이번 사건에 깊게 관여했을 텐데도 그리모어는 전혀 보답을 받지 못했다.

"그 녀석들은 마법에 홀린 연구자야. 돈 정도로는 움직이지 않겠지. 레티시아와 비슷한 수준인 연구 대상을 내놓지 않으면 납득하지 않을 거라고."

"사성보구 사용자라면 에르나 님 말씀이십니까?"

"불가능할 거야. 칼을 통째로 삼키는 거나 마찬가지라고. 몸속이 갈가리 찢어지겠지."

에르나와 레티시아는 다르다. 에르나는 성검이 없어도 강하지만, 레티시아는 성장이 있기에 전장에서 빛나는 존재가 될 수 있다.

연구 대상으로 삼으려면 어느 쪽이 더 편할까, 굳이 비교할 필요도 없다.

그렇다면 그리모어에는 레티시아를 넘길 수밖에 없다.

"왕국과 그리모어가 손을 잡지 않았던 걸까요?"

"진상은 모르겠어. 하지만…… 그리모어의 거점에는 레티시아를 손에 넣은 다음에 쓸 자료밖에 없었지. 그게 마음에 계속 걸려. 처분할 거라면 전부 처분했어야 할 테고, 그런 흔적도 없었어. 그러니까 거기 있던 자료가 전부일 거야."

"다시 말해……, 그리모어는 성녀님을 손에 넣을 방법이 있었다는 겁니까?"

"다른 곳에서 넘겨받는다는 전제였다면 설명이 되지. 왕국은 이제 곧 제국과 전쟁을 벌이려는 나라니까. 제국을 최대한 약하게 만들고 싶었을 거야. 사성보구의 사용자를 피험체로 써먹으면 얼마나 큰 피해가 생길지 알 수가 없으니까."

"하지만 자칫하다가는 왕국에도 피해가 생길지도 모르잖습니까? 그리모어는 그만큼 골치 아픈 조직입니다."

"피해가 커지면 실버가 나설 거라고 예상했겠지. 만에 하나, 제국과 싸울 때 실버가 제국에 협력하면 귀찮아질 테니까."

"그렇게까지 생각해서 움직였다면 위험하지 않을까요? 아무리 생각해도 왕국 한 나라의 규모가 아닐 것 같습니다만."

"그렇지. 그래도 그보다 먼저 조사해 봐야 할 게 있어."

나는 그렇게 말하며 레티시아의 시체를 손가락으로 가리켰다.

저기 있는 건 분명히 시체다. 그건 틀림없다.

"그리모어에게 레티시아의 신병이 넘어갔다고 하면…… 저건 뭐지?"

"……가짜입니까?"

"가짜겠지. 이 위화감은 착각이 아닐 거야. 분명히 마법 같은 무언가와 관련이 있을 거라고. 하지만 나조차 어렴풋한 위화감으로만 느끼고 있지. 그 이유가 뭘까? 저게 틀림없는 사람의 시체이기 때문이겠지. 피비린내와 내장 냄새, 그런 것들을 전부 속이는 건 불가능해."

"그렇군요. 행방불명된 호위대장이 눈앞에 있었다는 겁니까?"

"그렇게 생각하는 게 타당하겠지. 자, 그렇다면 이제 알겠지?"

"예. 아르노르트 님조차 버거워할 만한 마법. 그건 분명히 익숙하지 않기 때문이겠지요. 그리고 그런 부류의 마법을 사용하시는 분들이 계시지요."

"그래. 갑자기 제국의 초청을 받아들인 녀석들이 있어. 대륙 서부의 대삼림은 왕국과 가깝지. 손을 잡았더라도 이상할 게 없어. '엘프'를 감시해라. 이 시체를 레티시아로 위장할 수 있는 건 그 녀석들밖에 없어. 이건 '살인으로 위장한 납치'다. 움직임이 보이면 판단은 맡길 테니."

웬디는 외모를 환술로 속이고 있었다.

그 환술을 사용하면 시체를 레티시아로 꾸밀 수 있을지도 모른다. 아니, 그 가능성밖에 없는 것 같다. 단, 웬디보다 훨씬 솜씨가 뛰어나다.

그녀가 관여했는지 여부를 떠나서 감시는 반드시 필요하다.

"아르노르트 님은 어디로 가실 겁니까?"

"레오에게 간다."

"환술을 푸실 것 아닙니까?"

"풀 수 있었다면 풀었지. 엘프의 비술은 잘 모르거든. 시간을 들이면 풀 수도 있겠지만, 그럴 시간이 아까워. 방금 한 추측에 대해 아버님의 인정을 받고 엘프에게 풀게 할 수밖에 없을 거야."

"그렇군요. 그러기 위해서 레오나르트 님이 필요한 거고요."

"나보다 발언력이 훨씬 강하니까. 내가 이런 말을 해봤자 망상이라고 치부당할 뿐이겠지."

찌꺼기 황자의 추측으로는 다른 사람들을 움직일 수가 없다. 물론, 마음만 먹으면 움직일 수도 있겠지만, 그러려면 수고를 들여야 한다. 그럴 거라면 레오에게 설명하라고 시키는 게 낫다. 설득할 시간도 아낄 수 있을 테고.

레티시아가 살아 있다면 시간이 아깝다.

"그렇군요. 평소 행실이 발목을 잡는 모양입니다."

"시끄러워. 그리고 린피아를 전령으로 보내줘."

"성은 봉쇄 중입니다만?"

"기다리고 있다가는 늦어 버릴지도 모르잖아? 에르나의 부대가 있는 곳으로 빠져나가게 해."

"들키면 일이 커질 텐데요?"

"이미 일은 커졌어."

"그렇긴 하군요. 그러면 어디로 전령을 보내시겠습니까?"

"빈이 있는 곳으로. 모든 책임은 내가 진다고 전해."

'요인을 맞이할 때는 내가 필요없다'. 빈은 미소를 지으며 그렇게 말하고 제도를 떠나 있었다.

빈은 발상이 아니라 예상이 뛰어난 군사다. 몇 가지 패턴을 생각하며 움직이고 있다. 그리고 빈이 대비하고 있던 것은 제도에서 뭔가 충돌이 발생할 경우.

그러기 위해 빈은 어떤 곳에서 대기하고 있었다.

"그렇군요. 상처자국의 기사단이 나설 차례인 모양입니다. 그런데 단서도 없이 어떻게 움직이실 생각이십니까?"

"빈이라면 잘 하겠지. 방금 한 추측을 전해주면 상대방의 도주 루트 정도는 알아낼 거야. 뭐, 굳이 말하자면 북쪽이지. 동부는 누님의 영역이야. 남부는 부흥 때문에 군인과 기사들이 많이 움직이고 있어. 서부는 왕국과의 국경이고. 최전선이 될지도 모르고, 왕국 관련 문제라면 제일 먼저 수사 대상이 될 거야. 범인이 누구든 북부로 도망칠 수밖에 없어."

그 예상도 빈이라면 굳이 말하기도 전에 똑같은 결론을 내릴 것이다.

황태자가 곁에 두었던 그 재능은 겉치레가 아니다.

"자, 적의 함정을 박살 내자고."

"알겠습니다."

세바스는 그렇게 말하고는 떠났고, 나는 레오의 방으로 향했다.

13

레오의 방으로 가보니, 레오는 의자에 앉아서 가만히 있었다.

에르나가 그 모습을 슬픈 듯이 바라보고 있었다.

"아르……."

"상태는 어때?"

"정신이 든 뒤로는 계속 저런 모습이야."

완전히 패기를 잃고 혼이 빠져나간 듯한 느낌이다. 제대로 힘을 주고 있을 때, 레오는 몸을 웅크리지 않는다. 하지만 지금은 몸을 웅크린 채 의자에 힘없이 앉아 있다. 그 시선은 어디를 보고 있는지 알 수가 없었다.

"레오……. 아르가 왔어."

"……."

에르나가 한 말을 듣고도 레오는 반응을 보이지 않았다.

그런 레오의 모습을 보고 나는 한숨을 쉬었다. 완전히 의기소침해진 상태구나.

어쩔 수 없을 것이다. 레오는 레티시아에게 프로포즈를 했다. 그 대답이 어땠든, 그 시점에서 레오에게 있어서 레티시아는 세상에서 가장 소중한 사람이었다.

무슨 일이 생기더라도 지키겠다고 마음속으로 맹세했을 것이다. 그 결의가, 그 각오가. 전부 산산조각 나버렸다.

어쩔 수 없다. 손을 쓸 방법이 없다. 보통은 그렇게 생각할 것이다.

하지만, 그게 용납되는 녀석과 용납되지 않는 녀석이 있다. 레오는 후자다.

"적당히 해라. 얼빠져 있을 여유가 어디 있는데? 싸움은 이제부터 시작이라고. 너는 제위 쟁탈전을 벌이고 있으니까."

"……제위 같은 건, 아무래도 상관없어……."

"그러냐."

레오가 이쪽을 보지도 않고 그렇게 중얼거렸다.

전부 아무래도 상관없다. 그런 태도다.

그래서 나는 오른쪽 주먹을 쥐고 있는 힘껏 레오의 얼굴을 때렸다.

"아르?!"

레오가 의자에서 떨어져서 책상에 부딪혔다. 책상에 있던 것들이 떨어지고, 방 안에 이런저런 소리가 울렸다.

나는 오른쪽 주먹에서 느껴지는 아픔 때문에 인상을 찌푸렸다. 오랜만에 마법을 쓰지 않고 있는 힘껏 때렸구나. 아마 금 정도는 갔을 것 같은데. 하지만 그런 건 정말로 아무래도 상관없다.

"똑같은 말을 너 때문에 죽은 녀석들 앞에서 할 수 있냐? 너라면 보다 나은 제국을 만들 수 있을 거라고 믿으면서 목숨을 잃은 사람이 몇 명이나 되는데?"

사랑하는 사람이 죽었으니 어쩔 수가 없다. 소중한 사람이 죽었으니 어쩔 수가 없다.

그런 것이 용납되는 녀석과 용납되지 않는 녀석이 있다.

황족은 후자다. 특히 제위를 두고 다투는 자들은 무슨 일이 있더라도 멈춰선 안 된다. 아무리 큰 절망을 느끼더라도 그것을 떨쳐내고 기어올라가야만 한다. 하지만, 레오는 쓰러진 채 움직이지 않았다.

"그만해⋯⋯. 나는, 형처럼 강하지 않다고⋯⋯."

"내가 강하다고? 착각이야. 네가 약한 거다."

"⋯⋯소중한 사람이 죽었는데, 슬퍼하는 게 약한 거야⋯⋯?"

"슬퍼하는 건 약한 게 아니야. 멈춰 서는 게 약한 거지. 고개를 숙이고 있어 봤자 아무런 해결도 안 된다고. 황제를 목표로 삼은 자라면 무슨 일이 있더라도 '그렇더라도'라고 하면서 일어서라."

"제위 같은 건, 흥미 없어⋯⋯. 내가 될 수밖에 없어서, 되어야만 주위 사람들을 지킬 수 있으니까 목표로 삼았던 것뿐이라고. 하지만⋯⋯ 제일 지키고 싶었던 사람이 죽었어⋯⋯. 그런데도 내가 '그렇더라도'같이 생각하면서 주위 사람들을 지켜야만 한다는 거야⋯⋯?"

마음이 꺾이고 패기가 없는 목소리가 들렸다. 지금 레티시아가 살아 있다는 걸 말해 주더라도 레오는 일어설 수 없을 것이다.

나도 알고 있다. 레오는 마음씨가 착하니까.

일어섰다가 다시 누군가를 잃게 되는 것을 두려워하고 있다. 지키려고 집착할수록 잃었을 때의 절망이 커진다. 하지만, 일어서지 않으면 아무도 지킬 수가 없다.

"잃는 게 두려워서, 이제 슬퍼하고 싶지 않아서, 제자리에서 웅크리는 건 사람에게 갖춰진 방어 본능이야. 마음이 견디지 못하니까. 하지만 말이지, 그대로는 누구도 지킬 수가 없거든? 잃어가는 걸 지켜보기만 하게 될 텐데? 아무리 자신에게 아무것도 남지 않았다고 타일러 봤자⋯⋯ 사람은 혼자가 아니야."

열세 살 때. 어머니의 병에 대해 알게 되었다. 어떤 의사도 두 손을 들 정도로 심각한 병이라는 사실을.

치료하기 위해 다양한 서적을 탐독했다. 그 과정에서 고대 마법에 빠진 증조할아버지를 알게 되었고, 증조할아버지를 조사하다 보니 고대 마법의 적성을 지닌 자만 열 수 있는 비밀의 방의 존재에 대해 알게 되었다. 그 비밀의 방을 찾아낸 다음, 그곳에서 책에 봉인되었던 증조할아버지를 해방시킨 나는 고대 마법을 터득했다.

예진에 이렇게 열심히 한 시기가 있었을까 하는 생각이 들 정도로 노력했다.

2년 정도에 걸쳐 어느 정도 고대 마법을 터득한 다음, 그 치유 결계로 어머니를 치료하려 했다.

하지만, 효과는 없었다. 어머니의 병에 고대 마법은 무력했다. 어머니의 방에는 몸 상태를 악화시키는 결계가 펼쳐져 있었다. 그것을 부술 수는 있었지만, 그 결계는 애초에 몸에 숨어든 병마를 가속시킬 뿐이었다.

어머니는 원래 환자였고, 나는 그것을 제거하는 방법을 가지고 있지 않았다.

죽고 싶어졌다. 글러먹은 나도 인정해 주는 어머니를 구하기 위해 내 평생 가장 집중한 기간이었다. 그 시기가 무의미했다는 사실을 알게 되자, 죽고 싶어졌다.

이제 모든 게 아무래도 상관이 없어졌다. 나 자신의 노력에 가치가 없다는 생각이 들었다. 그 이상으로 이렇게까지 했는데 어머니를 구하지 못한 것에 절망했다.

어머니만 구할 수 있다면 뭐든지 상관없었다. 언제까지나 지켜

봐 줬으면 했다.

방에 틀어박힌 채 울면서 나 자신의 무력함을 저주했다. 어머니를 구하지 못하는 힘에 무슨 의미가 있을까.

앞을 볼 기분이 들지 않았다. 하지만…… 내게는 레오가 있었다.

이유도 묻지 않고, 방에 틀어박힌 내게 식사를 가져다 주었다. 문 너머로 별것 아닌 이야기를 계속 했다.

동생이 그렇게까지 하게 만들었는데── 포기해서는 안 된다고 생각했다. 고개를 들어야 한다고 생각했다. 여기서 계속 멈춰서 있으면 소중한 가족이 사라져 가는 걸 보고 있을 수밖에 없다는 걸 깨달았다.

그 이후에는 대륙에 전해져 내려오는 전설의 약에 대해 조사했다. 전부 있는지 없는지조차 판단하기 힘든 것들뿐이었고, 정공법으로는 절대로 손에 넣지 못하는 물건들. 황제가 되더라도 손에 넣지 못할 것이다.

단 하나, 가능성이 있는 존재가 있었다.

그 직업 특징상, 미지와 조우할 가능성이 큰 모험자다. 그 모험자의 최고위라면 혹시나, 그런 생각이 들었다. 전설이나 환상이라 불리는 몬스터는 그 희귀성 때문에 약의 재료로 쓰이는 경우가 많다.

그런 것들을 쓰러뜨릴 수 있을 만한 힘이 필요했지만, 다행히 그럴 힘은 얻은 상태였다.

사실은 여기저기 날아다니는 게 효율이 좋았겠지만, 당시 제국은 황태자를 잃은 직후라 먹구름이 낀 상태였다.

레오는 그런 상황을 우려하고 있었다. 범죄율도 올라갔고, 그걸 어떻게든 해결하는 것이 황족의 역할이라고 했다.

그래서 나는 실버로서 가면을 쓰고 SS급 모험자가 되었다. 제도에 군림하고, 제국을 지키며 실낱같은 희망을 계속 찾아다녔다.

포기하면 의미가 없다. 고개를 들면 많은 것들이 보인다.

혹시나라는 가능성의 빛이 보인다. 내가 혼자가 아니라는 것도 알 수 있다. 지키고 싶은, 구하고 싶은 사람이 소중하게 여기는 것들도 보인다. 그것을 지키고 구하는 것도 그 사람들을 위한 일이라는 것을 깨닫게 된다.

어머니가 사랑하고, 동생이 구하고 싶어하는 제국을 지키자는 생각이 들었다.

가치가 없는 것처럼 보이던 고대 마법이 눈부시게 보이기 시작했다. 아무래도 상관없다고 생각하던 모든 것들이 화려하게 보이기 시작했다.

"고개를 들어. 모든 것을 잃었다는 생각이 들더라도 너는 혼자가 아니야. 소중한 것을 지키기 위해 황제가 되기로 결심했잖아? 백성들을 생각해 줄 수 있는 황제가 되고 싶었잖아? 제국에서 일어나는 모든 비극을 부정하고 싶었잖아?"

"……나는, ……사랑한다고 말했던 사람조차 지키지 못하는 남자야. ……그런 내가 제국 같은 걸 지킬 수는 없어, ……나 같은 게 황제가 되면 안 된다고……!! 나는 황제에 어울리지 않아!"

"그렇다면 지금부터 어울리게 되면 되지. 잃는 게 두렵고, 울고 싶지 않다면 모든 것을 지킬 수밖에 없어. 아무래도 상관없다고 생각하면서 절망의 구렁텅이에 빠진 녀석은 강하다고. 이제 그곳으로 돌아가고 싶지 않다고 생각하니까. 분명히 역대 황제들도 그렇게 강해졌을 거다. 슬퍼서, 어떻게 해볼 수도 없는 것들도 뛰어넘어서, 이제 슬퍼하지 않아도 되게끔 모든 것을 지켜왔을 거라고."

"……나는……!!"

"네가 뭐라고 하든, 나는 몇 번이고 말할 거다. 고개를 들어. 나를 봐. 너는 혼자가 아니야. 우리는 쌍둥이다. 태어났을 때부터 함께였어. 네가 지키지 못하는 건 내가 지켜 주마. 그 대신, 너는 내가 지키지 못하는 것을 지켜. 서로 부족한 부분을 채우면서 앞으로도 나아가는 거야. 네가 멈춰 서면 나도 앞으로 나아갈 수가 없어."

"형……."

레오가 천천히 고개를 들었다. 눈물로 얼룩진 얼굴은 분명히 그날 나와 똑같은 얼굴일 것이다.

나는 아픔이 느껴지는 오른손을 레오에게 내밀었다.

레오가 그 손쪽으로 손을 뻗었다. 하지만, 중간에 레오가 손을 멈췄다. 하지만 레오는 각오를 다진 듯한 표정으로 내 손을 꽉 잡았다.

"레티시아가 그렇게 말했어……, 나는 황제에 적합하다고. 그녀를 위해서라도, 나는 황제가 될 거야……. 그게 분명히……."

"역시 레티시아구나. 좋은 말을 하네. 그럼 그렇게 말해 준 것에 대해 고맙다고 말해 주고 와라."

나는 그렇게 말하며 레오를 끌어당겨서 일으켰다. 내가 한 말을 듣고 레오가 깜짝 놀랐다.

"어……?"

"그녀는 살아 있어. 그녀 방에 있던 시체는 그녀로 위장한 가짜다. 이건 살인으로 위장한 납치라고."

"말도 안 돼……. 아니……."

"잘 살펴봤다면 너도 눈치챘을 텐데. 뭐, 네가 눈치채지 못하는 건 내가 눈치채 주마."

나는 그렇게 말하며 씨익 웃었다. 그런데 그런 내 귀를 옆에서 세게 잡아당긴 녀석이 있었다.

"아르~? 그게 대체 무슨 소리야~?"

"아파! 아프다고?! 그만해! 에르나!"

"성녀 레티시아가 살아 있다는 걸 알고 있었어?! 알면서도 방금 그렇게 말한 거야?! 돌려줘! 형제애를 보고 눈물을 흘렸던 내 감동을 돌려 달라고!!"

"아니! 어디까지나 추측이니까! 애초에 레오가 의기소침해진 상태에서 말해 봤자 아무런 의미도 없잖아?!"

"제일 먼저 그걸 말했어야지! 그러면 더 빨리 정신을 차렸을 텐데?! 성격 진짜 안 좋네?!"

"나도 나름대로 배려해서 말이야……!"

"시끄러워! 알아듣기 힘들다고!"

에르나는 그렇게 말하며 내 귀를 계속 잡아당겼다.

이대로 가다가는 뜯겨 나가겠는데, 그런 생각이 들었을 때, 레오가 중얼거렸다.

"그래……. 그녀가 살아 있구나……."

"내 추측이 맞다면 말이지만. 그리고 맞더라도 안심할 순 없어. 범죄 조직으로 신병이 넘어갔을 테니 현재진행형으로 위기에 처했을 거라고."

"그래도 살아 있어……. 그렇다면 구하면 돼. 그렇지?"

"그렇지. 우선 이 추측을 아버님이 인정하게 만들어야 해. 그러기 위해서 네 힘을 말이야."

"미안, 그쪽은 맡겨도 될까? 나는 그녀에게 갈게."

레오는 그렇게 말하고는 자기 검을 챙긴 다음 방에서 뛰쳐나가 버렸다.

나와 에르나는 멍하니 레오를 바라보고 있었다.

"어? 머리가 이상해져 버린 거야?"

"글쎄……. 뭐, 찾아낼 방법이 있는 거겠지."

"어떻게? 사랑의 힘이라고 하진 않겠지?"

"찾아낼 수만 있다면 상관없지만 말이지."

"그런데, 만약에 레오가 성녀 레티시아를 쫓아갈 수 있다고 해도, 괜찮은 거야? 필요했잖아?"

"이렇게 됐으니 어떻게든 해봐야지. 네 힘도 빌리게 되겠지만."

"당연하지. 성안에서 적에게 놀아나기만 하다니, 근위기사의 수치야. 무엇보다…… 내 소꿉친구를 괴롭혔지. 만 번 죽어 마땅해. 어디로 도망치든 갈가리 찢어 주겠어!"

무섭다, 무서워. 이번 범인 녀석들은 레오뿐만이 아니라 에르나의 역린도 건드렸구나.

뭐, 화가 난 건 그 두 사람뿐만이 아니지만.

동생이 좋아하는 사람을 해쳤으니까. 그에 맞는 각오를 해줘야겠다.

"좋아, 그럼 우선 쫓아가자고."

"그래. 망상이라면 다시 데리고 와야 하니까."

나는 그렇게 말한 다음, 에르나와 함께 레오를 쫓아갔다.

14

나는 레오를 쫓아가다가 마굿간 근처까지 왔다.

그곳에는 페를랑 왕국의 그리폰이 있었다.

그리폰들이 있는 축사 주위에서는 그리폰 기사들이 눈물을 흘리고 있었다. 그런 그들과는 달리 축사 안에서 이상하게 날뛰고 있는 검은 그리폰이 보였다.

"느와르……."

특수한 결계로 뒤덮인 축사는 그리폰이라 해도 부술 수 없다.

하지만 당장에라도 부서지지 않을까 하는 생각이 들 정도로 검은 그리폰이 사납게 날뛰고 있었다.

"주인을 잃고, 그 애도 슬퍼하고 있는 겁니다……."

근처에 있던 그리폰 기사가 어두운 표정으로 말했다.

자신들과 마찬가지라고 말하고 싶어하는 표정이었지만, 레오는 그 그리폰 기사의 말을 부정했다.

"아니야……. 그렇지? 느와르."

"크웨에에에에엑!!!!"

레오가 한 말에 맞장구를 치는 듯이 앞발을 들어 축사의 문을 걷어찼다.

거친 그 행동은 실의에 빠진 행동이라기보다는 분노에 가까운 것 같았다.

다른 그리폰들은 조금 동요한 것 같았지만, 그 그리폰만은 명확하게 뭔가 의지를 지니고 날뛰고 있는 것 같다는 느낌이 들었다.

"레오. 찾을 수 있겠어?"

"모르겠어. 하지만 이 애는 두고 왔는데도 레티시아를 찾아왔다고 해. 만약에 그녀가 살아 있다면, 이 느와르라면 쫓아갈 수 있을 거야."

"쫓아갈 수 있을 거라니……. 그리폰을 따라갈 수 있는 말 같은 건 없는데?"

그리폰은 비룡보다 더 희귀하다. 사람이 타고 다니는 생물 중에서는 최상위에 해당된다.

하늘을 날아다니는 속도는 비룡조차 능가한다.

레티시아를 쫓아갈 수 있다 하더라도 레오가 그 그리폰을 쫓아가지 못한다면 의미가 없다. 하지만.

"괜찮아. 내가 탈 거야."

"뭐?"

"안 되겠네. 역시 머리가……."

에르나가 머리를 짚으며 그렇게 중얼거렸다. 뭐, 무슨 말을 하고 싶은 건지는 이해가 된다. 그리폰을 타고 다니는 그리폰 기사는 왕국에도 별로 없다. 탑승을 위해서는 그 그리폰에게 인정을 받아야만 한다.

"이봐, 레오. 내가 보기에 그 그리폰이 온화한 것 같지 않은데?"

"레티시아 말고 다른 사람은 따르지 않는데."

"그렇군……."

무심코 먼 산을 봐 버렸다.

내 기억이 맞다면 레티시아는 하얀 그리폰을 타고 왔다. 잘 따르는 레티시아조차 타지 않은 걸 보니 얼마나 다루기 힘든지 알 수 있다.

탑승자가 있고 그 뒤를 쫓는다면 모를까. 뭐, 그런 경우에도 탑승자가 있는 그리폰과 없는 그리폰은 속도에 차이가 있다. 게다가 제어가 되지 않는 그리폰이 어떤 루트를 지나갈지 모른다. 그러니 타서 제어하는 게 좋다는 건 확실하다. 문제는 그게 말처럼 쉽지 않다는 것.

"다른 그리폰 기사에게 맡기는 건 어때?"

"이 애는 다른 그리폰을 타는 기사를 인정하지 않아. 그리고, 바보같다고 할지도 몰라. 어리석다고 할지도 모르겠고. 이런 상황인데 쓸데없는 생각을 한다고 할지도 모르지. 제멋대로에, 거만하고, 나를 이기주의자라고 하는 사람이 있을지도 몰라. 그렇더라도―― 레티시아가 있는 곳에 제일 먼저 가는 게 나였으면 해. 그녀에게 이제 괜찮다고 말해주는 게 나였으면 해……. 이상한가?"

"꽤 이상하지. 그런 이유로 그리폰을 타려고 하는 건 너 정도밖에 없을 거다. 뭐, 가끔은 괜찮지 않을까? 바보가 되는 것도 말이야."

성실한 레오답지 않은 말이었다. 레오는 자신보다 다른 사람들을 우선시해 왔다. 제국을 위해서, 백성들을 위해서. 지금도 레티시아를 위해서 그러는 건지도 모르겠지만, 그러면서도 자신의 이기심을 내세웠다.

그걸 바람직하지 않다고 말하는 녀석도 있을 것이다. 하지만, 나는 그래도 괜찮다고 생각한다.

어느 정도는 속물인 게 인간미가 느껴진다. 게다가 반한 상대니까.

제멋대로 굴어도 되겠지.

"문제는 그런 바보를 등에 태워 줄지 여부인데."

"걷어차이기만 할 것 같은데……."

"글쎄. 때로는 바보가 더 강할 때도 있지."

내가 그렇게 말하자 레오가 방긋 웃고는 축사 문을 열고 검은 그리폰에게 다가갔다.

"크웨에에에에엑!!!!"

검은 그리폰은 레오를 본 순간, 눈을 빛내며 앞발을 높이 들고 레오를 걷어차려 했다. 레오가 마음만 먹으면 피할 수 있었을 것이다. 하지만 그럴 경우에는 축사 밖으로 나와야만 한다.

레오는 그러지 않고 칼집을 들어 그 공격을 정면으로 막았다.

"화가 난 건 이해해……. 네가 정말 좋아하는 주인이 없어졌으니까, 당연하겠지."

레오의 몸이 조금씩 밀리기 시작했다. 몸무게가 다르다. 애초에 힘이 다르다. 단순한 힘대결로는 승산이 없을 것이다. 하지만 레오는 한 발짝도 물러서지 않았다.

"나는 지키지 못했어……. 전부 내 책임이야. 하지만 아직 늦지 않았을지도 몰라. 그러니까 네 힘을 빌려줘야겠어……."

"크웨에에에에엑!!!!"

"너에게도 나쁜 이야기가 아니야. 난 레티시아를 구하러 갈 거라고……."

레오가 점점 밀려났다. 에르나가 참지 못하고 검에 손을 대려 했지만, 내가 말렸다.

누군가의 도움을 받는다면 그리폰은 레오를 인정하지 않을 것이다. 이건 레오와 그리폰의 문제다.

"아르⋯⋯."

"괜찮아. 저 녀석은── 내 자랑스러운 동생이라고."

검은 그리폰은 끝이 없을 거라 생각하고 일단 물러났다. 그리고 약간 거리를 벌리고는 레오를 향해 돌격했다. 축사 밖으로 날려 버리려 한 것이다.

레오는 그것조차 막아 냈다. 그리고 이를 악물고 버티며 소리쳤다.

"내가 사랑하는 사람을 구하러 갈 거야⋯⋯! 힘을 빌려줘! 느와르!!"

레오는 그렇게 말한 다음, 검은 그리폰의 머리에 있는 힘껏 박치기를 날렸다.

설마 박치기를 할 줄이야. 레오답지 않게 야만스러운 공격이다. 하지만, 효과는 있었던 모양이다.

검은 그리폰이 비틀거리며 몇 발짝 물러섰다. 그리고 레오를 노려보았다.

하지만 레오는 그런 검은 그리폰의 눈을 똑바로 바라보았다.

그것은 거역을 용납하지 않는 왕의 시선이었다. 반항조차 허락하지 않는 그 눈빛을 본 검은 그리폰은 천천히 고개를 숙였다.

"말도 안 돼, 그 느와르가⋯⋯ 고개를 숙였다고⋯⋯?"

"아무도 인정하지 않았는데⋯⋯."

주위에 있던 그리폰 기사들이 깜짝 놀란듯 탄성을 냈다.

그런 기사들을 아랑곳하지도 않고 레오가 느와르를 밖으로 데리고 나와 등에 올라탔다. 그리고.

"기사들이여! 준비하라! 자네들의 주군을 구하러 간다!"

"아까부터 무슨 말씀이신지 이해가 안 됩니다! 레티시아 님께 서는!"

"그녀는 살아 있다! 이 느와르의 상태가 그 답이다!"

"하, 하지만……."

"희미한 가능성에 걸고 나를 따라올 건지, 이곳에서 절망감에 웅크리고 있을 건지, 둘 중 하나다! 지금 정해라! 망설이고 있을 시간은 없다!"

한순간, 모두가 입을 다물었다. 검은 그리폰 등에 탄 레오에게 는 심상치 않은 분위기가 있었다. 실력이라는 의미가 아니다. 뭔 가 해내지 않을까. 이 사람을 따라가면 틀림없지 않을까. 그렇게 믿음직한 느낌이 지금 레오에게서 뿜어져 나오고 있었다.

"……함께하겠습니다."

그리폰 기사 한 명이 그렇게 중얼거리고는 곧바로 자신의 파트 너인 그리폰에게 달려가 준비하기 시작했다.

그 모습을 보고 그곳에 있던 모든 그리폰 기사들이 움직이기 시 작했다. 그들은 자세한 상황을 전혀 모른다. 그럼에도 불구하고 움직인 것은 레오가 한 말에 그만큼 가치가 있었기 때문이다.

"형……."

"다녀와. 그녀는 많은 사람들을 구한 성녀야. 하지만, 그녀를 구해 준 사람은 없지. 구해 줄 만한 힘을 지닌 자가 별로 없기 때문이야. 강하니까 괜찮다, 대단하니까 괜찮다, 그런 건 환상이라고. 도움을 받을 수 있다면 누구나 도움을 받고 싶겠지. 그러니까 다녀와라. 그리고 제국의 영웅이 아니라, 그녀만의 영웅이 되고와. 할 수 있겠지?"

"물론이지!"

레오가 그렇게 말한 순간. 우리 뒤쪽에서 많은 발소리가 들렸다.

들켰나. 지금 성은 봉쇄 중이다. 그것은 황제의 절대 명령이다. 이곳에서 빠져나가는 것은 황제의 명령에 거역하는 행동이다. 아무리 황자라 하더라도 용서받을 수 있는 일이 아니다.

"가라. 이쪽에서 생긴 골치 아픈 일은 내가 맡아 줄게."

"……미안. 항상 폐만 끼쳐서."

"괜찮아. 형은 동생이 귀찮은 일을 벌였을 때 해결해 주기 위해 있는 거니까."

"응. 고마워. 다녀올게."

레오는 그렇게 말한 다음, 그리폰 기사들과 함께 날아올랐다.

그 모습을 보고 다가온 근위기사들이 소리쳤다.

"기다리십시오! 레오나르트 황자님!"

"황제 폐하의 명령에 어긋나는 행동입니다!"

"에르나, 같이 혼나 줄래?"

"정말…… 곤란한 형제란 말이지. 너희는."

"미안해. 골치 아픈 소꿉친구라."

"그러게, 골치가 아프고 손도 많이 가. 그래도…… 너희 두 사람이 터무니없는 짓을 하는 건 싫지 않아."

"그렇다면 미안한데, 그녀를 막아 줘."

"――맡겨만 주시길."

에르나는 그렇게 말한 다음, 단숨에 사라졌다.

그리고 레오를 쫓아가려던 어떤 근위기사 앞을 막아섰다.

"……내 앞을 막아 선다는 게 무슨 의미인지 알고 있나요? 에르나."

"물론입니다. 바이틀링 기사단장님."

에르나는 그렇게 말하며 벌꿀색 긴 머리카락을 지닌 미녀를 똑바로 바라보았다.

그 여자의 이름은 아리다 폰 바이틀링. 라우렌츠의 누나이자 테레제 형수님의 여동생. 제국 최강을 자랑하는 근위기사단을 이끄는 근위기사단장 겸, 제1기사대 대장.

"용서해라, 기사단장. 책임은 나에게 있다."

"당신들만으로 책임을 질 수 있는 문제가 아닙니다. 아르노르트 전하. 이건 황제 폐하에 대한 반항입니다."

"그럴지도 모르지. 뭐, 일단 지금은 나를 구속해 줘. 지금부터 쫓아가려고 해도 고생만 할 텐데?"

"……각오하시고 그러신 겁니까."

"물론이지."

그렇게 말한 순간. 내 옆에 근위기사가 있었다.

에르나 옆에도 있다. 저항은 하지 않는다. 어차피 해명하기 위해 아버님께 끌려갈 것이다.

오히려 잘된 일이다. 이제 내 말을 믿어 줄지 여부만 남았지만, 그건 내가 어떻게 말하는지에 달렸을 것이다.

자, 나는 내 싸움을 시작해야겠다.

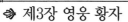 **제3장 영웅 황자**

1

"자, 변명을 들어볼까? 아르노르트."

옥좌의 방에서 아버님이 싸늘한 목소리로 그렇게 말했다. 그 옆에는 프란츠가 서 있었고, 에리크와 고든, 콘라트와 헨릭도 있었다. 주요 접대 담당자는 다 모인 것이다.

유일하게 모습이 보이지 않는 건 드라우 형이다. 정말, 접대 담당자들 중에서는 제일 내 편을 들어 줄 만한 사람이 대체 어디 간 건지.

"변명할 건 없습니다. 아버님."

"황제 폐하다, 아르노르트."

"소용없습니다! 황제 폐하! 이 녀석은 성의 봉쇄를 뚫고 레오나르트를 바깥으로 내보냈습니다! 형님들을 베려했던 레오나르트를 말입니다! 둘 다 제정신이 아니에요! 지금 당장 투옥해야 합니다! 범인인 호위대장은 아직 발견되지 않았고, 그 동료일지도 모르는 호위 그리폰 기사들과 함께 머리가 이상해진 동생을 도망치게 했습니다!"

"성의 봉쇄를 뚫진 않았는데? 헨릭."

나는 강경한 태도를 보이는 헨릭에게 말했다.

그 말을 들은 헨릭이 나를 노려보았다.

"뭐야? 말도 안 되는 소리! 레오나르트를 성밖으로 내보냈잖아!"

"문을 열고 나간 게 아니야. 하늘로 나간 거지. 뚫진 않았어."

"그런 억지가 통할 것 같으냐!"

"억지가 아니야. 성을 봉쇄하는 건 근위기사의 역할이다. 하늘로 나가면 안 된다는 이야기는 못 들었고, 하늘도 봉쇄된 상태가 아니었어. 그래서 레오에게 산책이라도 하고 오라고 보낸 거야. 잘못이 있다면 근위기사단에게 있겠지."

"그런 말도 안 되는 소리가 어디 있어!"

헨릭이 얼굴을 시뻘겋게 물들이며 물고 늘어졌다. 하지만 정작 아버님은 어이없다는 표정을 짓고 있었고, 그 옆에 있던 프란츠는 웃고 있었다.

"프란츠. 뭐가 그렇게 우습나?"

"실례했습니다, 폐하. 이렇게까지 멋들어진 책임 전가는 최근에 본 적이 없었기에."

"바람직한 건 아니다. 아르노르트. 보고에 따르면 네가 에르나를 이용해서 기사단장의 움직임을 막았다고 하던데?"

"그건 착각입니다. 기사단장이 너무 무서워서요. 그야…… 기사단장의 동생을 죽게 만든 건 레오니까요. 공격해 올 줄 알았습니다."

내 말을 듣고 콘라트도 참지 못하고 웃기 시작했다. 그 모습을 본 고든이 콘라트를 매섭게 노려보았다.

"조심하지 못할까, 콘라트."

"저한테 그런 말씀을 하셔도 곤란한데요, 형님. 아르노르트에게 말씀해 주십시오."

"흥, 아르노르트. 진지하게 대답해라."

"진지하게 대답하고 있습니다만."

나는 시치미를 떼는 듯한 표정으로 그렇게 말했다. 그러자 고든의 얼굴에 핏줄이 드러났다.

터지기 직전이라는 느낌이군. 뭐, 터지더라도 딱히 상관은 없지만.

하지만 그런 고든과는 달리 냉정하게 나를 바라본 건 에리크였다.

"아르노르트. 너는 이유가 있더라도 좀처럼 움직이지 않지. 그런 네가 소동이 벌어질 것을 알면서도 레오나르트를 바깥으로 보냈다. 나는 뭔가 이유가 있기 때문이라고 생각한다만."

"그렇군요. 그럴지도 모르죠."

"그렇다면 말해봐라. 대체 무슨 이유 때문에 레오나르트를 바깥으로 보냈지?"

"진지하게 들어 주시겠다는 겁니까?"

나는 아버님을 보며 그렇게 말했다. 문제를 일으킨 자를 심판하겠다는 분위기에서 내가 무슨 말을 해봤자 제대로 들을 사람은 없다. 망언이라 치부하면 곤란하다. 뭔가 이유가 있을 거라며 귀를 기울여 주지 않으면 의미가 없다.

변명이나 해명이어서는 안 된다. 내가 약자의 입장에서 뭔가 말하는 것은 피해야만 한다. 내가 하고 싶은 건 설명이다.

하지만, 이곳에 완전한 내 편은 없다. 내 입장은 어디까지나 문제를 일으킨 황자다. 여전히 입장이 약하다. 그래서 까불대며 말해 보았다. 이래서는 끝이 없을 거라 생각한 건지, 아버님이 조용히 고개를 끄덕였다. 다가서려는 자세를 보여준 것이다.

"그렇다면 듣겠다. 뭔가 이유가 있었던 거겠지? 말해 보거라."

"그러면 제 추측을 말씀드리겠습니다. 결론부터 먼저 말씀드리자면, 성녀 레티시아는 아마 살아 있을 겁니다."

"뭐라고?"

아버님이 눈을 가늘게 떴고, 다른 황자들은 나를 매서운 눈초리로 바라보았다.

그 말이 좀 전에 까불대며 말했던 것보다 더 말도 안 되는 내용이었기 때문이다. 하지만 한번 듣겠다고 말한 이상, 아버님은 내 말을 가로막지 않는다. 그래서 나는 곧바로 설명을 이어 나갔다.

"그렇게 생각할 만한 근거를 대겠습니다. 우선 상황 증거로 인해 호위대장이 범인으로 지목되었습니다만, 만약에 호위대장이 반제국 세력이라 하더라도 자신이 범인이라는 증거를 남길 리가 없습니다. 왕국의 호위대장이 성녀를 죽여 봤자 제국의 잘못이 되지는 않으니까요."

"……너와 똑같은 의견인 모양이구나. 프란츠."

"제가 도달한 것은 범인은 호위대장이 아니라는 결론뿐입니다. 성녀 레티시아가 살아 있을 가능성은 생각도 하지 못했습니다. 전하, 부디 계속 말씀해 주십시오."

역시 재상이다. 그 방의 위화감은 알아챘구나. 하지만 알고 있는 건 그것뿐이다.

대대로 소양이 뛰어난 자들을 핏줄에 들여온 황족은 대륙에서 손꼽는 명문이다. 그런 핏줄을 이어받은 자가 자세히 관찰해야 겨우 위화감을 눈치챌 수 있다.

그것이 레티시아의 시체가 지닌 비밀이다. 평민 출신인 프란츠가 아무리 발버둥치더라도 눈치챌 수가 없다. 그래서 위화감이 드는데도 성의 봉쇄에 반대하지 않았을 것이다.

호위대장의 소행으로 위장한 범행. 만약에 그렇다 하더라도 범인이 아직 성에 있을 가능성이 충분하기 때문이다. 하지만 진실은 그렇지 않다.

"두 번째 근거는 그리모어입니다. 그 녀석들의 거점은 실버가 괴멸시켰지만, 그곳에는 성녀 레티시아를 마법 실험에 이용하려는 자료가 있었습니다. 아버님께서도 그걸 보시지 않으셨는지?"

"그래, 보았다."

"그렇다면 부자연스럽다는 걸 눈치채지 않으셨습니까? 그리모어는 마법 연구에 사로잡힌 자들의 모임입니다. 그 목적은 마법을 추구하는 것이고요. 그 그리모어에서는 성녀 레티시아를 사로잡을 방법을 생각하지 않았습니다. 하고 있던 건 어떻게 성녀 레티시아를 이용할지, 그것에 대한 연구뿐이었지요. 마치 손에 넣는 것이 전제인 것 같은 행동 아닙니까?"

"누군가가 성녀를 납치해서 그리모어에 넘긴다. 그 흐름이 이루어져 있었다고?"

에리크가 그렇게 물었다. 그 표정은 좀 전보다 더 험악했다.

내가 한 이야기가 현실적일수록 제국에 닥친 위험성은 커지고 있으니 당연한 반응일 것이다.

"그렇게 생각하는 게 자연스럽겠죠. 하지만 성녀 레티시아의 시체는 분명히 있었습니다. 그게 정말로 성녀 레티시아의 시체라면 그리모어는 아무런 이득도 얻지 못했습니다. 이득을 얻은 것은 왕국과 범인뿐입니다. 왕국은 호위대장을 범인으로 간주하고 진범에게 추격자를 보내지 않은 제국의 잘못을 다그칠 테고, 범인은 도망칠 시간을 벌었습니다. 이렇게 공을 들인 이상, 아직 성에 남아 있진 않을 테니까요."

"그리모어의 거점은 실버가 괴멸시켰다. 그렇기 때문에 방침을 변경한 것 아니냐?"

"그럴 가능성도 있습니다만……. 그리모어가 제도에 잠입해 있었던 이상, 뭔가 협력관계가 있었던 건 거의 틀림이 없을 겁니다. 협력관계를 맺은 이상, 성과를 넘기는 건 당연한 일입니다. 그리모어의 거점은 제도에만 있는 게 아닐 테고요."

그리모어 조직 전체가 괴멸된 거라면 모를까, 괴멸된 것은 제도의 거점 한 군데에 불과하다. 오래 전부터 존재하던 범죄 조직이라면 여기저기에 구성원이 있을 것이다.

제도에서 넘기지 않더라도 다른 곳에서 넘길 수도 있고, 제도에 있던 녀석들과 성녀를 받은 녀석들이 별개라고 생각해 볼 수도 있다. 생각하다 보면 끝이 없다.

"그렇다면…… 그 시체가 대체 뭐냐는 이야기가 나올 텐데?"

"네. 성녀 레티시아가 납치되었다는 근거가 바로 그 시체입니다. 아버님과 형님들은 그 시체에서 위화감을 느끼지 못하셨습니까?"

"……시체를 구경하는 취미는 없어서 말이지. 너는 느꼈나?"

"예, 관찰했으니까요. 차분히."

한순간, 아버님이 인상을 찌푸렸다. 에리크도 마찬가지였다. 고든은 코웃음치며 흘려넘겼다. 어차피 전부 추측이지 않냐고 하는 듯한 표정이었다.

"그래서, 아르노르트. 시체에서 위화감이 든다고 해서 그게 어쨌다는 거지? 네가 시체를 보는 게 익숙하지 않을 뿐이잖나? 연약한 녀석 같으니!"

"반대로 묻겠습니다만, 시체에 익숙한데도 위화감이 들지 않았던 겁니까? 고든 형님."

내가 한 말을 듣고 고든의 눈에 핏줄이 드러났다.

고든이 한 발짝 앞으로 나서서 나를 향해 다가오려 했지만, 아버님이 말렸다.

"고든. 진정하거라."

"이렇게 덜떨어진 녀석에게 바보 취급당한다면 제 자존심에 흠집이 납니다!"

"네 자존심 따위는 아무래도 상관없다. 애초에 아르노르트가 한 말이 사실이라면 네가 눈치채지 못한 것을 아르노르트가 눈치 챘다는 뜻이다. 바보 취급당하는 것도 당연하지."

"아르노르트가 한 말을 믿으실 셈이신지?!"

"확인해 볼 가치는 있다. 성녀 레티시아의 시체를 이곳으로 옮겨 오도록. 단, 아무도 위화감이 들지 않을 경우에는 알고 있겠지? 아르노르트."

"예. 마음대로 하십시오."

나는 그렇게 말하며 고개를 살짝 숙였다. 겨우 여기까지 왔다.

이제 조금만 더 밀어붙이면 된다. 지금 추측이 옳다는 게 증명되면 이곳에 있는 자들이 나를 보는 눈이 바뀔 것이다. 바람직한 일은 아니지만—— 동생을 위해서다.

어쩔 수 없다.

어차피 얕보이는 것도 수단 중 하나다. 내 목적은 레오를 황제로 만드는 거니까.

이번에는 진심으로, 죽을 힘을 다할 것이다.

2

옥좌의 방으로 옮겨진 레티시아의 시체는 깔끔했다. 성의 하인이 황제 앞에 내놓더라도 문제가 없게끔 손을 쓴 모양이었다. 하지만, 그런 상태에서도 위화감은 사라지지 않았다.

"미인이라 그런지 보고 있으니 슬퍼지네요~. 범인은 여자일 겁니다. 틀림없어요."

"입 다물어라, 콘라트. 지금은 그런 건 아무래도 상관없다."

콘라트가 농담을 하자 에리크가 나무랐다. 헨릭은 보는 것도 싫다는 듯이 눈을 피했고, 제대로 보고 있는 건 아버님과 에리크, 그리고 고든뿐이었다.

"……고든. 너는 뭔가 느꼈느냐?"

"아무것도 느껴지지 않습니다만?"

"에리크. 너는 어떠냐?"

"다소나마 위화감이 듭니다. 기시감처럼 애매하긴 하지만, 제대로 보니 왠지 이상하다고 느껴집니다."

"나도 마찬가지다. 아르노르트가 말한 대로 이 시체에는 위화감이 있다."

한순간, 고든의 표정이 일그러졌고, 내 쪽을 노려보았다.

평소였다면 눈을 피했겠지만, 오늘은 진심으로 나서기로 결심했다.

그래서 나는 바보 취급하는 듯이 슬쩍 웃었다.

"웃?! 뭐가 그렇게 우습냐! 아르노르트!!"

"아뇨, 딱히. 황족이라면 누구나 눈치챌 수 있을 줄 알았거든요. 덜떨어진 저도 눈치챘을 정도니까요."

"……죽고 싶은 모양이로구나."

투둑, 무언가가 끊어진 듯한 소리가 들린 것 같았다. 얼굴이 시뻘개진 고든이 내 쪽으로 다가왔다. 아버님과 에리크가 말리는 것도 듣지 않았다.

그런 고든을 막은 것은 옥좌의 방 한구석에서 대기하고 있던 아리다였다.

순식간에 고든과 내 사이에 끼어든 아리다가 조용히 말했다.

"황제 폐하의 어전입니다. 진정하시지요, 고든 전하."

"닥쳐라. 그 찌꺼기 같은 녀석을 비틀어 버리지 않으면 내 성이 차지 않아!"

"무력 행사로 나오신다면 힘으로 막겠습니다."

그것은 경고였다. 근위기사단은 제국의 최정예. 그 대장들은 다들 괴물급 실력을 지니고 있지만, 그중에서도 상위 세 부대의 대장은 진짜배기 괴물이다.

아리다는 그 에르나가 성검이 없으면 이길 수 없다고 딱 잘라 말했던 사람들 중 한 명이다. 적어도 에르나가 동등한 평가를 내린 사람은 에르나의 아버지인 용작 말고는 없다.

당연히 고든에게 승산은 없다. 에르나가 제국 최강이라 불리는 것은 성검까지 포함했을 때다. 그게 아니라면 제국 최강의 검사는 아리다일 것이다.

물론 몇 년 뒤에는 어떻게 될지 모르겠지만, 지금 단계에서 검술만 따진다면 아리다는 에르나보다 강하다.

바이틀링 옹의 딸이라서 아버님이 곁에 두고 있다고 말하는 사람도 있지만, 그런 사람은 그녀의 검술을 한번 보는 게 좋을 것이다. 대련을 하는데도 뭘 하는 건지 알 수가 없을 만큼 빠르니까.

"크윽……."

"물러나 주십시오, 고든 전하. 아르노르트 전하께서도 도발은 적당히 하시길."

"조심하지."

내게도 주의를 주었기에, 어깨를 으쓱이며 대답했다.

뭐, 이제 도발할 필요는 없다. 고든과 헨릭은 이야기를 듣지도 않고 나를 처벌하라고 했다. 만에 하나라도 아버님이 그 말을 받아들이면 설명할 기회를 잃게 된다.

그래서 화를 내게 만들었다. 이제 이곳에서 고든의 의견은 통하지 않을 것이다.

"……실례했습니다. 황제 폐하."

"으음."

고든이 사죄하자 아버님이 시선을 통해 내게 설명을 요구했다. 이 시체가 대체 무엇이냐. 그런 뜻이다. 황족만이 위화감을 느끼는 가짜. 그것은 분명히 이상하다.

아버님은 그 답을 원하고 있다.

"이 시체는 아마 환술로 위장되었을 겁니다. 아무래도 인형은 들킬 테니 분명히 진짜 시체를 이용했을 테고요."

"뭐라고?"

"그게 사실이냐? 아르노르트."

"어디까지나 저와 레오의 추측입니다. 증거는 없습니다."

"증거가 없다면 아무 가치도 없다! 근위기사들이여! 어서 이 시체를 치워라! 황제 폐하! 아르노르트의 망언에 맞춰 주실 필요는."

"왜 멋대로 지시를 내리고 있는 게지? 언제부터 네가 황제가 되었느냐? 헨릭."

"히익?! 죄, 죄송합니다!!"

아버님이 노려보자 헨릭은 공포로 인해 얼굴을 일그러뜨리며 무릎을 꿇었다.

그 모습을 본 아버님은 코웃음치며 내 쪽을 돌아보았다.

"증거는 없다. 억측에 이은 억측이다. 믿을 만한 것 같지는 않군. 허나—— 이 시체에 수수께끼가 있다는 것도 사실이지. 이 위화감을 해소하려면 무엇이 필요한가? 아르노르트."

제2단계 클리어. 이제 내 요청이 아니게 된다.

내가 그녀들을 불러 달라고 부탁하면 말도 안 되는 소리라고 일축당할지도 모른다.

하지만, 황제가 원하는 답에 필요하다고 하면 이야기가 달라진다. 그녀들도 거절하지 못할 것이다.

"엘프분들을 불러 주실 수 있겠습니까? 이 정도의 환술을 쓸 수 있는 건 아마 엘프 정도밖에 없을 겁니다. 갑작스럽게 제국의 초대를 받아들이거나, 오던 도중에 행방불명되거나, 그녀들에게는 의문이 많습니다. 폐하께서 조사해 주십시오."

"좋다. 엘프 일행을 불러내거라."

3

불려온 엘프들의 숫자는 일곱 명. 왔을 때와 같은 숫자였고, 빠진 사람은 없었다.

그 중심에 있는 것은 환술로 외모를 속이고 있는 웬디. 일단 접대 담당자로서 크리스타도 불려왔다. 이번에는 황족만 참가하는 회의였기에 피네는 바깥에서 대기하고 있다.

크리스타는 갑자기 불려와서 불안한 듯이 나를 보았지만, 나는 부드러운 미소를 지었다.

"아르 오라버니……."

"괜찮아."

내 말을 듣고 크리스타가 조용히 고개를 끄덕였다.

그리고 아버님의 취조가 시작되었다.

"자, 웬디 공. 당신에게 물어보고 싶은 게 있어서 불렀다."

"어떤 걸 여쭈어 보시려는 건지요? 황제 폐하."

"우선 저쪽을 먼저 봐주셨으면 좋겠군. 아, 크리스타는 안 봐도 된다."

"네……."

뭐가 있는 건지 상상한 모양인지, 크리스타가 새파랗게 질린 채 정면만 보고 있었다.

한편, 웬디 일행은 레티시아의 시체를 보고 있었다.

한순간, 웬디가 슬픈 듯이 눈살을 찌푸렸다. 주위에 있는 엘프는 변화가 없었다.

"성녀 레티시아는…… 안타깝게 되었군요."

"그게 아닐 수도 있다. 사실 그 사건은 환술로 위장된 게 아니냐는 의견이 나왔다. 그것에 대해서는 어떻게 생각하나?"

"폐하께서는, 저희 엘프가 범인이라고 생각하십니까?"

"가능성 이야기를 하고 있는 게다. 당신들이라면 시체를 다른 누군가로 위장하는 것 정도는 가능하지 않은가?"

"그건……."

그렇게 말했을 때, 웬디는 자기 옆에 서 있던 엘프 여자를 힐끔 보았다.

나와 레오가 이야기를 나누고 있을 때 들어왔던 엘프 시종이다. 이름이 폴라라고 했던가? 웬디는 그 폴라의 눈치를 계속 보고 있다. 마치 폴라가 주인인 것 같다.

"가능한가? 불가능한가?"

"가능하긴 합니다……. 하지만 그 정도로 실력이 뛰어난 자는 이번에…… 오지 않았습니다."

웬디는 그렇게 말하고는 눈을 피했다.

거짓말을 할 때의 전형적인 반응이다. 그리고 폴라에 대한 태도에서 두려움이 보인다.

방금 그 반응으로 관계가 드러났구나. 아버님 옆에서는 프란츠가 굳은 표정을 지으며 근위기사들에게 눈짓으로 지시를 내렸다.

근위기사들이 자연스러운 느낌으로 엘프들과 거리를 좁혔다. 이곳에 있는 근위기사는 아리다를 비롯한 대장들과 정예들뿐이다. 도망치려 하더라도 도망칠 수는 없을 것이다.

그런 와중에 나는 웬디에게 말했다.

"공주님. 그게 사실입니까?"

"사, 사실입니다……. 아르노르트 전하."

웬디의 눈이 떨렸다. 시선이 나와 폴라 사이를 오가고 있다.

그 눈이 그만두라고 말하고 있었지만, 그만둘 수는 없다. 웬디와 폴라의 관계도 내버려 둘 순 없고.

이제 슬슬 문제를 전부 해결해야겠다.

"당신은 외모를 환술로 속이고 있죠. 당신이라면 가능하지 않습니까?"

"그, 그건……."

"그게 무슨 말인가? 웬디 공."

아버님이 다그치자 웬디는 어쩔 수 없다는 듯한 표정으로 자신의 환술을 풀고 진짜 모습을 드러냈다.

"속였던 것을 사죄드립니다. 황제 폐하."

"이거 놀랍군……."

"어린아이가 대표를 맡으면 실례가 된다고 하여 저희 조부로부터 환술로 외모를 바꾸라는 지시를 받았습니다. 용서하시길."

"그건 됐다. 문제는 당신이 그렇게 뛰어난 환술을 쓸 수가 있고, 우리도 그 환술을 눈치채지 못했다는 것이다."

"이런 상황에서는 무슨 말씀을 드리더라도 믿어 주시지 않겠지만, 저희 엘프의 소행이 아닙니다. 황제 폐하."

웬디가 그렇게 말하며 무릎을 꿇자, 다른 엘프들도 뒤따라 무릎을 꿇었다.

아버님은 팔짱을 낀 채 눈을 가늘게 떴다. 많은 사람들을 봐 온 아버님에게는 웬디의 거짓말이 뻔히 보일 것이다. 문제는 어째서 거짓말을 하고 있는 것인가.

아버님은 엘프가 이번 사건에 관여한 이유를 알 수가 없을 것이다.

"그 말을 믿는다고 하고……, 당신이라면 그 시체에 걸린 환술을 풀 수 있지 않은가?"

"모르겠습니다. 하라고 하신다면 해보겠습니다만……."

시간 벌이다. 거기에 넘어가는 건 바람직하지 못하다.

그래서 나는 마지막으로 제안했다.

"아버님. 제안할 것이 있습니다."

"몇 번을 말해야 알겠느냐, 황제 폐하라고…… 아, 됐다. 마음대로 하거라."

"죄송합니다. 보물 창고에 있는 물건을 쓰고 싶습니다만."

"설마하니, '황기(皇旗)' 말이냐?"

"예. 이 옥좌의 방에는 마법의 발동을 저해하는 결계가 쳐져 있습니다만, 이미 발동된 마법은 대상이 아닙니다. 그러니 발동 범위 이내에 있는 마법을 전부 무효화시키는 '황기'의 사용 허가를 내주십시오."

옥좌의 방에 있는 결계는 최고급이다.

나조차 전이 마법으로 침입하기는 힘들고, 이곳에서 마법을 발동시킬 수는 없다. 하지만, 이미 발동된 것은 예외다. 의도적으로 그렇게 만든 것이다.

전부 무효화시켜 버리면 황제는 마도구조차 쓸 수가 없다. 그렇기 때문에 이미 걸린 마법은 저해되지 않는다. 그 정도라면 근위기사들로 대처가 가능하기 때문이다.

하지만 그 결계 이상의 위력을 자랑하는 마도구가 보물 창고에 있다. 황기라 불리는 그것은 척 보기에는 평범한 국기다. 황금 독수리가 그려진 정교한 깃발로만 보인다.

하지만, 황족의 피를 바침으로써 일정 범위 안에 있는 마법을 전부 무효화시킨다.

그렇게 강력한 반면, 거의 쓰일 일이 없는 마도구다. 모든 마법을 무효화시키면 불리해지는 건 보통 제국 쪽이기 때문이다.

게다가 황족의 피가 필요하다. 그리 쉽게 써먹을 수 있는 게 아니다.

"그것은 상당한 피가 필요하다. 네가 피를 바칠 게냐?"

"그럴 생각입니다. 그 대신, 만약에 이 시체가 성녀 레티시아의 것이 아닐 경우, 레오의 행동이 올바른 행동이었다는 걸 인정해 주셨으면 합니다. 그리고 증원으로서 근위 제3기사대의 파견을 요청하겠습니다."

"……동생을 위해 그렇게까지 하는 게냐."

"동생이니까 이렇게까지 하는 겁니다. 레오는 올바른 일을 하고 있습니다. 그걸 증명하는 게 형의 역할이겠지요."

"말 잘했다! 황기의 사용을 허가하마!"

아버님이 그렇게 말한 순간.

옥좌의 방 문이 열렸다. 뒤를 돌아보니 그곳에는 드라우 형이 있었다.

그 손에는 황금 독수리가 그려진 깃발이 있었다.

"사용을 허가하신다고요?! 역시 아버님이셔! 이 드라우고트의 행동을 앞서 내다보시다니! 그 신뢰에 부응하여 제가 쓰도록 하지요!"

"앗?! 잠깐! 드라우고트?!?!"

"하아아아아아아아아아아아앗!!!!"

"잠깐만요! 드라우 형!"

"아르노르트! 동생의 무죄를 증명하는 건 형의 역할! 이 드라우고트에게 맡겨만 주시라고요!"

"아니, 말 좀?!"

완전히 자기 행동에 취해 있다. 황기에서 끈이 뻗어나와 드라우 형의 피를 빨아들이기 시작했다.

근위기사들이 드라우 형에게 다가갔을 때는 이미 늦은 상황이었다.

황기가 발동되자, 눈부시게 빛나는 입자가 황기에서 뿜어져 나왔다. 이 입자가 있는 한, 이곳의 마법은 전부 무효화된다.

그 입자는 옥좌의 방에 펼쳐져 있던 결계까지 포함해서 모든 마법을 무효화시켰다. 레티시아의 시체로 보이던 것의 환술이 무효화되고 호위대장의 시체가 나타났다. 하지만 그 시체는 척 보기에도 죽은 뒤 며칠이 지난 뒤였다.

꽤 예전부터 뒤바뀌었구나, 나는 그렇게 생각하며 엘프들을 보았다.

그러자 내 눈에는 크리스타를 내 쪽으로 밀치는 웬디의 모습이 보였다.

"도망쳐!!"

웬디가 소리쳤다. 그 주위를 둘러싸고 있던 엘프들의 모습이 완전히 바뀌어 있었다.

피부가 까맣다.

과거, 엘프라는 종족 중에서 마왕과 손을 잡고 악마의 힘을 뒤집어 쓴 그 사악한 엘프들, 다크 엘프가 그곳에 있었다.

그 다크 엘프들은 숨기고 있던 단검을 웬디에게 겨누었다.

협박당하고 있을 것 같긴 했지만, 상상을 뛰어넘은 전개다.

곧바로 크리스타를 보호하러 나섰지만, 웬디는 미처 구하지 못했다.

그런 생각이 들었을 때, 황기가 단검을 겨누고 있던 엘프에게 제대로 맞았다.

"로리프에게 무슨 짓이냐아아아아!!"

황기를 던진 사람은 당연히 드라우 형이었다. 피를 잔뜩 바쳐서 비틀거리면서도 재빨리 행동한 건 역시 대단한 것 같다. 행동한 이유가 좀 그렇지만.

"이곳은 제국! 마음대로 설칠 수는 없단 말입니다!"

"마음대로 설친 건 네놈이잖아?!?! 이곳에서 발동시키는 녀석이 어디 있나! 이 어리석은 녀석!!"

"어라아아아?! 어째서 제가 혼나는 것이지요?!"

그렇게 긴장감 없는 부자의 대화가 오가던 와중에 다크 엘프들과 근위기사들의 전투가 시작되었다.

하지만, 전투라고 할 수도 없을 것이다.

입자가 있는 한, 이곳에서는 마법을 쓰지 못한다. 다크 엘프에게 있어서는 최악의 상황이다.

4

다크 엘프들은 눈에 띄게 초조해하고 있었다. 설마 이곳에서 정체를 들킬 거라고는 상상도 하지 못했을 것이다. 게다가 황기로 인해 준비해 두었던 모든 마법이 허사로 돌아가 버렸을 것이다. 호출당한 시점에서 뭔가 책략을 준비해 두고 있었을 테니까.

그런 책략은 전부 드라우 형으로 인해 분쇄되었다. 내 계획도 마찬가지지만.

뭐, 결과적으로 최고에 가까운 결과에 도달하긴 했지만 말이지.

다크 엘프는 마왕에게 힘을 받은 엘프이며, 일반적인 엘프보다 강력한 힘을 다룬다. 하지만 그 힘은 유전되지 않는다. 다시 말해

다크 엘프란, 마왕이 있었던 500년 전부터 살아남은 자들이라는
뜻이다.

그 지혜와 마법, 전투 기술. 그것들은 무시무시하다. 하지만 지
금 같은 상황에서는 근위기사들의 적이 되지 못한다. 그들은 저
항도 제대로 해보지 못하고 붙잡히기 시작했다.

"이, 이거 놓으세요!!"

내 뒤에 있던 웬디가 그렇게 소리치고는 발코니 쪽으로 뛰어가
려 했다.

나는 그녀의 어깨를 잡고 말렸다.

"무슨 짓을 할 셈이죠?"

"이 목걸이는 마도구입니다! 폭발해 버릴 거예요!"

"안심하시길. 황기가 발동된 이상, 마도구도 전부 효력을 잃게
됩니다."

"하, 하지만, 일시적인 것 아닌가요? 억지로 떼어 내면 폭발하
는 물건이에요!"

"그것도 문제 없을 겁니다. 기사단장."

"이미 베었습니다."

내가 말을 걸자 그런 대답이 돌아왔다.

보아하니 웬디의 목걸이가 멋지게 베어서 떨어져 있었다.

나는 그것을 주워서 아리다에게 던졌다. 이제 그녀가 적절하게
처리할 것이다.

문제는 그쪽이 아니다. 나는 다시 웬디를 내 뒤로 숨겼다.

"아버님, 그녀는."

"협박당했으니 용서하라는 거겠지? 그 이야기는 나중에 하겠다. 지금은 물어야만 할 게 있으니. 웬디 공, 무슨 일이 있었나?"

"용서해 달라고 말씀드리진 않겠습니다……. 전부 저희 엘프 책임입니다. 엘프 마을을 떠난 저희는 예정된 루트로 오고 있었습니다만, 그곳에서 습격당해…… 저 이외의 엘프가 모두 살해당했습니다. 그 이후로 저는 좀 전에 그 마도구를 목에 차게 되었고, 시키는 대로 할 수밖에……."

누군가에게 말하러 가면 그 사람과 함께 죽일 수 있는 마도구 인가.

웬디가 털어놓지 못했던 것도 어쩔 수 없을 것이다.

"그런데, 당신들의 움직임은 우리도 파악하지 못했다. 다크 엘 프라서 파악할 수 있었던 겐가?"

"아뇨……. 루트를 알고 있었던 건 엘프 마을 사람들뿐입니다. 아마 엘프 마을 사람이 누설한 거겠죠……. 엘프 마을은 예전부터 왕국의 압박을 받고 있었으니, 그 압박을 두려워해서 왕국의 책략에 가담한 자가 있더라도 이상할 게 없습니다……."

"그렇군, 그렇다면 왕국의 책략이라는 게 어떤 건가? 알고 있는 건 전부 말해주었으면 하는데."

"저도 그들이 하는 이야기를 들은 것뿐이라 어디까지가 맞는 건지는 잘 모르겠습니다만, 성녀 레티시아의 납치는 왕국 쪽에서 제안했다고 합니다. 다크 엘프는 어디까지나 실행범에 불과하다고요. 그리고 문제가 한 가지 있습니다."

"문제?"

"네. 성녀 레티시아를 납치한 다크 엘프는 따로 있습니다. 그녀는 현재 다크 엘프의 족장이고, 호위대장을 죽이고 변장하고 있었던 것도 그녀입니다. 지금쯤은 제국 북부로 갔을 겁니다."

"다크 엘프의 족장……."

아버님이 인상을 찌푸렸다.

다크 엘프는 그만큼 골치 아픈 상대다. 엘프 자체가 인간보다 훨씬 뛰어난 개체인데다. 악마로부터 힘을 받은 자들이다. 게다가 500년 전의 그 전쟁에서 살아남은 강자들뿐이다. 그들의 족장이라면 얼마나 골치 아픈 적일까.

"그 다크 엘프의 족장 말씀입니다만, 본인이 한 말이라 진실인지는 알 수 없으나 그리모어의 간부라고 했습니다. 제가 왜 이런 짓을 하는 거냐고 물었을 때, 미소를 지으면서 마법을 연구하기 위해서라고 말하던 걸 보니…… 아마 진실일 것 같습니다."

"그렇게 이어지나……."

"제가 이런 말씀을 드릴 염치는 없습니다만…… 곧바로 구출 부대를. 그들은 틈만 나면 악마 이야기를 했습니다. 최악의 경우, 마왕급 악마를 불러내려 할지도 모르겠습니다."

"다크 엘프라면 그럴 가능성이 있습니다. 폐하."

마왕이 토벌되긴 했다. 하지만 마계에는 아직 악마들이 있다. 불러내려 마음만 먹으면 마왕에 필적하는 악마도 불러낼 수 있을 것이다. 실험체가 성녀니까.

산 제물로 바칠 것인지, 성녀의 몸에 깃들게 할 것인지. 어느 쪽이든 제국에게 있어서 해로운 상황이 될 것은 틀림없다.

"아리다."

"예."

"근위 제3기사대 대장, 에르나 폰 암스베르그를 성녀 구출 부대 대장으로 임명한다. 제4기사대, 제5기사대를 포함한 근위기사 3개 부대를 제8황자 레오나르트에게 원군으로 보내라."

"알겠습니다."

아리다에게 지시를 내린 아버님은 지친 듯이 옥좌에 몸을 기댔다.

웬디가 한 말에 증거 능력은 없다. 웬디가 아무리 왕국이 주도했다고 하더라도 왕국은 인정하지 않을 테고, 다른 나라에서도 받아들이지 않을 것이다.

결국, 웬디가 다크 엘프와 함께 행동했다는 사실은 마찬가지니까.

그러니 레티시아를 구출하지 못하면 왕국과 전쟁을 벌이게 된다.

구출하지 못한다면 내부에서는 악마 소동, 외부에서는 침공당하는 샌드위치 상태가 된다는 뜻이다. 지칠 만도 하지.

"프란츠. 서부와 북부의 국경에 근위기사단을 파견하여 경계하라. 서부에는 제2기사대, 북부에는 제6기사대가 적당할 테지."

"괜찮으시겠습니까?"

"군대나 제후의 기사를 움직이면 눈에 띄게 된다. 아직 침공당한 건 아니다. 자극하면 쓸데없는 문제를 늘리게 될지도 모른다."

"알겠습니다. 곧바로 준비하겠습니다."

"에리크. 외무 대신으로서의 수완을 기대하마."

"맡겨만 주십시오. 하지만 주력할 수 있는 건 한 나라뿐일 겁니다. 가장 골치 아픈 황국은 절대로 참전하지 못하게 하겠습니다만, 송구스럽게도 다른 나라까지는 손을 쓸 수가 없을 것 같습니다."

"어쩔 수 없겠지. 왕국, 연합 왕국, 번국. 세 나라의 침공은 예상하고 있었던 일이다. 그 예상 중에서는 최악에 가까운 패턴이지만 말이다. 고든. 군대의 대응은 가능한가?"

"북부 국경은 만반의 준비가 되어 있습니다. 번국의 군세로는 돌파가 불가능할 겁니다. 문제는 서부 국경이겠지요. 왕국이 온 힘을 다해 공격해 온다면 막아 내는 것은 힘들 것 같습니다. 단, 중앙 쪽 부대도 명령만 내려 주시면 움직일 수 있습니다."

"좋다. 침공당하게 되면 너도 나서 줘야겠다. 우선은 윌리엄 왕자의 비위를 맞춰야겠지. 너는 개인적인 친분이 있으니. 그를 통해 연합 왕국을 떼어 낼 수 있을지 시도해 보거라."

"맡겨 주시길."

에리크와 고든에게 지시를 내린 아버님이 다음에 돌아본 사람은 드라우 형이었다.

피를 바쳐서 그런지 서 있는 것만으로도 힘든 모양이라 근위기사의 부축을 받고 있었다.

"드라우. 말할 수 있겠느냐?"

"예, 어느 정도는……."

"그렇다면 설명하거라. 어째서 황기를 가지고 왔지?"

"저, 저는, 레오나르트가 성에서 빠져나가고, 아르노르트가 구속당했다는 소식을 듣고, 어떻게든 해야겠다고 생각해서, 성녀 레티시아의 방에 갔습니다. 그곳에서 시체를 차분히 관찰하다 보니 위화감을 눈치챘고, 마법으로 인한 상황이라고 생각했습니다."

"그래서 보물 창고에서 황기를 가지고 나온 게냐?"

"예, 마법이라면 무효화시켜 버리면 될 것 같아서요. 그래서 보물 창고에서 가지고 나왔고, 아, 경비병에게는 아버님께서 필요하다고 하셨다고 거짓말을 했습니다. 용서해 주시길."

"그 정도는 아무래도 좋다……. 그래서 성녀 레티시아의 시체가 여기 있다는 걸 알고 가지고 왔다는 게야?"

"그렇습니다."

"칭찬해야 할지, 화를 내야 할지……."

아버님은 어이가 없다는 듯이 머리에 손을 얹었다.

드라우형답다고 할 수도 있겠구나. 위화감을 눈치채고 그것이 무엇인지 깊게 생각하지 않고 풀어 버리자고 생각한 걸 보니.

"뭐, 잘했다고 말해 두마. 시체의 위화감을 눈치챈 것은 아르노르트와 너뿐이다. 황기의 발동도 결과적으로는 괜찮은 활약이었다. 옥좌의 방의 결계는 다시 쳐야 하겠지만 말이다."

"그, 그건 죄송합니다. 하지만 선희님도 계시니 괜찮을까 싶어서. 그리고 저는 관찰력에는 자신이 있습니다. 항상 보고 있으니까요."

뭘 보고 있었는지 말하지 않는 게 슬프다. 드라우 형의 시선은 좀 전부터 웬디에게 고정되어 있었다. 나는 그 시선을 살며시 따라가다가 아버님에게 말했다.

"아버님. 그녀에게 방을 마련해 주고 싶습니다만."

"그렇군. 웬디 공. 미안하지만 행동을 제한하도록 하겠다. 단, 호위는 엄중히 하마. 그렇게 양해를 구하고 싶다."

"터무니없는 말씀이십니다. 처형당하더라도 이상할 게 없겠지요. 폐하의 관대한 조치에 감사의 말씀을 드립니다."

웬디는 그렇게 말하며 공손히 고개를 숙였다. 나는 그런 웬디와 걱정스러워하는 표정을 짓고 있던 크리스타를 데리고 옥좌의 방을 나섰다.

그런데 나올 때 아버님이 말을 걸었다.

"아르노르트."

"네?"

"잘했다. 네 공이다."

"그러지 마십시오. 그리고 공은 레오가 세운 겁니다."

"그렇군…… 두 사람의 공이다."

나는 끝까지 공을 주장하는 아버님을 보고 쓴웃음을 지으며 인사를 하고는 옥좌의 방을 떠났다.

아직 해결된 것이 아무것도 없기 때문이다.

"잘 해낸 모양이네."

"겨우 말이지."

성의 방에 구속되어 있던 에르나와 합류한 나는 북부의 지도를 펼치고 수상쩍은 곳에 표시를 했다.

"범인이 다크 엘프의 족장이자 그리모어의 간부. 그런 사람이라면 나름대로 규모가 큰 아지트를 확보했을 거야."

"국경 쪽으로 도망치지는 않았을까?"

"그렇다면 국경 수비군이 대처해도 되겠지. 하지만 그럴 가능성은 거의 없을 거야. 그 녀석들은 왕국이 주도한 계획에 따라 움직이고 있어. 제국 내부에서 소동을 일으키는 것을 원하는 이상, 국경 쪽으로는 가까이 가지 않을 거야."

"그렇구나. 그래서 방금 표시한 곳이 수상쩍다는 거야?"

"일단은. 폐허나, 군의 시설 터, 광산 터, 이런저런 곳이야."

"용케도 그런 걸 알고 있었네?"

"빈이 가르쳐 줬어. 제도에 무슨 일이 생길 경우에는 적이 이런 곳으로 도망칠 거라고."

"그 독설 군사의 예상 범위 이내라는 건가?"

"글쎄. 빈은 아마 다른 걸 예상하고 있었겠지만⋯⋯. 뭐, 이미 린피아를 전령으로 보냈으니까. 그 녀석도 나름대로 움직이겠지."

내가 그렇게 설명을 마치자, 세바스와 지크가 들어왔다. 내가 불렀기 때문이다.

"무슨 용건이지? 꼬맹이."

"에르나를 따라가 줘. 지금 움직일 수 있는 전력은 전부 레오에게 보낼 거야."

"이봐, 이봐, 근위기사대가 세 부대나 움직이잖아?"

"그래도…… 할 수 있는 건 해주고 싶어."

"그러냐, 그렇다면 어쩔 수 없지."

"알겠습니다."

지크와 세바스의 승낙을 받고 나서, 나는 에르나를 보았다.

그녀의 얼굴에 드리워져 있던 것은 자신만만한 미소였다.

"……레오를 부탁할게."

"내게 맡겨. 확실하게 구해 낼게. 모두 함께."

"이럴 때는 정말 믿음직스럽네. 그런데 늦지 않을까?"

"뭐, 우리라 해도 그리폰을 따라잡는 건 힘들 거야. 일단 빠른 말을 준비하긴 했지만, 짐작가는 수단이 한 가지 더 있어."

"수단?"

"이동하는 데 편리한 마법을 쓰는 녀석이 제도에 있잖아? 이번에는 심부름꾼으로 부려먹어 주겠어."

에르나는 그렇게 말하며 미소를 지었다.

그렇군. 나는 실버가 되어도 이 녀석으로부터 도망칠 수 없는 것 같다.

뭐, 일부러 나설 필요가 없어졌다. 마침 잘된 일이다.

평소처럼, 암약할 시간으로 들어가 보자고.

■ ■ ■

에르나를 보낸 다음, 나는 내 방으로 서둘러 돌아갔다.

그곳에서는 피네가 기다리고 있었다.

"아, 피네. 미안한데, 금방 나갈 거야."

"네. 조심히 다녀오세요."

서둘러 실버 옷으로 갈아입은 다음, 가면을 썼다.

그리고 전이 마법으로 이동하려던 순간, 나는 깜빡하고 말하지 않았던 게 있다는 걸 떠올렸다.

"맞다. 피네."

"네?"

"아마 메이드를 데리고 올 거야. 네 호위거든."

"제 호위요? 안전해졌기 때문에 세바스 씨 같은 분들을 파견하시는 거 아니었나요?"

"뭐, 그건 나중에 설명할게."

나는 그렇게 말한 다음, 모험자 길드 근처로 전이했다. 타이밍을 딱 맞춰서 길드에 나타나면 의심을 살 테니, 근처에서 잠깐 상황을 지켜봐야겠다.

그러자 마침 에르나가 길드로 들어가던 참이었다. 바깥에는 기사 몇 명밖에 없다. 아마 다른 기사들은 말과 식량 같은 것들을 준비하고 있을 것이다.

에르나만 실버와 이야기를 하기 위해 먼저 온 건가?

"실버! 있으면 나와! 에르나 폰 암스베르그가 왔어!"

"스, 습격이다아아아아아아?!?!"

"암스베르그의 신동이 쳐들어왔다?!?!"

"젠장! 기사 주제에 기습하다니, 무슨 저런 녀석이 다 있어?!"

"실버는 어디 있지?! 그 녀석을 내놓으면 얌전해질 거야!"

"드디어 이런 날이 와버렸나……. 그 가면남이 언젠가는 저지를 줄 알았지……."

"이봐! 먼 산을 보고 있지 마! 길드에 있으면 죽을 거라고!"

"일단 도망치거나 숨어! 저 녀석에게 다가가지 마! 눈이 마주치면 성검이 날아올 거야!!"

"이, 이 고기를 주면 용서해 주지 않을까……."

"멍청아! 상대는 용사라고! 싸구려 고기로는 성이 풀리지 않을 거야. 저 녀석이 원하는 건 실버의 고기야……. 분명히 실버가 역린을 건드려 버렸을 거라고……."

"용자의 역린이 뭔데?!"

"몰라! 그래도 그 녀석은 무례하게 굴곤 하니까 빈유라고 했겠지! 진짜 민폐라고!! 해도 되는 말과 하면 안 되는 말을 구분도 못하냐고!"

"진짜 그렇다니까! 한 번 욕하고 나면 두 번 칭찬하는 정도의 배려를 보이란 말이야! 멋진 성검이네요라든가, 눈빛이 예리하시네요라든가!"

지옥 같은 광경이군. 낮부터 술을 마시면서 떠들썩하게 지내던 모험자들이 에르나가 등장하자 갑자기 제정신으로 돌아왔다.

매우 급하게 테이블을 쓰러뜨려서 벽을 세운 다음, 에르나의 시선으로부터 벗어나려 했다.

거의 몬스터 취급이구나. 너무 혼란스러워서 불에 기름을 끼얹었다는 것도 눈치채지 못했다는 게 제멋대로 살아가는 모험자다운 것 같기도 하다.

"정말, 모험자들은 열받는단 말이지……!"

"왠지 화가 났는데?! 칭찬해! 칭찬해!"

"머, 머리카락이 기시네요!"

"맞아! 맞아! 엄청 핑크시네요! 어디에 계셔도 알아보겠어요!"

"실버보다는 성격이 좋으신 것 같아요!"

"맞아요! 특히 가면을 쓰지 않는다는 게 호감이 가네요!"

"영귀를 토벌할 때 지형을 바꾸셨다고!"

"힘조절을 하지 못하는 게 역시 대단하십니다!"

"예전부터 황자를 시종처럼 부려먹었다고 들었어요!"

"흉내 내지도 못하겠네요!"

"론디네에서 기사 열 명 상대로 이기셨다고!"

"그렇게 분위기를 파악하지 못하는 구석도 좋은 것 같아요!"

"그리고, 그리고…… 이봐! 칭찬할 만한 부분이 별로 없잖아!"

"쥐어 짜! 실버가 무례한 짓을 한 만큼은 우리가 커버해야지!"

거의 험담에 가깝다는 걸 언제쯤 깨달으려나.

에르나의 어깨가 부들부들 떨리고 있다. 위급한 상황이 아니었다면 정말로 길드가 무너졌을지도 모르겠다. 그런 에르나에게 항상 보던 접수처 아가씨가 미안하다는 듯이 말을 걸었다.

"정말 죄송합니다, 암스베르그 대장님. 그런데 어떤 용건으로 오셨나요?"

"실버를 찾으러 왔는데, 없다면 방금 생긴 용건을 처리할까."

에르나가 그렇게 말하며 검을 살짝 빼들었다.

그 행동만으로 모험자들이 비명을 질렀고, 공포로 인해 거품을 물며 쓰러진 사람까지 생겼다.

"시, 실버는 신출귀몰해서요!"

"훌쩍 나타나곤 해서 수상쩍은 녀석이라고요!"

"여기에는 없습니다! 용서해 주세요!"

"맞아요! 실버와 당신이 싸우면 누가 이길까 내기할 때 당신에게 걸 정도로 당신을 좋아합니다!"

"너?! 저번에는 용사 따윈 실버가 전이하면 잡지도 못할 거라고 했잖아?!"

"예, 예전에나 그랬지!"

추한 내분이 벌어졌다. 정말, 이 녀석들은 항상 긴장감이 없다.

바보같이 떠들어 대는 것을 좋아하고, 예의와는 인연이 없다. 마음대로 살아가는 녀석들이다.

뭐, 그런 녀석들이기 때문에 마음에 들긴 하지만.

나는 그렇게 생각하며 모험자 길드 앞으로 전이한 다음, 천천히 걸어들어갔다.

"나를 찾고 있던 모양이던데. 여자 용사."

"그래, 서둘러 가고 싶은 곳이 있어. 우리를 전이시켜."

"갑자기 명령을 내리는군. 내가 얻을 이익은?"

"이거면 되잖아."

에르나는 그렇게 말하며 코인 세 개를 던졌다. 그것은 무지갯빛으로 빛나는 화폐였다.

홍화. 제국 통화 중에서는 최상급이며, 세 개는 일반적인 SS급 모험자에게 지불하는 개인적인 의뢰료였다.

일시불로 쉽사리 지불할 만한 녀석은 별로 없지만.

"홍화라고?!"

"처음 봤어……."

"그것도 세 개나……."

에르나답군. 아마 개인적인 돈일 것이다. 에르나라고 해도 간단히 낼 만한 금액이 아니다. 반드시 실버의 협력을 받아야만 한다. 그렇게 판단했기 때문일 것이다.

그래서 나는 그것을 그대로 에르나에게 다시 던져 주었다.

"전이시켜 주는 건 상관없다. 하지만, 돈은 필요 없다. 언제든 돈으로 움직일 수 있을 거라 생각하는 건 싫으니까."

"돌려줬어어어어어어어?!?!"

"역시 저 녀석, 머리가 이상한데?!"

"가면 때문에 무슨 색인지 못 본 거 아닌가……?"

모험자들이 제멋대로 떠들고 있던 와중에 나는 에르나를 향해 손을 내밀었다.

뭘 원하는 건지 눈치챈 에르나가 내게 지도를 건넸다.

"표시가 되어 있는 곳으로 보내 줄 수 있어?"

"좋다. 전부 전이할 건가?"

"세 군데면 돼. 세 부대가 한 군데씩 수색할 거야!"

에르나는 그렇게 말한 다음, 바깥으로 나갔다. 그곳에는 근위 기사들이 늘어서 있었고, 에르나는 선두에 마련되어 있던 말에 올라탔다.

여전히 축제가 개최되고 있는 기간이었기에 백성들이 무슨 일인가 하며 떠들기 시작하고 있었다.

나는 그런 기사들과 백성들 앞에서 전이문 세 개를 열었다.

"감사해 둘게, 일단은."

"그렇군. 받아들이마. 일단은."

"……목적은 대충 짐작하고 있겠지? 따라오지 않을 거야?"

"나도 바쁜 몸이라 말이다. 그쪽은 맡기마. 자네가 간다면 문제 없겠지."

내가 그렇게 말하자 에르나가 그러냐고 중얼거리고는 부대를 이끌고 전이문으로 들어갔다.

상대의 전력을 알 수 없는 이상, 부대를 필요 이상으로 분산시키지 않는 것은 현명한 생각이다. 서둘러야만 한다는 게 사실이긴 하지만, 그렇다고 해서 각개격파당할 수는 없다.

그 최소한이 각 기사대별로 행동하는 거라고 해야 하나.

충분히 냉정하다. 에르나라면 맡겨도 될 것 같다. 따라가는 것도 방법이긴 하겠지만, 만에 하나 무슨 일이 생겼을 때 제도 밖에 있으면 대처하지 못할지도 모르니까.

"자."

나는 곧바로 전이했다. 장소는 성. 하지만 내 방이 아니었다.

복도를 걸어가 목적지인 방으로 향했다.

그 방 앞에서는 내가 찾던 사람과 오리히메가 이야기를 나누고 있었다.

"옥좌의 방의 결계는 여러 결계가 섬세하고 절묘한 밸런스로 이루어져 있었다만, 아무래도 제국은 결계의 가치를 잘 모르는 모양이로구나? 재상."

"죄송합니다. 긴급 사태였기에. 그런데 수복은 가능합니까?"

"수복은 불가능하다. 전부 다시 쳐야만 한다. 이건 비싸게 먹힐 게야."

"사례는 충분히 해드리도록 하겠습니다."

프란츠가 그렇게 말하며 오리히메에게 고개를 숙이고 있었다.

대륙 최고의 결계술사. 선희에게 결계를 쳐달라는 부탁을 하고 싶어하는 나라는 잔뜩 있다. 하지만 선희는 자신의 결계를 그렇게 싸게 넘기지 않는다.

제국에 협력적인 것은 제국이 사례를 마련해 주는 것과는 별개로 오리히메가 개인적으로 제국을 마음에 들어하기 때문이다. 가끔 잊곤 하지만, 오리히메는 대륙 규모로 엄청나게 중요한 인물이다.

그런 오리히메가 내가 온 것을 눈치챘다. 그리고 눈살을 찌푸렸다.

"으음! 실버 아니냐! 저번에는 잘도 나를 두고 갔겠다!"

"실례. 제국을 돌아다니고 싶어하지 않을까 해서 배려해 준 거다만?"

"뭐라고? 그랬나. 즐거운 여행이긴 했다! 으음! 용서하마!"

쉽네. 나는 마음속으로 그렇게 생각하며 프란츠를 보았다.

프란츠도 내 의도를 눈치챘는지 오리히메를 잘 구슬려서 보낸 다음, 방의 문을 열었다.

"할 이야기가 있는 것 아닙니까?"

"물론이지. 좀 전에 근위기사를 전이시켰다."

"감사합니다. 역시 SS급 모험자로군요. 제국 재상으로서 인사를 드려야겠습니다."

"감사 같은 건 필요 없다. 제국 재상이라면 제국 재상다운 행동을 해줬으면 하는데."

"호오? 제가 일을 하지 않았다는 겁니까?"

"제국 동부에서 일어난 사건을 잊은 것은 아니겠지. 근위기사가 황제 곁을 떠났을 때 위기에 처했다. 내가 움직이지 않았다면 최악의 사태가 일어날 수도 있었고."

"그렇긴 합니다. 그때는 실수를 저질렀지요. 하지만 그 이후로 각지에 흩어져 폐하의 눈이 되고 있던 근위기사들은 제도로 다시 불러들였습니다."

"하지만 지금, 근위기사가 다시 제도를 떠났다."

근위기사단은 제1기사대부터 제13기사대까지 존재한다.

그중 세 부대가 레오에게 원군으로 향했고, 두 부대가 국경으로 갔다.

숫자로 따지면 다섯 부대에 불과하지만, 상위 부대가 거의 남지 않게 되었다.

"남은 근위기사로는 불안하다는 겁니까? 당신 같은 분이 대체 뭘 두려워하시는지?"

"두려워하는 게 아니다. 우려하는 거지. 안타깝게도 제국 남부에서 악마가 소환되었을 때 이후로 나는 제국군을 믿지 않는다. 납치한 아이들을 병기로 써먹으려 하던 자가 군대에 있고, 이번에는 성안에서 소동이 일어났다. 진심으로 내부에 배신자가 없을 거라 생각하는 건가?"

"……그것에 대해서는 발언을 자제하도록 하겠습니다."

"그렇군. 그렇다면 확실하게 말해 주마. 고든 렉스 아드라가 만약에 제위를 욕심내며 제국을 배신할 경우, 어떻게 할 셈이지?"

"어째서 고든 전하의 이름이 나오는 겁니까?"

"군대에 강한 영향력을 지니고 있고, 성의 내부도 잘 알고 있지. 게다가 신이 나서 내란을 일으키려 한 전과가 있다. 황족 중에서 가장 수상쩍은 남자다. 주의하고 있긴 하겠지?"

"외부인에게 그런 말까지 들을 필요는 없습니다. 그건 이쪽 문제지요. 하지만, 이대로 쫓아내는 건 무례한 짓을 터이니. 한 가지 말씀드릴 수 있는 건, '황제 폐하'께서는 자신의 아이가 배신할 거라 생각하지 않으십니다. 그 분께서는 모든 아이들이 제국에서 가치를 느끼고 있을 거라 생각하시니까요."

일부러 황제 폐하를 강조해서 말한 걸 보니 프란츠는 그렇지 않다는 뜻일 것이다.

그렇다면 됐다. 아버님이 아이를 믿는 건 딱히 상관없다. 부모로서도, 황제로서도 딱히 이상한 일이 아니다. 그러다가 문제가 생겼을 때를 위해 주위 사람들이 있는 것이다.

프란츠가 대비하고 있다면 어떻게든 될 것이다.

"그렇다면 이야기는 이제 끝이다. 실례하지."

"실버. 저도 질문이 있습니다. 만약에 내란이 일어난다면 어느 쪽 편을 들 겁니까?"

"어리석은 질문이군. 나는 백성들 편이다."

"그렇군요. 어리석은 질문이긴 합니다. 실례."

나는 그렇게 프란츠의 방을 나섰다.

그런 다음, 내 방으로 전이해서 실버의 옷을 벗었다.

"아르 님, 메이드분은 어디 계신가요?"

"아, 그걸 지금 데리고 올게. 뭐, 그러기 전에 설득부터 해야겠지만."

"설득 말씀이신가요?"

"그래, 그녀에게 더 이상 제국의 문제에 개입할 이유는 없으니까. 뭐, 받아들일 수밖에 없는 입장이긴 하지만."

"왠지 악당 같은 미소를 짓고 계신 것 같은데요?"

"그래? 조심할게."

자, 이쪽도 나름대로 대비를 해야겠다.

성녀의 납치가 양동이었을 경우, 터무니없는 일이 일어날지도 모르니까.

6

"거절하겠어요랍니다."

미아는 그렇게 말하며 내 제안을 거절했다. 장소는 항상 만나던 여관.

당연하다고 해야 하려나. 그녀는 그리모어를 뒤쫓아 제국까지 왔다. 그 건은 일단 끝나가고 있다. 이제 레오가 하기에 달렸다.

그러니 미아가 제국에 머무를 이유도 없고, 내게 협력할 이유도 없다.

"안 되겠어?"

"그리모어와 관계가 없다면 제가 관여할 이유가 없다랍니다. 그리고 성안에서 호위를 맡는다면 제 신분을 위장하게 되겠죠. 들키면 제가 위험해진답니다."

"의적이라도 도적은 도적이니까. 위험하긴 하겠지만……, 제도에 머무르고 있는 이상, 위험할 수밖에 없을 텐데?"

"내일이라도 출발할 거예요랍니다."

미아는 그렇게 말하고는 얼마 안 되는 짐을 보였다. 하지만, 미아는 아직 모르고 있다.

"어떻게 번국으로 돌아갈 셈인데?"

"예? 그냥 마차를 타고 돌아갈건데요랍니다."

"여행 마차는 확실하게 통행금지가 될 거야. 지금 북쪽에서 전투가 벌어지려 하는데 제도에서 출발시킬 리가 없잖아?"

"그, 그렇다면 뛰어서 돌아갈 거예요랍니다!"

"성녀를 납치한 범죄 조직이 제국 안에 있다고. 국경은 물론이고 각 관문에서 검문도 엄중하게 할 텐데? 그건 어떻게 피하려고 그래?"

"그, 그건…… 황자님께서 편지라도 한 장 써주시면……."

"너에게 그렇게까지 해줄 이유는 없어. 도적과 엮이는 건 위험하니까."

좀 전에 미아가 내세웠던 논리를 그대로 돌려주었다.

그러자 미아가 당황한 낌새를 보였다.

"또, 똑같은 말이 돌아와 버렸네요랍니다……."

"제도에 머무른다면 말리지 않겠지만, 들키더라도 나는 감싸주지 않을 거다."

"세상이 참 매정하답니다……."

나는 어깨를 축 늘어뜨린 미아를 보고 쓴웃음을 지었다.

결국, 미아는 어찌 됐든 내게 협력할 수밖에 없다. 상황이 용납되지 않기 때문이다.

"자, 다시 한번 묻겠는데, 성에서 호위를 맡을 생각은 없어?"

"……거절하겠어요랍니다. 제위 쟁탈전은 제국의 문제죠. 제국 사람이 있는 힘껏 열심히 해야 할 일이랍니다."

"정론이군. 하지만 거기에 번국이 관여했다면?"

"무슨 말인지 영문을 모르겠네요랍니다."

"너를 호위로 끌어들이려는 건 최악의 경우에 반란이 일어날 가능성이 있기 대문이야. 그것도 다른 나라와 연동해서."

"다른 나라와 연동해서 반란이 정말로 일어날 거라고요?"

"현실이 되어가고 있는 것 같긴 해. 성녀의 납치는 양동. 그 때문에 제도의 수비가 꽤 느슨해졌어. 제도를 제압하고 각 나라에서 국경을 돌파한다. 그럴 가능성이 충분히 있다고. 이건 더 이상 제국만의 문제가 아니야."

"……내란과 전쟁. 최악의 경우에는 제국이 와해되어 버리겠네요랍니다."

"그렇지. 그걸 막기 위해 힘을 빌리고 싶어. 공짜로 그렇게 해 달라는 게 아니야. 보수는 내지."

나는 그렇게 말하며 화폐 하나를 테이블 위에 올려놓았다.

그러자 미아가 인상을 썼다.

"돈으로 움직일 거라고 생각하는 건 마음에 안 든답니다. 저는 이래 봬도 의적! 돈으로는…… 어어어어어어?! 홍화랍니다?!?!"

미아는 깜짝 놀라 테이블 위에 있던 홍화를 집었다.

제국의 최상급 화폐인 홍화는 최상류 계층만 사용하는 희귀한 화폐다. 제국 화폐는 대륙에서 꽤 높은 신용도를 지니고 있기에 그 가치 또한 다른 나라에서도 별다른 차이가 없다.

의적으로서 번국의 악덕 귀족으로부터 금품을 빼앗던 미아도 홍화를 본 적은 없었던 모양이다.

"의뢰하고 싶은 건 피네 폰 크라이네르트의 호위다. 안타깝게도 일손이 부족해서 말이지. 반란이 일어났을 때 그녀를 지킬 인재가 필요하다."

"창구희……. 저에게 제국 제일의 미녀를 호위하라고요?"

"황제가 마음에 들어 하는 그녀가 인질로 이용당할지도 몰라. 물론, 아무 일도 일어나지 않으면 그녀 곁에서 축제가 끝낼 때까지 지내기만 하면 된다. 축제 중에 움직임이 없다면 한동안은 움직이지 않을 테니까. 어때? 어차피 제도에 머무를 수밖에 없다면 돈을 버는 것도 나쁘지 않을 것 같은데?"

"하, 하, 하지만요, 홍화라니……. 이, 이거 하나면 고아원 아이들에게 뭐든지 사줄 수 있어요랍니다……."

"만약에 내 부탁을 들어준다면 번국으로 돌아가는 길도 확보해주지. 뭐, 반란이 일어난다면 그리 쉽게 돌아갈 수는 없겠지만, 개인적으로 시도하는 것보다는 더 확실할 걸?"

만약에 고든이 반란을 일으킨다면, 상당히 승산이 있기 때문일 것이다. 지금까지 있었던 일들을 생각하면 왕국과 연합 왕국이 쳐들어올 것이다. 그렇다면 번국도 움직일 테고.

국경이 시끌벅적해질 것이 틀림없다.

아무리 미아라 하더라도 개인적인 돌파는 불가능할 것이다.

"돌아가는 길의 안전, 파격적인 보수, 신분의 보증. 좋은 조건인 것 같은데? 주월의 기사로서 제위 쟁탈전에는 결코 관여하지 않겠다면 억지로 강요하진 않겠어. 하지만, 지금 우리에게 협력하는 건 분명히 번국 백성들에게도 도움이 될 거다."

"……조건이 한가지 있어요랍니다."

"말해봐."

"다른 나라는 제국에서 일어난 반란이 성공할 거라고 예상하고 침공하겠죠. 다시 말해 반란이 성공하지 않으면 오히려 제국에게 당해 버릴 가능성이 있다는 뜻이랍니다."

"국력을 고려하면 그렇게 되겠지."

"그때, 번국에 공격을 가할 경우에는 백성들의 안전을 확보하겠다고 약속해 주세요랍니다."

"좋아. 나는 내가 할 수 있는 범위 이내에서 번국 백성들을 지키겠어. 맹세할 필요가 있을까?"

"아뇨. 구두 약속으로도 상관없답니다. 당신은 분명히…… 구두 약속을 더 열심히 지켜 주실 것 같으니까요."

미아는 그렇게 말하며 무릎을 꿇고 활을 내밀었다.

나는 그 활을 받아들고 다시 미아에게 돌려주었다.

"정식 기사는 아니지만, 주월의 기사가 전하를 모시겠어요랍니다. 이 활, 이 무예는 전하를 위하여."

"그래, 네가 있다면 안심이야. 잠시 동안이지만 잘 부탁해."

내가 그렇게 말하자 미아가 일어섰다.

그리고 테이블 위에 놓여있던 홍화를 힐끔거리며 보았다.

"선불이야. 마음대로 써도 돼."

"그, 그렇게 부러운 말을. 황자는 역시 부자랍니다……."

"가치가 있는 것에는 제대로 지불해야지. 자기 활 솜씨에 자신이 있잖아? 설마 홍화만큼의 가치가 없다고 하진 않겠지?"

"……SS급 모험자에게 지불하는 의뢰료는 홍화 세 개. 그 정도까지는 아니지만, 거기에 버금가는 힘이 있다고 생각해요랍니다."

"그렇다면 됐고. 나쁘지 않은 쇼핑이었어. 자, 갈까."

"저, 저기 시간을 좀 주셨으면 하는데요……. 저는 고아원에서 자라서 동생이나 여동생 같은 애들이 잔뜩 있는데, 마, 만약에 반란이 일어나면 차분하게 물건을 못 살 것 같아요! 그러니까 물건을 좀 사게 해줬으면 한답니다!!"

그녀가 힘차게 부탁하자 나는 한숨을 쉬었다. 가능하면 얼른 성에 와줬으면 하는데.

뭐, 상관없지.

"짐은 성으로 보내달라고 해. 아르노르트 전하의 심부름이라고 하면 대충 통할 거야. 그리고 어린애들에게 선물을 살 때는 홍화를 못 쓸 거다."

"네에에에?!?!"

"거스름돈을 내줄 수 있는 가게가 없을 테니까. 쇼핑은 이걸로 해라."

나는 그렇게 말하며 내 허리에 달고 있던 주머니를 미아에게 건넸다.

묵직한 그 주머니를 받아든 미아는 조심조심 주머니를 열어보았다. 거기에는 금화가 잔뜩 들어 있었다.

"바, 반짝반짝하답니다……."

"마음대로 써도 돼. 아이들에게 줄 선물이라면 좋은 걸로 사주라고."

"……돈에 집착이 없으신 모양이네요……."

"돈은 필요할 때 필요한 만큼만 있으면 돼. 물론, 그럴 때를 대비해서 모아 두긴 하지만, 써야 할 때 아끼는 건 어리석은 짓이야. 이 정도로 네가 기분좋게 일해 준다면 싸게 먹히는 거지. 네활 솜씨에는 그만큼의 가치가 있어."

"……영광이랍니다."

미아는 그렇게 말하며 내게 고개를 숙여 인사했다. 이제 피네의 호위는 확보되었구나.

"아, 그렇지. 성에서는 메이드가 되어줘야겠어."

"……네?"

"척 보기에도 호위라는 걸 알아볼 수 있으면 곤란하거든."

"그, 그건 이해가 되지만, 어째서 메이드죠?! 여자 집사를 원한답니다!"

"너는 집사가 될 수 없어. 너무 부자연스러워서 의심을 살 거라고. 그랬다간 일부러 우리 만능 집사를 제도 밖으로 보낸 의미가 없지."

"마, 맞답니다! 신경 쓰였거든요! 반란이 일어날 줄 알았다면 전력을 남겨 두었어야 하지 않나요?!"

"그래선 의미가 없어. 세바스를 비롯해서 내 주위에 있는 녀석들은 나름대로 경계당하고 있다고. 그 녀석들이 있기만 해도 경계도가 훨씬 올라갈 거야. 방심시키려면 일단 밖으로 내보내야 하지."

"바, 방심시키기 위해서 자기 호위를 전부 내보낸 건가요……?"

"꼭 그런 것만은 아니야. 만에 하나, 제도가 봉쇄될 경우에는 레오 곁에서 남몰래 행동할 수 있는 녀석이 필요해. 제도의 문을 제압해서 열어야 할 테니까."

세바스와 지크는 그쪽 방면에서 활약을 더 기대할 수 있다.

에르나를 비롯한 근위기사와 네르베 리터. 정면 전투라면 몇 배가 넘는 적조차 분쇄할 수 있는 전력이다. 하지만 그들도 싸우지 못한다면 의미가 없다. 그러니 써먹기 편한 신하들을 레오에게 보냈다.

"전부 당신 손바닥 위에 있는 것 같네요……."

"그렇다면 좋겠지만, 안타깝게도 그렇게 안 되는 게 제위 쟁탈전이거든. 뭐, 나 같은 녀석이 마음대로 조종할 수 있는 상대라면 내가 나설 필요도 없겠지. 레오만으로도 충분해. 그게 잘 안 되니까 둘이서 협력하고 있는 거야. 지금까지 레오는 제국을 지켜 왔어. 나는 그런 레오가 지키지 못하는 것들을 지킬 수 있게끔 움직였고. 하지만, 이번에는 반대야. 레오는 나라가 아니라 개인을 지키러 갔어. 그러니 나라는 내가 지킨다."

둘이서 같은 일을 하는 것만이 협력은 아니다. 서로 손이 닿지 않는 부분을 메꾸어 주는 것도 협력이다. 우리는 언제나 그렇게 해 왔다.

그것이 우리의 강점이고, 다른 제위 후보자들에게는 없는 것이다.

"'제국에 쌍흑의 황자 있도다'라는 거군요⋯⋯."

나는 미아가 그렇게 말하는 것을 들으며 방을 나섰다.

7

"으으⋯⋯."

레티시아가 눈을 뜬 곳은 어두운 감옥 안이었다.

두 손이 천장에 매달린 사슬로 묶여서 움직일 수가 없었다.

안개가 낀 듯한 머리로 납치당한 것을 자각하자 깊은 절망이 마음을 뒤덮었다.

"저는, 납치당한 거군요⋯⋯."

납치당한 것으로 인해 절망한 것이 아니다. 제국 안에서 납치당했기에 절망한 것이다.

폐를 끼치지 않을 생각이었다. 그러기 위해 준비도 해 왔다. 제국과 우호 관계를 맺고, 그런 다음에 왕국에서 죽을 예정이었다. 하지만, 최악의 결과가 되어버렸다.

이래선 제국과 왕국이 전쟁을 벌이게 된다. 사랑하는 나라와 자신을 사랑한다고 했던 소년이 싸우게 된다. 마음이 욱신거리며 아파졌다.

그런 레티시아에게 말을 건 사람이 있었다.

"깨어나셨나?"

"윽⋯⋯."

그렇게 말한 사람이 다가오자 감옥에 불빛이 켜졌다.

레티시아는 갑작스럽게 켜진 불빛으로 인해 눈을 돌렸지만, 눈이 빛에 익숙해지자 말을 건 사람을 보았다. 그리고 그 모습을 보고는 심각한 표정을 지었다.

요염한 여자였다. 노출이 많은 옷을 입은 채 슬쩍 웃고 있다.

검은 피부와 보랏빛 기운이 감도는 은발. 그것은 다크 엘프의 특징이었다.

"다크 엘프가 어째서⋯⋯?"

"그렇게 기분 나쁘다는 표정을 짓지 말라고. 며칠 동안은 당신하고 함께 지냈으니까."

"며칠 동안⋯⋯? 설마 카트린을?!"

"죽였지. 기억을 빼낸 뒤에. 번거롭긴 했지만, 덕분에 들키지 않고 당신 곁에 머무를 수 있었어."

"큭······."

"뭐, 너무 자책하지 말라고. 제국에 있을 때는 접대를 맡은 황족이 항상 곁에 있지. 호위대장이라고 하더라도 옆에서 서 있거나 방 밖에서 대기하니까. 이야기도 거의 나누지 않는데 눈치채는 건 힘들지. 특히 내 환술 상대로는 말이야."

다크엘프는 그렇게 말하며 손가락을 튕겼다. 그러자 외모가 바뀌어서 레오 모습으로 변했다.

가짜 레오는 레오가 보여줄 리가 없는 경박한 미소를 짓고 있었다.

"나는 닮은 상대의 모습을 환술로 복사할 수가 있거든. 이렇게까지 완벽하게 흉내 낼 수 있는 건 엘프들 중에서도 나뿐일 거야."

"그 얼굴과 목소리로 말하지 마세요······!"

"어이쿠, 무섭네, 무서워. 자기를 좋아해 주는 남자 모습이 싫은가?"

다크 엘프는 그렇게 말하며 외모를 원래대로 되돌렸다. 레티시아는 그 다크 엘프를 날카로운 눈빛으로 노려보다가 그 여자의 어깨에 문장이 있다는 걸 눈치챘다.

날개가 돋아난 책 문장. 레티시아는 그것이 무엇인지 알고 있었다.

"그리모어······?!"

"정답이야. 나는 그리모어의 간부, 바베트. 다크 엘프의 족장이지."

"이렇게 어리석은 짓을……, 그리모어를 이용해서까지 저를 제거하려 하다니……!"

"역시 성녀님이셔, 눈치가 빠르군. 주도한 건 왕국이야. 내가 말했지? 당신은 아무런 잘못도 없어. 이게 다 왕국 때문이지."

"마법을 연구하기 위해서 거리낌없이 사람들을 희생시키는 자가 우리나라를 모독하는 건 용납 못해요!"

"이런 상황에서도 조국의 편을 드는 건가? 우리는 당신을 연구 재료로 삼아도 된다고 해서 협력한 건데? 다시 말해, 당신은 팔린 거라고."

"그렇더라도…… 제가 사랑하는 나라라는 건 마찬가지입니다."

바베트는 레티시아의 말을 듣고 코웃음쳤다.

하지만, 그런 바베트 뒤에서 메마른 박수 소리가 들렸다.

나타난 것은 주름투성이에 몸집이 작은 노인이었다. 로브를 걸친 그 모습은 보는 사람을 우울하게 만드는 무언가가 있었다.

"역시 성녀로군. 청렴결백한 정신. 마치 새하얀 캔버스 같군."

"늦었잖아? 비르질."

"준비하는 데 시간이 좀 걸려서 말이지."

"그러면 성녀님도 깨어났으니 얼른 시작하라고. 제국에도 눈치가 빠른 자가 있을 테니까. 오랫동안 묶어둘 수는 없을 거야."

"나도 알고 있다."

비르질이라 불린 노인은 그렇게 말한 다음, 병을 꺼냈다.

그리고 뭔가 중얼거리며 그 병을 레티시아에게 내밀었다.

그러자 수없이 많은 검은색 연기 덩어리가 레티시아 주위를 돌아다니기 시작했다.

"이건…… 사령?!"

"좀 전에 잡아온 신선한 사령이다. 성녀를 까맣게 물들일 내 수하지."

"대체 무슨 짓을 하려는 거죠……?"

"당신을 매개체로 삼아 악마를 소환할 생각이거든. 그것도 매우 급이 높은 녀석을. 보통은 그런 거물을 소환하면 깃든 인간이 버티지 못하겠지만, 성장을 사용할 수 있는 당신이라면 버틸 수 있을 거야."

"제정신인가요? 악마가 저와 공존할 수 있다고 생각하는 거라면 처음부터 다시 공부하는 걸 추천하죠."

"나도 알아. 악마가 깃들 때는 신선한 시체이거나 정신적으로 악마에 가까운 녀석을 선택하지. 그렇지 않으면 거절 반응 때문에 악마가 육체에서 쫓겨나 버리니까. 악마에 가까운 정신이란, 다시 말해 악당이야. 그리고 당신은 그 정반대고. 하지만, 그렇다면 당신을 악당으로 만들어 버리면 되겠지."

"무슨 소릴……."

"내 사령들이 지금부터 너에게 자신이 처참한 죽음을 맞이한 순간이나 부조리한 인생을 보여 줄 게다. 견디지 못하고 이 세상에 절망하면 네 몸에 악마가 깃들기 딱 좋게 바뀌는 거지. 게다가 성장도 쓸 수 있고. 정말 유니크한 실험이로군."

"⋯⋯저는 지지 않을 겁니다."

"열심히 애써 보라고."

바베트와 비르질은 그렇게 말한 다음, 감옥에서 나갔다.

그리고 레티시아 주위를 빙글빙글 돌고 있던 사령 중 하나가 레티시아 안으로 날아들었다.

정신을 차리고 보니 레티시아는 마을 한복판에 서 있었다.

눈앞에는 비르질과 어린아이를 안고 있는 여자가 있었다. 비르질은 웃으며 여자가 안고 있던 어린아이의 목을 마법으로 졸라서 죽였다. 그 모습을 본 여자가 절망하며 비명을 질렀다.

그 비명을 한껏 맛본 다음, 비르질이 중얼거렸다.

"이것도 성녀를 까맣게 물들이기 위한 행동이다. 원망할 거라면 성녀를 원망하거라."

"안 돼!"

레티시아가 말리려 했지만, 이것은 환상에 가깝다. 이미 지나간 과거를 보고 있는 것에 불과하다. 방관자인 레티시아는 막을 수가 없었다.

비르질은 여자도 목을 졸라 죽였다.

그리고 레티시아의 눈앞에서 비르질이 사라지자 뼈로 변한 여자와 아이만이 남았다.

레티시아는 비통한 표정을 지었다. 그러자 목소리가 들렸다.

『당신 때문이야⋯⋯.』

"이건, 사령의 목소리⋯⋯?"

『성녀라는 건 거짓말이었어! 성녀라면 내 아이를 살려내! 어째서 어린애가 죽어야만 하는데?!』

"⋯⋯죄송합니다⋯⋯."

『사과 같은 건 필요 없어! 어째서 붙잡힌 거야?! 당신 때문이라고! 돌려줘! 나와 아이의 조촐한 생활을! 그 아이만 살아 있다면 아무것도 필요가 없었는데!』

말 한마디 한마디가 레티시아의 마음에 박혔다.

항변하는 건 간단했다. 나도 피해자라고 따지는 건 간단한 일이었고, 그게 사실이기도 했다. 하지만 레티시아는 그런 선택을 하지 않았다.

이런 상황에서 자신을 지켜야 한다는 생각이 들지 않았기 때문이다.

그래서 레티시아는 계속 들려오는 원망스러운 목소리를 전부 받아냈다.

『당신도 죽어서 속죄해! 당신만 살아 있다는 건 용납 못해!』

"그렇죠. 제 목숨을 원하신다면 내드릴게요. 하지만⋯⋯ 지금은 좀 기다려 주실 수 있을까요?"

『역시 목숨이 아까운 거구나! 이 위선자!』

"네. 저는 위선자입니다. 성장을 쓸 수 있다고 성녀라 불리고 있지만, 성녀다운 일은 한 번도 한 적이 없어요. 제가 한 행동은 조국을 위해서 다른 나라의 병사들을 죽인 것뿐이죠. 살인자와 별다른 차이가 없습니다. 그렇지만⋯⋯ 더 이상 희생자를 만들고 싶지 않아요. 제 목숨을 원하신다면 내드릴게요. 하지만, 지금 제가 자아를 잃으면 더 많은 사람들의 목숨이 위험해질 거예요. 아이를 잃은 어머니가 더 생기게 될 겁니다."

『아, 안 돼! 그런 건 안 돼!』

"네. 그렇기 때문에 저는 견뎌야만 합니다. 그러기 위한 시간을 주실 수 있을까요? 당신처럼 한을 품은 사람이 더 이상 생기지 않게끔, 부디 제게 힘을."

레티시아는 그렇게 말하며 눈앞에 떠 있던 까만 연기를 살며시 끌어안았다.

그러자 검은 연기가 곧바로 하얗게 빛나기 시작했다.

"부디 편히 주무시길……. 이 난관을 넘어서면, 저도 그쪽으로 갈게요."

『……안 돼, ……목숨을 건진다면 살아. ……그리고 아이를 낳아. 내 대신 생명을 이어나가……. 그게 당신의 속죄야.』

"어려운 일이네요……."

『……당신은 성녀구나. 정말 따스해.』

연기는 그렇게 말하며 흩어졌다. 레티시아가 대화를 통해 정화하고 성불시킨 것이다.

레티시아는 사령과 싸우지 않았다. 자신의 몸을 지키지도 않았다.

그저 대화를 할뿐. 하지만 그러기 위해서는 지옥 같은 원한을 받아들여야만 한다.

보통 사람이었다면 금방 마음이 꺾였을지도 모른다. 정신 안에서 벌어지는 일이니 시간은 흐르지 않는 것이나 다름이 없었다.

그럼에도 불구하고 레티시아는 사령과 마주 보는 것을 멈추지 않았다.

레티시아의 고결한 정신이 사령들을 헤매게 만드는 것을 용납하지 않았기 때문이다. 하지만 그 행동은 자신의 마음을 깎아내는 것으로 이어졌다. 버틸 수 있다고 해도 상처를 입지 않는 것은 아니다.

저항하고 싸우는 것보다는 나을 뿐, 레티시아의 마음은 조금씩 지쳐만 갔다.

그럼에도 불구하고 레티시아는 어떤 악몽 같은 죽음을 보더라도, 어떤 원망하는 소리를 듣더라도 포기하지 않았다. 그것을 지탱해 주는 것은 조국에 대한 사랑이 아니었다.

레티시아는 조국을 사랑했다. 지금도 사랑한다. 그 나라에 사는 모든 사람들을 구하고 싶다고 생각하며 성장을 들었다. 하지만, 조국은 지금 상관이 없었다.

그렇기에 지금 레티시아를 받쳐 주고 있는 것은 다른 것이었다. 생애의 대부분을 지탱해 온 사랑이 아니라, 그저 제국에 피해를 입히고 싶지 않다는 마음만이 레티시아를 지탱해 주고 있었다.

그리고 그 마음 밑바닥에 있던 것은 자신을 사랑한다고 말했던 소년이었다. 프로포즈에 대답도 하지 않은 채 악마가 되어 그 소년의 조국을 유린하는 것은 견딜 수가 없었다.

지금 이 몸에 악마가 깃들면 그의 일생을 얽매는 저주가 되어 버릴 것이다. 그런 것을 주고 싶진 않다. 그래서 레티시아는 계속 버텼다.

아무리 괴롭더라도 그의 얼굴을 떠올리면 견딜 수가 있었다.

그가 울게 되는 것이 더 괴로울 거라는 생각이 들었다.

그리고 마지막 사령을 성불시킨 레티시아는 다시 감옥으로 돌아왔다.

몸 전체에 기분 나쁜 땀이 흐르고 있었다. 목이 마르고, 머리가 아팠다.

몽롱한 의식 속에서 레티시아는 단 한 마디 말을 중얼거렸다.

"……레오……."

성녀가 아닌 자신을 필요하다고 말해 주었다. 그런 적이 대체 얼마만일까.

5년 전, 처음 만났을 때는 다른 나라의 황자로만 보았다. 하지만, 지금은 그렇지 않다.

미소가, 말이, 추억이, 레티시아를 강하게 받쳐주고 있었다.

여기서 끝날 수는 없다.

이 나라를, ──레오를 지켜야만 한다.

레티시아는 그렇게 결의를 새롭게 다지고는 눈을 떴다.

마침 바베트와 비르질이 돌아온 참이었다.

"상태는 어때?"

"음? 사령이 사라졌다고……?!"

"그게 무슨 소리야?"

"믿기지 않는군. 이제 막 죽은 참이라 원한 덩어리인 사령을, 성불시켰다고⋯⋯?!"

"저는⋯⋯ 지지 않아요."

"하하하!! 이거 대단한데. 상상했던 것 이상이야. 비르질. 온 힘을 다해. 이 정도면 진짜로 마왕급 악마를 불러낼 수 있을지도 모르겠다고."

"나도 안다. 정말⋯⋯ 내 비장의 사령들을 풀어놓도록 할까."

비르질은 그렇게 말하며 병 몇 개를 꺼냈다.

그 무시무시한 느낌은 좀 전과는 비교도 되지 않았다.

"자, 나는 별동대 쪽으로 갈 거야. 뒷일은 부탁한다고."

"성급하군. 성녀가 까맣게 물드는 순간을 보고 싶지 않은가?"

"흥미가 있긴 하지만 말이야. 만에 하나라도 제국에게 방해받고 싶진 않거든. 아무리 서둘러 봤자 금방 오진 못하겠지만 말이지. 그래도 대비할 필요는 있어."

바베트는 그렇게 말하며 감옥에서 나갔다.

그리고 비르질은 유쾌하다는 듯이 사령을 레티시아에게 내밀었다.

"크윽⋯⋯! 크으윽!!"

그것은 좀 전에 보았던 광경이 미지근하게 느껴질 정도로 엄청난 광경이었다.

최대한 이 세상에 미련이 남게끔, 이 세상에 증오를 품게끔 살해당한 사령들.

비르질이 비장의 사령이라고 한 것처럼, 그 원한은 대화만으로 성불시킬 수 있는 것이 아니었다.

레티시아는 그저 견딜 수밖에 없었다. 시간이 얼마나 지났을까.

자기가 어디 있는지조차 애매해졌고, 사령의 목소리에 귀를 막아버리고 싶어질 정도로 레티시아의 마음이 약해진 상태였다. 그럼에도 불구하고 레티시아는 필사적으로 자신을 유지했다.

그저 레오를 생각하며 나는 혼자가 아니라고 타일렀다. 그렇게 레티시아가 마지막 보루를 지켜 나가던 와중에 비르질이 사령을 추가하려 했다.

하지만 그 순간, 감옥 위에서 큰 소리가 들렸다.

"응? 무슨 일이지?"

"스, 습격입니다!"

"습격이라고?! 바보 같은 소리하지 마라! 이곳은 제국의 마을을 개조한 아지트란 말이다! 들킬 리가 없을 텐데!"

비르질은 그렇게 말하며 부하에게 소리질렀다.

눈에 띌 만한 곳을 아지트로 삼으면 제국에게 들키게 된다.

그렇기 때문에 비르질 일행은 마을 하나를 통째로 개조해서 아지트로 만들었다. 제일 처음에 레티시아에게 보낸 사령들은 그 마을의 주민들이었던 것이다.

들킬 리가 없는 위장. 나름대로 자신이 있었기에 비르질은 있을 수 없는 일이라며 부정했다. 하지만, 다음 순간.

구르는 듯이 그곳에 뛰어든 사람을 보고는 인정할 수밖에 없었다.

"레오나르트 황자라고?!"

"레티시아를 돌려주시지!"

레오는 그렇게 말하며 망설임없이 비르질의 부하를 베고는 비르질에게 달려들었다.

8

레티시아가 납치된 다음 날 밤.

레오와 그리폰 기사들은 별빛에만 의지하며 밤하늘을 내달리고 있었다.

휴식같은 건 하지도 않고, 느와르가 나아가는 쪽만을 계속 바라보고 있었다. 이미 레티시아가 납치된 이후로 하루가 지나려하고 있었다.

레오 일행이 지금 있는 곳은 북부와 제도의 중간 지점. 일반적인 말이라면 몇 마리나 지쳐서 갈아탔어야 할 만한 거리를 그리폰들이 날아가고 있었다.

게다가 느와르는 그저 똑바로 날아가는 게 아니라 몇 번이나 선회하거나 방향을 바꾸면서, 희미한 무언가를 찾아서 날아가고 있었다. 그 뒤를 따르는 그리폰과 기사들의 얼굴에도 피로한 기색이 진하게 드러나기 시작하고 있었다.

초조, 피로, 불안. 많은 것들이 그들을 덮치며 멈출 이유를 주려 했다.

그럼에도 불구하고 멈추려는 사람은 아무도 없었다.

선두를 나아가는 느와르와 그 등에 타고 있는 레오가 결코 멈추려 하지 않았기 때문이다.

왕국 안에서 반제국 사상을 내걸고 있는 자들 중 대부분은 성에서 업무를 보는 문관들이었다. 그런 한편, 친제국 사상을 내걸고 있는 것은 현장에서 싸우는 자들이었다. 그 이유는 성녀를 따르는 자들 중 대부분이 전장에 나섰던 자들이기 때문이기도 했다.

그런 사람들 중에서도 이번 호위로 선발된 그리폰 기사들은 초창기부터 레티시아와 함께 싸워 온 동료들이었다. 항상 레티시아의 곁에 있으면서 그녀를 지켜온 그들에게는 자부심이 있었다.

성녀에 대한 충성심은 누구에게도 뒤처지지 않는다는 자부심이다. 그렇기 때문에 레오가 포기하지 않는 한, 그들은 멈추지 않는다. 다른 나라의 황족에게 질 수는 없다는 마음이 있다.

그것과는 별개로 하나 더, 그들이 계속 날 수 있는 이유가 있었다.

그리폰을 타는 것은 그리 간단한 일이 아니다. 날아가는 건 그리폰이지만, 타고 있기만 해도 피로가 쌓인다. 그 피로는 제일 초보인 레오가 가장 크게 느끼고 있을 것이다.

하지만 레오는 등을 쭉 편 채 계속 선두에서 날아갔다. 그 뒷모습이 뒤에 있던 그리폰 기사들을 계속 고무시켰다. 하지만, 레오도 여유가 있는 것은 아니었다.

느와르가 레오를 배려하며 날지 않았기 때문이다. 지금까지 탔던 어떤 난폭한 말보다도 느와르의 탑승감은 좋지 않았다.

그럼에도 불구하고 레오는 불평하지 않았다. 그러면 된다고 생각했기 때문이다.

"느와르, 부탁이야⋯⋯. 조금만 더 힘을 내줘."

대답은 들리지 않았다. 하지만 느와르의 속도가 조금 빨라졌다.

거의 하루 종일 사람을 태우고 온 힘을 다해 날아다니는 것은 그리폰에게도 큰 부담이었다.

그럼에도 불구하고 느와르는 계속 날아갔다. 단 하나의 기척만을 의지하며.

그리모어의 오산이 있었다면, 다음과 같은 세 가지일 것이다.

첫 번째는 상상 이상으로 뛰어난 사람이 제국에 있었다는 것.

두 번째는 레오가 그리폰 기사와 함께 출발했다는 것.

마지막으로는 느와르의 존재.

느와르는 레티시아의 냄새를 쫓아가는 것이 아니었다. 느와르는 그렇게 불확실한 것을 쫓아가지 않았다.

느와르가 쫓아가고 있는 것은 성장의 기척. 인간은 도저히 추적할 수 없을 정도로 희미한 기척. 하지만 그것을 쫓아가면 레티시아가 있다는 것을 느와르는 어렸을 때부터 알고 있었다.

그리고 그 희귀함으로 인해 그리모어는 성장을 버리지 않았다.

그렇기 때문에 그 위치가 발견되어 버렸다.

"느와르?!"

갑자기 강하하기 시작한 느와르를 보고 레오가 소리쳤다.

피로가 쌓여서 기운이 바닥난 것 같지는 않았다.

그래서 레오는 허리에 차고 있던 검에 손을 가져다 댔다. 찾아냈다는 걸 알아차렸기 때문이다.

"강하!!"

레오가 소리치자 그리폰들이 차례차례 강하하기 시작했다.

느와르는 곧바로 아무런 특징도 없는 마을에 강하했다.

흔한 제국의 마을이었고, 마을 사람들이 무슨 일인가 하며 집에서 나왔다.

"전하, 이곳입니까?"

너무나도 평범한 마을이었기에, 그리폰 기사들 중 한 명이 그렇게 중얼거렸다.

레오는 그 질문에 대답하지 않고 소리쳤다.

"촌장은 있나!"

레오가 그렇게 부르자 한 노인이 모습을 드러냈다.

"제, 제가 촌장입니다……."

"제국 제8황자 레오나르트다. 범죄 조직을 추적하고 있다. 뭔가 본 것 없나?"

"저, 전하?! 무례를 용서하여 주십시오!"

촌장을 미릇한 마을 사람들이 그렇게 말하며 곧바로 무릎을 꿇었다.

놀라워하는 모습이 너무나도 자연스러웠기에 그리폰 기사들의 표정이 어두워졌다.

아무리 봐도 평범한 마을 사람이었기 때문이다.

"질문에 대답해 주었으면 한다. 뭔가 본 것 없나?"

"보, 보지 못했습니다……! 죄송합니다!"

"됐어. 기대하진 않았으니까."

레오는 그렇게 말하고 촌장에게 다가가며 검을 뽑아들었다.

그리고 촌장을 향해 강렬한 살기를 뿜어냈다.

갑작스러운 살기를 느낀 촌장이 몸을 떨었지만, 레오는 아랑곳하지 않고 계속 다가갔다.

"저, 전하……! 무례한 짓을 저지른 것은 사죄드리겠습니다!"

"됐다고 했잖아. 그런데 촌장. 용케도 이 시간까지 잠들지 않았군 그래? 게다가 곧바로 마을 사람 모두가 나오고. 뭘 하고 있었지?"

레오는 그렇게 말하며 검을 들어올렸다.

그러자 촌장이 오른손에 불꽃을 두르며 일어섰다.

"죽어라!!"

레오에게 불꽃 마법이 날아들었다. 한순간, 레오가 불꽃에 휩싸이자 그리폰들이 놀랐다.

하지만.

"가끔은 형 흉내를 내는 것도 괜찮네. 솔직히 허세였거든. 고마워. 이제 마음 놓고── 너희를 죽일 수 있겠어."

"히익?!"

불꽃을 검으로 떨쳐낸 레오는 재빠르게 촌장의 목을 쳐냈다. 그 순간, 레오를 향해 열 개가 넘는 마법이 날아들었지만, 레오는 자세를 낮추고 뛰어가기 시작했다.

"전투 개시! 뭔가 장치가 있을 거다! 집 안을 수색해라!"

날아드는 마법을 검으로 튕겨 내며 레오가 지시를 내렸다.

그리고 한 마도사에게 다가가서 그 목을 망설임없이 베었다.

레오는 예전부터 목숨을 지닌 것을 베는 게 싫었다.

이야기를 나누면 이해할 수 있지 않을까. 죽여 버리면 그럴 기회를 잃게 된다. 레오다운 그 말을 듣고 레오에게 검술을 가르치던 사범들은 골치 아파했다. 그리고 모두가 황제에게 이렇게 말했다.

황자는 검술의 재능이 있지만, 강해지진 못할 겁니다.

망설임이 있는 검은 강하지 못하다. 사범들은 그 절대적인 진리를 알고 있었다.

레오는 검사로서 마음이 너무 약하다. 하지만, 레오는 점점 힘을 키워 나갔다. 몬스터의 토벌이든, 도적 토벌이든, 사범들이 예상했던 것보다 더 큰 공을 세웠다.

하지만 레오가 약점을 극복한 것은 아니었다.

그저 망설이면서도 쓰러뜨릴 수 있을 만큼 레오의 검술 실력이 뛰어났을 뿐이다.

가엾다고 생각하면서, 후회하면서, 용서를 빌면서.

검사로서 치명적인 빈틈을 드러내면서도 레오는 지금까지 적들과 싸워 왔다. 그건 최근에도 변함이 없었다. 억누르고, 견디면서 검을 휘둘러 왔다. 그래야만 한다고 자신을 타이르면서. 하지만 쓸데없는 생각을 품고 있다는 건 마찬가지였다.

원래 적을 앞두게 되면 그 적을 어떻게 쓰러뜨릴지, 검사가 생각해야 할 것은 그것뿐이다. 하지만 레오는 그러지 못했다.

레오는 전투를 벌일 때 시야가 깨끗해지는 경우가 거의 없었다. 유일하게 레오가 그것을 경험한 적은, 상대방이 언데드 몬스터와 악마 뿐이던 남부 소란 때 정도뿐이었다.

온 힘을 다하면서도 진심을 보일 수가 없다. 그것이 지금까지의 레오라고 할 수 있었다.

하지만 레티시아를 구하고 싶다는 마음만으로 집중하던 레오는 처음으로, 인간을 상대로 온 힘을 다해 진심인 자신을 드러낼 수가 있었다.

나도, 다른 사람도 신경 쓰지 않는다. 그저 눈앞에 있는 적을 베는 것에만 집중하는 레오의 검술 실력은 맞서던 마도사들이 절망을 느낄 정도였다.

마법을 날리면 그 마법을 베고, 영창하려 하면 미처 눈치채지 못할 정도로 빠르게 접근한다. 그리고 접근하면 결계로는 막아낼 수 없을 정도로 빠르고 강한 일격으로 목을 날린다.

"말도 안 돼, 영웅 황자라고는 해도 이래선 마치……."

용사 아닌가. 그런 말을 중얼거리며 마도사의 목이 날아갔다.

그러자 레오가 중얼거렸다.

"에르나와 비교하지 말아 줘. 에르나에게 실례라고."

레오는 그렇게 말하며 마법으로 오른손에 불꽃을 만들어 냈다.

5대1. 보통은 이길 수 없는 마법전이지만, 레오는 황족 특유의 막대한 마력으로 밀어붙이며 강대한 불꽃을 만들어 내 날렸다.

불꽃이 맞부딪혔지만, 팽팽하게 맞붙지도 못한 채 마도사 다섯 명의 불꽃은 레오의 불꽃에 삼켜졌고, 마도사들도 똑같은 운명을 맞이했다.

레오의 활약으로 인해 마을 사람으로 위장하고 있던 마도사들은 거의 제압당했다.

그 모습을 본 레오는 느와르를 찾았다.

느와르는 어떤 집의 벽을 부수고 있었다. 그리고 그곳에서 계속 울음소리를 내고 있었다.

뭔가 있을 거라 판단한 레오는 반쯤 무너진 그 집으로 들어갔다.

척 보기에는 아무것도 없었다. 하지만 레오는 한순간의 위화감을 놓치지 않았다.

부서진 침대 아래. 그곳에서 뭔가 마음에 걸리는 것을 느낀 레오는 검에 마력을 두르고 베었다.

그러자 그곳을 감싸고 있던 결계가 무너지고 지하로 이어지는 숨겨진 문이 나타났다.

"여긴가."

"전하!"

"침입한다. 따라와."

레오는 짤막하게 지시를 내리며 그리폰 기사 몇 명과 함께 숨겨진 문을 열고 그 아래에 있던 지하실로 침입했다.

■ ■ ■

지하실은 바깥에서는 상상도 할 수 없었을 정도로 넓었다.

하지만 레오는 정신없이 검을 휘두르며 그 내부를 제압해 나갔다.

그리고 레오는 어떤 방으로 돌입했다.

"멈춰어어어어!!"

그 방 가운데에는 결계가 쳐져 있었다. 그 결계 가운데는 성장이 안치되어 있었다.

그것을 본 순간, 레오의 마음속에 안심하는 느낌이 생겨났다.

이곳에 있다는 걸 확신했기 때문이다. 방안에 있던 마도사들은 그 빈틈을 놓치지 않았다.

레오를 협공하기 위해 달려든 다음, 바로 앞에서 마법을 퍼부으려 했다.

하지만 레오는 그 공격을 몸의 반응에 맡기며 요격했다.

"방해하지── 마라!"

레오는 자연스러운 동작으로 목을 쳐낸 마도사들을 거들떠보지도 않고 결계를 향해 일격을 날렸다. 그리고 성장을 잡았다.

사용자가 아닌 레오에게 있어서 그것은 단순한 지팡이에 불과했다.

그럼에도 불구하고 그것은 레오에게 앞으로 나아갈 원동력이 되었다. 레오는 곧바로 그 방 맞은편에 있는 계단으로 향했다. 왠지 확신이 들었다. 그곳에 레티시아가 있을 거라고.

그래서 레오는 발이 나아가는 대로 계단을 내려갔다.

중간에 앞을 막아선 남자를 벤 레오는 감옥이 있는 곳에 도착했다.

그곳에는 로브를 입은 노인, 비르질이 있었고, 그 비르질 앞에는 문이 닫힌 감옥. 그 안에 레티시아가 있었다. 모습은 보이지 않는다. 하지만 그 사실만큼은 알 수가 있었다. 그와 동시에 레오의 마음에는 환희와 분노가 싹텄다.

"레오나르트 황자라고?!"

"레티시아를 돌려주시지!"

레오는 마지막 적을 향해 맹렬하게 돌진했지만, 그 진격은 비르질로 인해 가로막혔다.

비르질이 사령으로 벽을 전개했기 때문이다.

"안됐군 그래! 내 사령의 벽을 물리적으로 돌파하는 건 불가능하다!"

"?!"

레오는 그 위험성을 비르질이 말하기도 전에 눈치채고 있었다.

검은 연기가 겹쳐진 그 끔찍한 벽. 연기가 서서히 형태를 바꾸어 사람 얼굴로 변했다.

사람의 얼굴이 모여든 그 새까만 벽. 레오는 그렇게 무시무시한 것을 본 적이 없었다.

"미련을 남기고 죽은 자들의 혼을 다루는 마도사! 그것이 사령 마도사다! 원한의 목소리에 삼켜져 어둠 속으로 떨어지거라!"

비르질은 그렇게 말하며 만들어낸 벽을 레오 쪽으로 밀어붙였다.

그러자 레오는 숨을 한 번 내쉬고 나서 멈춰섰다. 그리고.

《그 불꽃은 하늘에서 내려왔도다 · 선한 자들을 구하기 위하여 · 지고한 성염이여 · 고고하게 타오르소서 · 마에 속한 자를 소멸시키기 위하여── 홀리 블레이즈.》

성스러운 불꽃 마법을 영창했다. 고도의 성마법을 본 비르질이 깜짝 놀랐다.

하지만, 여유는 무너지지 않았다.

"역시 영웅 황자로군! 뛰어난 재능을 지닌 모양이야! 허나! 그 정도로 내 사령 군단을 정화시킬 수는 없다!"

수많은 사령이 동화한 벽을 모조리 태우기에는 화력이 부족하다.

비르질은 그 사실을 눈치채고 있었던 것이다.

"돌려달라고 하던데, 안타깝게도 성녀 레티시아는 이미 그리모어의 것이다. 반품할 수는 없지!"

비르질은 그렇게 말하며 크게 웃어댔다. 이대로 레오가 죽으면 더욱 강력한 사령이 된다. 후회, 미련. 그것이 강하면 강할수록 사령이 강력해지기 때문이다.

사랑하는 여자를 앞에 두고 구하지 못한 채 목숨이 끊어진다.

정말 큰 미련일 거라며 비르질이 비웃었지만, 레오는 분노를 머금은 목소리로 대답했다.

"그래……. 그렇다면 내가 할 일은 정해져 있지."

그렇게 말한 레오는 왼손에 깃든 성스러운 불꽃을 오른손으로 쥔 검에 둘렀다.

마법검. 그것은 마법과 검술의 융합. 유사적인 마검을 만드는 기술이라고 할 수 있다.

하지만 마법의 수준이 높을수록 기술의 난이도가 올라간다.

성마법의 마법검이라면 최고 수준의 난이도라고 할 수 있다. 성마법 자체가 현대 마법 중에서는 가장 까다로운 마법이기 때문이다. 하지만 레오는 그것을 즉석에서 떠오른 아이디어만으로 성공시켰다.

그러자 비르질도 깜짝 놀랄 수밖에 없었다.

"뭐라고……?!"

"처음이야……. 이렇게까지 명확하게 사람을 죽이고 싶다는 생각이 든 건!"

레오는 그렇게 말하며 사령의 벽을 세로로 베었다.

벽 자체는 사라지지 않았다. 하지만 성스러운 불꽃을 두른 검으로 인해 한줄기 길이 생겨났다.

레오는 사령의 벽이 그 길을 메꾸기 전에 일직선으로 비르질을 향해 달려갔다.

"크윽!!"

절대적인 자신감이 있던 사령의 벽이 뚫리자 비르질은 초조해하며 다른 사령을 해방시켜 레오에게 보냈다.

하지만 레오는 그것을 재빠르게 베고는 비르질에게 달려들었다.

"잠깐! 성녀라면 돌려주마!"

"필요 없어! 그녀가 너희 것이라고 한다면 아드라 일족답게, 약탈해 주마!"

레오는 그렇게 말하며 비르질의 가슴에 검을 박아넣었다.

성스러운 불꽃이 사령에 물든 비르질을 악으로 판단했는지, 그 몸을 안쪽부터 태우기 시작했다.

"끄아아아아아아아아아아악!!!!"

비르질은 단말마를 지르며 재가 되어갔다. 그리고 비르질이 완전히 재로 바뀐 모습을 확인한 레오는 감옥 쪽을 보았다.

■ ■ ■

레티시아는 몽롱한 의식 속에서 레오의 목소리가 들리는 것 같다는 생각이 들었다.

처음에는 환청이라 생각했다. 하지만 환청치고는 또렷하게 들렸고, 비르질과 이야기를 하고 있는 것처럼 들렸다.

감고 있던 눈을 떴다. 일그러진 시야 안에 레오와 비르질이 들어왔다.

레오는 비르질에게 달려들었다.

"잠깐! 성녀라면 돌려주마!"

"필요 없어! 그녀가 너희 것이라고 한다면 아드라 일족답게, 약탈해 주마!"

레오는 그렇게 말하며 비르질을 찔렀다. 비르질은 곧바로 단말 마를 지르며 재가 되었고, 레오가 레티시아 쪽을 돌아보았다.

눈과 눈이 마주치자, 레오가 부드러운 미소를 지었다. 아, 본인 이구나. 레티시아는 그제야 확신할 수 있었다. 저 미소는 본인만 지을 수 있는 미소라는 것을.

그런 생각이 든 순간, 의식이 멀어졌다.

안심해서 긴장의 끈이 끊긴 것이다.

"레, 오……."

"이제 괜찮아요. 레티시아."

감옥에 들어온 레오는 레티시아의 손에 묶여있던 사슬을 베고 그녀의 몸을 감싸안았다.

따스한 체온이 느껴지자 레티시아는 더욱 안심했다.

그럼에도 불구하고 레티시아는 어떻게든 의식을 유지했다. 뭔 가 말해야만 한다고 생각했기 때문이다. 하지만, 하고 싶은 말을 정리할 수가 없었다. 머리가 제대로 돌아가지 않았기 때문이다.

그래서 생각나는 말을 했다.

"기적에, ……감사드립니다. 당신을, 만나고 싶었어요……."

"저도 마찬가지입니다. 당신을 만나고 싶었어요. 진심으로."

"……대답을 해드려야 한다고……."

"신경 쓰지 마시길. 급한 건 아니니까요. 언제까지든 기다리겠 습니다. 그동안에 누군가에게 당신을 빼앗긴다면 다시 빼앗아오 면 되고요."

"……후후. ……당신은 가끔 억지스럽네요……."

"모르셨나요? 그렇다면 기억해 주세요. 아드라 일족은 노린 사냥감을 놓치지 않는다는 걸요."

"……어머, 무섭네요……."

레티시아는 쿡쿡 웃고는 천천히 숨을 내쉬었다.

그러자 급격하게 의식이 흐려지기 시작했다. 이번에는 그것에 저항할 수가 없었다.

그리고 레티시아는 레온의 체온을 느끼며 천천히 눈을 감았다.

"레티시아……."

기절한 레티시아를 본 레오는 인상을 찌푸렸다.

눈에 띄는 상처는 없지만, 뭔가 당한 게 틀림없다.

눈앞에 있던 게 사령 마도사였다는 걸 감안하면, 그것과 관련된 일이라는 걸 짐작할 수 있었다. 뒤에서 재가 된 비르질을 노려본 레오는 마음속에서 솟구치는 불쾌감 때문에 혀를 찼다.

인생에서 혀를 차본 적이 손에 꼽을 정도밖에 없는 레오에게 있어서 그것은 불쾌하면서도 신선한 느낌이었다. 너무 짜증이 난 나머지 이미 죽인 상대를 다시 죽여 버리고 싶을 정도로 거센 감정이 자신의 마음속에도 있었다는 것을 깨달았기 때문이다.

그러자 레오는 심호흡을 하며 마음을 가라앉혔다.

레티시아는 구출해 냈다. 이제 탈출하기만 하면 된다.

자신을 그렇게 타이른 레오는 레티시아를 안고 옆에 두었던 성장을 챙긴 뒤 지하실에서 탈출하러 나섰다.

9

지하실로 함께 침입했던 그리폰 기사들은 레티시아가 무사하다는 것을 알고 눈물을 흘리며 기뻐했다.

그리고 자신들이 옮기겠다고 말했지만, 레오는 그 제안을 거절하고 지상으로 나왔다.

"레티시아 님?!"

"무사하신 겁니까?!"

"괜찮아. 기절했을 뿐이야."

레오는 그렇게 말하며 곧바로 레티시아를 느와르에게 데리고 왔다.

레티시아가 타고 다니던 블랑도 일행을 따라오긴 했지만, 레오는 기절한 레티시아를 블랑에게 맡기는 게 위험할 거라고 판단하고는 느와르에 둘이서 타는 것을 선택했다.

"전하! 너무 위험하지 않겠습니까?"

"괜찮아. 용서해 줘. 너희를 믿지 않는 건 아니지만, 주의해야 하니까."

그리폰 기사들은 레오가 성에서 그랬던 것처럼 그리폰 기사들이 적과 뒤바뀌었을지도 모르는 상황을 경계하고 있다는 것을 눈치챘다.

레오는 레티시아를 구출한 뒤에도 방심하지 않았다. 확실하게 안전한 곳으로 데리고 가기 전까지는 안심할 수가 없다. 그런 의지를 느낀 그리폰 기사들은 의심받은 것을 화내지도 않고 자신들의 경솔함을 사과했다.

"생각이 부족했습니다. 용서해 주시길. 호위를 맡겠습니다."

"부탁할게."

레오는 그렇게 말하며 기절한 레티시아와 함께 느와르의 등에 올라탔다.

그리고 느와르가 날갯짓을 하고, 다른 그리폰들도 상승하기 시작했을 때.

상황이 달라졌다.

"마법이다!"

멀리서 날아온 것은 불덩이였다. 대처하기 어렵지 않은 불꽃 마법. 하지만 그 숫자가 엄청나게 많았다. 날아온 것은 100개는 가볍게 넘는 불덩이.

열 명도 안 되는 레오 일행에게 날리기에는 너무나도 막대한 숫자였다.

만약에 하늘을 날아가고 있었다면 피할 수도 있었겠지만, 지금은 상승 중이다. 게다가 거의 하루 종일 날아와서 지친 그리폰들은 피할 수가 없었다.

레오 일행은 날아오는 불덩이를 쳐냈지만, 미처 쳐내지 못한 불덩이 몇 개가 그리폰에게 명중했고, 그리폰들이 고통스러워하며 비명을 질렀다.

"큭! 고도를 높여!"

이대로 가다가는 떨어지게 된다. 그렇게 판단한 레오는 억지로라도 고도를 높이라고 명령했다.

그리고 그리폰들은 대미지를 입으면서도 겨우 고도를 높이는 데 성공했다.

하지만, 그곳에서 레오의 눈에 들어온 것은 마을 근처까지 다가온 군세였다.

그 숫자는 천 명이 넘었고, 그중에는 마도사로 보이는 자들도 많이 있었다.

그 선두에 서 있던 것은 검은 피부의 여자 엘프.

레오는 한눈에 터무니없이 강한 실력자라는 것을 눈치챘다.

"다크 엘프가 그리모어와 손을 잡았나……."

레오는 그렇게 중얼거리며 상황의 심각성을 깨닫고 인상을 찌푸렸다. 저렇게 많은 군세가 접근하는데 눈치채지 못했을 리가 없다. 뭔가 비밀이 있고, 그것을 간파하지 못했다.

믿고 있던 그리폰들은 대미지를 입어서 멀리 도망치는 것은 거의 불가능하다.

그렇다고 해서 전투를 벌이게 되면 저 다크 엘프를 어떻게든 해야만 한다.

현재 전력으로 대처하는 것은 거의 불가능하다. 그렇게 판단한 레오는 곧바로 지시를 내렸다.

"동쪽으로 도망친다! 조금 떨어진 곳에 고성이 있을 거다! 그곳으로 가자!"

레오는 그렇게 지시를 내리며 동쪽으로 진로를 틀었다.

여전히 기절해 있는 레티시아를 힐끔 본 레오는 심호흡을 했다.

"당신은 반드시 지키겠어……!"

레오는 자신을 타이르는 듯이 그렇게 중얼거린 다음, 동쪽에 있는 고성으로 향했다.

■ ■ ■

동쪽에 있는 고성은 작은 폐성이었다.

매우 낡아서 당장에라도 무너질 것 같은 분위기조차 감돌고 있었다.

그곳에 착지한 레오는 그리폰들을 쉬게 하고 레티시아도 눕혔다.

"적의 모습은?"

"기병이 조금씩 보입니다. 아마 본대는 나중에 올 것 같습니다."

"어떻게 제국 영지 안에서 저런 군세를 마련한 거지……!"

한 그리폰 기사가 돌멩이를 걷어차며 불평했다.

그것은 그곳에 있던 모든 사람들의 생각이었다.

"축제가 개최되었다고 하더라도 범죄 조직 관계자가 저렇게 많이 들어올 수 있을 리가 없어!"

"나도 알아. 제국 상층부에 배신자가 있고, 그 배신자가 손을 쓴 거겠지."

레오는 담담하게 말했다. 딱히 놀랄 만한 일도 아니다.

레티시아가 납치된 시점에서 성 내부에 배신자가 있다는 건 예상할 수 있었다.

그리모어도 그렇고 왕국도 제국 쪽의 협력이 전혀 없는 상황에서 행동에 나설 만큼 어리석지 않기 때문이다.

"윽, 여긴……?"

그 타이밍에 레티시아가 깨어났다.

그리폰 기사들이 레티시아에게 달려가 말을 걸었지만, 레오는 여전히 입을 다물고 있었다.

"레오……?"

"여긴 제국의 폐성입니다. 적이 천여 명의 군세를 이끌고 와서 기습했습니다. 휴식할 겸 이곳으로 내려왔지만, 그리폰들이 회복되기 전에 포위당할 겁니다."

"……목표는 저예요. 저를 두고 가주세요……. 제가 있으면 도망칠 수가 없을 테니……."

"농담이 심하군요. 지금 당신을 두고 도망칠 거였다면 이곳에 있지도 않았을 겁니다."

"하지만…… 이대로 가다가는 당신까지……."

"저는 제국의 황자입니다. 범죄 조직의 군세가 제국의 대지를 돌아다니고 있는데 그걸 간과할 수는 없습니다. 그리고…… 말씀드렸을 텐데요. 아드라 일족은 노린 사냥감을 놓치지 않는다고요. 뺏기는 건 말도 안 되고요. 저는 당신을 그들에게 넘길 생각이 전혀 없습니다."

"레오, 당신에게는 미래가 있어요……. 그리고 증원을 기대할
수 없는 농성은 어리석은 짓이에요……."

"그 미래 안에 당신이 있어 줬으면 했기에 여기 있는 겁니다.
그리고 지금 농성하는 건 어리석은 짓이 아니에요. 저는 혼자가
아니니까요."

그리고 레오는 전투를 준비하기 시작했다.

10

하늘이 희미하게 빛나기 시작했을 무렵. 성은 완전히 포위당했다.

레오는 혼자서 다 무너져 가는 성벽 위로 올라갔다. 그러자 상
대 쪽에서도 바베트가 나섰다.

"이런 곳까지 오면서 고생이 많았어, 영웅 황자. 자기소개를 하
지. 나는 바베트. 다크 엘프의 족장이야."

"제8황자, 레오나르트 렉스 아드라다. 처음 뵙겠습니다라고 해
야 할까?"

"초면은 아니지. 호위대장과 뒤바뀌어 있던 게 나였으니까. 계
속 보고 있었다고. 당신과 성녀의 소꿉놀이를 말이야."

"그렇군……. 당신이 레티시아를 납치한 건가."

악의 근원. 그것을 발견한 레오의 눈에 살기가 깃들었다.

하지만 바베트는 동요하지 않았다.

"편했거든. 당신 얼굴을 빌렸으니까."

"……."

"기억하고 있나? 당신하고 악수한 엘프가 있었지? 그것도 나였어. 당신 얼굴은 편리할 것 같길래 손을 댔지. 생각보다 도움이 많이 되었어. 그 보답이라고 하긴 좀 그렇지만, 성녀를 두고 간다면 그냥 보내 줄 수도 있는데."

레오는 부풀어 오르는 분노를 억누르느라 고생하고 있었다. 일반적인 분노가 아니라 새까만 증오에 가까운 분노였기에 어떻게 제어해야 할지 스스로도 알 수가 없었던 것이다.

그럼에도 불구하고 겉으로 드러내지는 않았다.

뒤에서 레티시아가 보고 있기 때문이다. 한심한 모습을 보이고 싶진 않다. 그런 이성이 레오를 막아 주고 있었다. 그렇지 않았다면 당장에라도 바베트를 베기 위해 달려들었을 것이다.

"……어째서 레티시아를 노리는 거지?"

"왕국이 그걸 원하니까. 성녀를 실험체로 삼아 제국 안에서 마법 실험을 해줬으면 한다고 말이야. 왕국이 그걸 위해서 이것저것 해줬거든? 엘프 마을에 압박을 가하고, 엘프의 이동 루트를 손에 넣거나, 제국 내부의 협력자를 찾아내거나, 솔직히 그렇게까지 해줄 줄은 몰랐거든."

"그건 그리모어로서의 이유다. 나는 당신에게 묻고 있어."

"내 개인적인 이유? 그런 건 당연한 거 아닌가? 나는 다시 한번 마왕이 나타났으면 하거든. 그러기 위해 그리모어에 들어갔지. 질이 좋은 매개체가 있어야 마왕급을 소환할 수 있으니까. 직접 소환하면 당해 낼 수 없다는 건 500년 전에 알게 되었으니, 깃들 인간이 필요한 거지."

"어째서 마왕의 재래를 원하는 거지? 다시 대륙을 전란에 휩싸이게 만들 셈인가?"

"당신들은 모를지도 모르겠지만 말이지. 예전에는 대륙의 지배자가 엘프였어. 그걸 인간들이 빼앗았지. 그래서 우리 다크 엘프는 마왕에게 협력한 거야. 마치 자신들의 소유물인 것처럼 대륙에 나라를 세운 인간들이 마음에 들지 않았거든. 마침 잘 된 거야. 힘도 손에 넣었고, 당신들도 없앨 수 있지. 뭐, 마왕은 상상했던 것보다 위험했으니까 토벌당했을 때는 안심했지만 말이야. 그대로 두었다면 모든 것을 파괴할지도 모르는 상황이었고."

바베트는 그렇게 말하며 과거를 그리워했다. 500년 전. 마왕이 나타나서 대륙이 위기에 처했다.

그런 와중에 대륙 전체의 생명이 협력하여 마왕과 맞섰다. 마왕을 토벌한 것은 용사지만, 그 용사 한 명이 마왕과 부하를 모두 쓰러뜨린 것은 아니다.

여러 악마를 부하로 두고 있던 마왕의 군세는 강력했다. 적어도 500년 동안 최강의 군단이었다는 건 틀림없는 사실일 것이다. 그것들을 해치운 것은 기적에 가까운 결과라고 한다. 그런 500년 전을 알고 있는 강자. 역전이라는 단어로는 부족할 만큼 많은 경험을 지니고 있는 것이 바로 바베트다.

싸우면 틀림없이 진다. 레오가 그렇게 느낄 만큼의 차이가 두 사람 사이에 있었다. 작은 가능성조차 있을지 없을지.

실버나 에르나와 필적할 정도까지는 아니겠지만, 굳이 따지자면 그쪽에 가까운 실력자라는 건 의심할 여지가 없었다. 원래 강력한 엘프가 마왕에 의해 강화된 다크 엘프의 족장이다. 당연하다고도 할 수 있다. 그렇더라도.

"엘프의 복권, 인간에 대한 복수. 시시하군. 대륙의 패권은 항상 넘어가는 법. 엘프가 인간과의 경쟁에서 패배한 것은 자연스러운 흐름이다. 종족으로서의 다양성 면에서 인간이 더 뛰어났을 뿐. 마왕을 이용하면서까지 그것을 바꾸려다 실패했으면서 왜 이해하지 못하지?"

"거만하기는. 역시 죄가 많은 일족, 아드라로군. 이 세계의 것이라면, 모든 것을 자신들의 소유로 삼지 않으면 성이 차지 않는 타고난 약탈자. 인간이 엘프보다 뛰어난 건 번식 능력 정도밖에 없지. 가끔 나타나는 규격에서 벗어난 존재들이 없다면 자신의 몸조차 지키지 못하는 종족 따위가 잘난 척하지 마라!"

"약한 자도 있고, 강한 자도 있다. 그게 인간의 다양성이야. 인간은 그 다양성을 무기로 삼아 진화했고, 많은 것을 얻었어. 그래서 대륙에서 번영할 수 있었지. 인간은 미숙하기 때문에 가능성이 넘치는 거다. 그런 한편, 엘프는 이미 완성되어 있지. 그게 고귀한 점이긴 하지만, 종족의 한계라고도 할 수 있다. 엘프 전체가 대륙의 패권을 원하지 않는다는 게 그 답이야. 그들은 변화를 추구하지 않아. 바베트. 네 소원은 평생 이루어지지 않을 거다."

"흥, 귀중한 의견을 말해 줘서 고맙군. 하지만 공교롭게도 엘프가 대륙의 패권을 되찾는다는 건 그냥 덤이야. 나는 인간이 열받으니까 멸망시키고 싶을 뿐이지. 특히 당신들 같은 제국의 황족을 정말 싫어하거든. 지금도 죽여 버리고 싶고."

"그렇군, 우연이네. 나도 당신을 죽이고 싶어."

그렇게 말한 두 사람의 시선이 맞부딪혔다.

그리고 바베트는 레오가 서 있던 성벽 위에 소리도 없이 나타났다.

"지금 당장 마법으로 괴멸시켜 버리고 싶지만, 그렇게 되면 이 성이 무너질지도 몰라. 성녀가 파묻혀 버리면 곤란하거든. 백병전을 벌일 수밖에 없지. 그걸 감안해서 여기로 온 거잖아? 나는 아드라의 그런 빈틈없는 구석을 정말 싫어한다고!"

"내가 빈틈이 없다고? 당신은 아무래도 진짜 아드라를 모르는 모양이군. 나 같은 건 별것도 아니야."

"그러셔. 뭐, 별것 아니라는 건 나도 동의해. 오랫동안 살면서 영웅이라 불리는 녀석들을 많이 봐 왔으니까. 당신은 나름대로 괜찮은 편이야. 하지만 내 적은 못 되지. 백병전이라면 이길 수 있을 거라 짐작한 그 예상을 원망하라고!"

베바트는 그렇게 말하며 허리에 차고 있던 세검을 뽑아 들었고, 그와 동시에 레오도 검을 뽑아 들었다.

그리고 두 사람의 싸움이 시작되었다.

레오는 전례가 없을 정도로 뛰어난 집중력을 통해 바베트와 맞
서고 있었다.

이렇게까지 날카로워진 것은 처음이었다. 하지만, 그럼에도 불
구하고 레오는 밀리고 있었다.

"큭······!"

"왜 그러지? 영웅 황자!"

"크윽!"

레오는 묵직한 일격을 막았지만, 기세를 전부 억누르지 못하고
뒤쪽으로 날아갔다.

겨우 자세를 바로잡았을 때는 이미 바베트가 레오에게 다가와
있었다.

바베트의 발차기를 제대로 맞은 레오는 성벽 일부를 파괴하며
날아갔다.

"윽, 큭······."

"당신은 강하지만, 나를 이길 수는 없어. 포기하고 성녀를 넘기
겠다고 하지 그래?"

"그녀는······ 넘기지 않아······."

레오는 그렇게 말하며 피투성이가 된 채 일어섰다.

그 눈이 아직 죽지 않았다는 것을 눈치챈 바베트는 혀를 찼다.

"짜증난다고! 너희들 아드라는! 500년 동안, 제국의 확대를 봐
왔어! 모든 것을 자기 손에 넣으려고 약탈해 온 죄 많은 일족! 그
게 당신들 아드라야! 가끔은 약탈당하는 쪽의 심정도 맛보라고!"

"아드라의 약탈에는, 의미가 있다······."

"위선자가! 약탈에 무슨 의미가 있다고! 대륙을 우리 엘프로부터 빼앗은 인간들 중에서도 가장 탐욕스러운 일족! 황금 독수리를 내걸고 모든 것을 빼앗아 온 당신들은 인간들 중에서도 최악이라고!"

바베트는 그렇게 말하며 만신창이가 된 레오에게 다가가 가슴을 찌르려 했다. 하지만 레오는 자신의 검으로 그 세검의 궤도를 흘렸다. 그럼에도 불구하고 바베트의 검은 레오의 어깨를 스쳤다.

"끄윽······!"

"끈질기군그래! 그것도 당신들의 특징이었지!"

바베트는 그렇게 말하며 세검을 들어서 내리쳤다.

레오는 그 공격을 막았지만, 만신창이가 된 몸으로는 그게 한계였다.

칼날이 서서히 레오의 목으로 다가왔다.

"유언으로 가르쳐 줬으면 하는데. 아드라의 약탈에 어떤 의미가 있는지!"

레오는 대답하지 않고 집중했다.

명확한 죽음의 위기. 그럼에도 불구하고 레오는 당황하지 않았다. 초조함은 금물이다.

숨을 천천히 들이마신 레오는 힘을 주고 바베트의 세검을 밀어냈다.

"뭐야?!"

"보답이다!"

레오는 그렇게 말하며 바베트를 걷어찼다. 하지만 그 공격은 바베트를 약간 밀어냈을 뿐이었다. 레오가 입은 대미지와는 수지가 맞지 않았다.

"건방지군. 아드라답게 추해."

"그래, 맞아……. 우리 아드라는 추하지……. 하지만 우리는 약탈을 반복할 거야……."

레오가 어렸을 때. 약탈자 일족이라 불리는 것에 분개한 적이 있었다. 그런 레오를 타이른 것은 황태자 빌헬름이었다.

빌헬름은 어린 레오의 머리에 손을 얹고 말했다.

『세상에는 크게 나누어 두 종류의 사람들이 있어. 빼앗기는 사람과 빼앗는 사람이야. 우리는 빼앗는 사람이지. 그렇기 때문에 약탈자라 불리는 거고.』

레오는 그게 무슨 소리냐며 더욱 분개했지만, 빌헬름은 미소를 지으며 계속 레오의 머리를 쓰다듬었다.

『그래. 그 분노가 아드라의 원점이야. 비극이 일어난 뒤에 막더라도 눈물은 흐르니까. 그걸 전부 막기 위해서는 빼앗는 쪽이 될 수밖에 없었어. 모든 것을 빼앗아서 전부 우리 밑에 둔다. 그게 아드라의 신조다. 우아하지 못하지. 칭찬받지도 못할 거야. 그럼에도 불구하고 우리는 약탈을 반복할 거다. 하나의 맹세를 가슴속에 품고.』

레오는 천천히 왼손을 가슴에 가져다 댔다. 그 말이 가슴속에 남아있다.

하지만 예전에는 왠지 납득이 되지 않았다. 그러나 지금은 확실하게 이해하고 있다.

"아드라의 약탈은 선서야……. 이 손에 쥔 모든 것을 누구에게도 넘기지 않는다……. 모든 것으로부터 지키겠다는 맹세가 아드라의 약탈이다! 이 땅은 그런 맹세의 산물이야! 이곳 제국에 너희가 있을 곳은 없다! 피가 끊기고 맹세가 사라질 때까지── 아드라는 약탈한 모든 것의 수호자다!"

레오가 천천히 자세를 취했다.

모든 것을 일격에 걸려는 자세였다. 그 눈에서 위험을 느낀 바베트는 위기감을 품으며 자세를 낮추었다. 그런데 그녀의 다리가 약간 뒤로 물러나 있었다.

"뭐라고……? 내가 물러났어……? 저런 애송이에게 겁을 먹었다는 건가?!"

바베트는 자신의 본능을 믿지 못하고 다시 레오를 보았다.

그러자 레오 주위에 눈부시게 빛나는 원이 떠올라 있었다. 바베트는 그 원의 정체를 알고 있었다.

"설마?! 그런 상태로도 성장을 쓸 수 있는 건가?!"

"나의 목소리에 응하라! 신성한 별의 지팡이여. 성천에 군림하는 지팡이여. 색이 없어 슬픈 대지에 색을 내려 주소서! 내려 줄 색은 '황금'!!"

성장의 효과는 색을 부가하는 것. 사용자가 선택한 색에 따라 효과가 천차만별이다.

그중에서 '황금'은 특수한 색이다. 그 특성은 '가능성'. 대상의 잠재력을 이끌어 낸다.

잠재력이 없는 자에게는 효과가 거의 없지만, 레티시아는 일부러 그 색을 선택했다.

성장을 사용하는 데는 체력과 정신력이 필요하다. 레티시아는 지금, 지쳐서 오랫동안 사용할 수가 없다. 체력만이라면 어떻게든 되겠지만, 정신력은 어떻게 해볼 수가 없다.

그렇기 때문에 가장 폭발력이 강한 색을 선택할 수밖에 없었다.

바베트라는 강자를 쓰러뜨릴 수 있을 만큼 강한 폭발력. 단순한 강화로는 불가능하다. 그렇기 때문에 레티시아는 레오의 잠재력에 걸었다. 그리고 그 시도는 성공했다.

"누구냐, 넌……?"

"제국 제8황자…… 레오나르트다."

"무슨 말도 안 되는 소릴……. 그렇게 강한 힘이, 일부였다고? 원래는 규격에서 벗어난 녀석들과 같은 수준이라고 할 셈이냐?!"

"아드라는 피도 약탈해 왔다……. 강하지 못하면 빼앗을 수도 없고, 강하지 못하면 지킬 수 없어. 이 피가 아드라의 결의를 나타내는 것이다!"

레오는 그렇게 말하며 바베트가 전혀 반응하지 못할 만큼 빠르게 접근해서 매끄러운 동작으로 바베트를 베었다.

가슴부터 몸통까지 비스듬하게 베인 바베트는 입에서 피를 토했고, 레오는 그런 바베트를 성 밖으로 걷어찼다. 그리고 공중에 있는 바베트를 향해 왼손을 들었다.

그러자 상공에 금빛 원이 떠올랐고, 그곳에서 빛이 새어 나오기 시작했다.

그것은 마왕이 강화시켜 준 바베트에게는 가장 치명적인 상성의 마법이었다.

"빌어먹을……!!"

"──홀리 글리터!!"

레오는 영창을 파기하고 마법 이름만으로 최상급 성마법을 발동시켰다.

정화의 금빛이 바베트를 집어삼키고 그 몸을 태우기 시작했다. 잠시 후 금빛이 사그라들자 남은 것은 몸이 반쯤 타버린 바베트였다. 곧바로 결계를 친 덕분에 즉사를 면한 것이다.

하지만 이미 죽음이 코앞으로 다가와 있었다.

그러나 그때, 레티시아가 다시 정신을 잃었다. 성장의 힘을 견뎌낼 수 없게 된 것이다.

당연히 레오도 그와 동시에 원래 상태로 돌아왔다.

"크윽…….."

"……설마 소꿉놀이를 하던 두 사람에게 패배할 줄이야, 하지만 그냥 물러날 순 없지."

바베트는 그렇게 말하며 남아 있던 손을 있는 힘껏 들었다.

그것을 신호로 뒤에서 대기하고 있던 군세가 움직이기 시작했다. 군데군데 불빛이 생겨났고, 잠시 후 그것이 군세 전체를 뒤덮었다. 전부 마법의 빛이다.

"지금이라면 붙잡을 수 있을지도 모르겠지만 말이지…… .내가 죽은 다음 같은 건 아무래도 상관없어. 천 발이 넘는 마법이다……. 나와 함께 사라지라고! 길동무다! 아드라의 애송이!!"

바베트는 그렇게 말한 다음, 씨익 웃으며 팔을 내렸다.

레오는 재빨리 검을 겨누었고, 뒤에서 보고 있던 그리폰 기사들은 레티시아를 느와르의 등에 태우려 했다.

하지만, 이미 늦었다. 성을 향해 수많은 마법이 날아왔다. 성을 파괴하기에는 충분하고도 남을 만한 양이었다. 그러나, 그 모든 마법이 성 앞에서 튕겨져 나갔다.

그리고 레오 앞에 하얀 망토가 펄럭였다.

"뭐, 라고……?"

"──수천, 수만 발이든 쏴 봐. 겨우 그걸로 황금 독수리를 떨굴 수 있을 거라 생각한다면 바보 같은 꿈이지. 이 땅에는 우리가 있으니까."

"……용사!!"

"그 호칭은 낡았어. 지금은 암스베르그 용작 가문── 제국의 방패이자 검. 제국과 황족의 수호자야."

"또……! 용서 못해! 몇 번을 막아서야 성이 풀리는 거야?!"

"몇 번이든."

그렇게 말하며 갑자기 나타난 에르나는 바베트 앞으로 이동해

서 검을 들어올렸다.

이미 죽음은 확실하다. 그럼에도 불구하고 에르나는 검에 힘을 주었다.

"……괴물 녀석."

"마음대로 불러. 나도 너희한테 하고 싶은 말이 있거든. 당신들 때문에, 내 전하가 동생을 때리게 되었어……. 만 번 죽어 마땅해. 죽어서 속죄하라고."

에르나는 그렇게 말하며 검을 내리쳤고, 바베트는 단숨에 소멸했다.

그리고 에르나는 천천히 성벽을 돌아보았다.

"무사한 모양이구나, 레오. 다행이야."

"에르나……, 어떻게……?"

"굳이 말하지 않아도 알잖아? 아르가 황제 폐하 같은 사람들을 설득해 줬어. 그래서 늦지 않았지."

에르나가 그렇게 말하며 미소를 지었다.

그리고 그런 에르나를 따라 제3기사대와 세바스 일행도 성에 도착했다.

11

"세바스……, 그렇구나. 형은 제도 밖에 전력을 내보내 두고 싶었던 거구나……."

"그런 모양입니다. 뭐, 레오나르트 님을 걱정하시는 마음도 크긴 하겠습니다만."

세바스는 그렇게 말한 다음, 성을 포위하고 있던 군세를 바라보았다. 지휘관을 쓰러뜨리긴 했지만, 천 명이 넘는 군세. 게다가 마도사가 중심이다. 그 파괴력은 몇 배가 넘는 숫자의 군세에 필적한다.

"자, 어떻게 하시겠습니까?"

"레오가 그러고 싶다면 섬멸해도 되는데?"

"대장님, 부추기지 말아주십시오. 부근에는 마을과 주요 도로도 있습니다. 성검 같은 건 못 쓰실 텐데요? 성검 없이 저렇게 많은 숫자를 섬멸하려면 고생 좀 하게 될 겁니다."

마르크가 그렇게 말하며 에르나를 말렸다. 목적인 레티시아와 레오의 구조는 달성했다. 이제 철수하기만 하면 된다. 마르크는 그렇게 상식적인 판단을 내렸다.

하지만.

"하지만—— 저 군세를 그대로 내버려 둘 수는 없어. 이곳에서 섬멸한다."

"네?! 저, 전하! 제정신이십니까?! 저희는 서둘러 와서 열 명 정도밖에 없습니다만?!"

앞서가는 에르나를 쫓아오기 위해, 제3기사대는 둘로 나뉘어 있었다. 말과 식량을 전부 버리고 갈 수는 없었기에 에르나를 쫓아온 것은 마르크와 다섯 명. 그리고 세바스와 지크뿐이었다.

레오를 포함해도 열 명. 백 배가 넘는 상대에게 도전하는 건 너무나도 무모한 짓이다.

"레오치고는 호전적이네?"

"근처에 마을이 있는 이상, 방치할 수는 없어. 우두머리를 잃었으니 무법자 집단이 될 거야. 뭉쳤을 때 해치워야지."

"훌륭하신 마음가짐입니다만, 전력이 부족합니다!"

"그건 나도 알아. 하지만 원군은 아마 너희들뿐만이 아닐 거야. 그렇지? 세바스."

"예. 린피아 공이 빈 공에게 전령으로 갔습니다. 지금쯤 네르베 리터가 근처까지 와 있을 겁니다."

"그렇다면 시끌벅적하게 싸우면서 어디 있는지 가르쳐 주면 되겠지. 뭐, 빈이라는 그러지 않더라도 여기로 오겠지만. 이 고성의 위치를 가르쳐 준 건 빈이고."

레오는 그렇게 말한 다음 심호흡을 하며 몸에 힘을 주었다. 완전한 상태와는 거리가 멀었다. 쓰러져도 된다면 지금 당장이라도 쓰러지고 싶다. 그런 욕구가 머릿속을 맴돌았다.

그럼에도 불구하고 레오는 몸에 힘을 주었다. 물러서는 건 간단하고, 상식적이기도 하다.

일부러 싸우지 않더라도 네르베 리터와 합류하고 나서 토벌해도 된다.

하지만 그래서는 '그런 다음'에 문제가 생긴다.

"저 군세는 우리들에게 방해가 돼. 제국 내부에 저 군세가 있는 동안에는 우리가 마음대로 움직일 수가 없어. 지금 놓치면 저 군세를 쫓는 일에 묶이겠지. 그러면 안 된다고."

"그게 왜 안 된다는 겁니까? 전하."

"세바스는 형의 비장의 수야. 그를 보냈으니 형은 지금 무방비한 상태겠지. 일부러 빈틈을 보여서 끌어들인다. 형이 잘 쓰는 수법이지. 분명히…… 제도에서 배신자를 꼬여낼 셈일 거야. 그리고 우리에게 기대하고 있는 것은 그 제도의 배신자를 바깥에서 치는 것. 우리는 형의 유격대야. 말로서 움직여야 하는데, 눈앞에 있는 저 녀석들은 걸리적거린다고. 소수로 돌격해서 발을 묶어 둔다. 베고, 베고, 마구 베어 버려. 저 군세는 여기서 섬멸한다!"

레오는 그렇게 말하며 검을 높게 들어올렸다. 그 모습을 본 마르크는 언젠가 아르가 했던 말을 떠올렸다. 알바트로 공국의 항구에서 주위 사람들의 제지를 뿌리치고 입항하기로 결심했을 때. 마르크는 아르에게 레오는 내릴 수 없는 결단이라고 말했다.

그러자 아르는 이렇게 말했다.

"'내 동생이니까. 내가 할 수 있는 것 중에 그 녀석이 못하는 건 하나도 없어……'였지."

"왜 그러지? 기사 마르크, 아직 불만이 있나?"

"아뇨……. 함께하겠습니다."

그날 보았던 아르의 모습과 지금 레오의 모습이 겹쳐졌다. 무리하고 터무니없는 행동이지만, 확실한 승산도 있다. 아르가 연기했던 이상적인 동생. 그 시점에서는 어디까지나 이상이었다.

하지만 그것이 지금 레오와 겹쳐 보인다.

그렇구나, 마르크는 그렇게 중얼거리며 검을 뽑아들었다.

"무시무시하군요, 당신들은. 어렸을 때는 이렇게 터무니없는 황자들이 될 줄은 상상도 못했습니다만."

"함께하게 해서 미안해. 하지만 당신은 형의 목숨을 한 번 구해 줬잖아. 치사하다고. 나도 구해 줬으면 하는데."

"형을 구해 준 은인에게 고맙다고 하는 게 아니라 치사하다고 요? 가능하면 황자의 위기 같은 건 두 번 다시 직면하고 싶지 않 았습니다만."

마르크는 그렇게 말하며 우드우드, 어깨로 소리를 냈다.

투덜거리면서도 그의 눈은 군세를 날카롭게 노려보고 있었다. 다른 근위기사들도 마찬가지였다.

그 모습을 본 레오는 고개를 한 번 끄덕이고는 세바스와 지크 를 보았다.

"도와줄래?"

"물론입니다."

"나는 그렇게 싸구려가 아냐. 여기까지 오느라 지쳐 버렸거든. 활약해 주길 바란다면 '부탁드립니다, 지크 님' 하고 고개를 숙이 라고."

"당신은 세바스 어깨에 타고 있었을 뿐이잖아. 이번에야말로 활약해. 싫다면 저쪽으로 미끼삼아 던져 버린다?"

"훗, 어쩔 수 없군. 나도 사나이야. 진정한 사나이는 진정한 사나이의 부탁을 거절하지 않지. 받아들이마!"

지크는 그렇게 말하고는 다리를 떨면서 창을 들어올렸다. 그런 지크를 보고 레오가 쓴웃음을 지었다.

"지크는 재미있네. 나는 좋아해. 네 그런 구석."

"그만둬. 남자가 좋아한다고 해서 기뻐하는 취향은 아니라고. 뭐, 조금은 성장한 모양이니까. 힘을 빌려주마."

"성장? 내가?"

"자각하지 못한 거냐? 그렇다면 기억해 둬라. 남자는 지켜야 할 것이 명확해지면 강해지는 법이다. 한층 더 자란 듯한 낯짝이라고, 지금 너."

지크가 한 말을 듣고 레오가 약간 놀란 듯이 눈을 크게 뜨고는 곧바로 세바스를 보았다.

세바스는 평소와 마찬가지로 차분하게 말했다.

"그렇군요. 조금 바뀌신 것 같습니다."

"그런가……? 어떻게 바뀐 것 같아?"

"어떻게 바뀌었는지 말씀이십니까. 정확히 말씀드리기가 힘들군요. 뭐, 간단히 말씀드리자면 좋은 의미로든 안 좋은 의미로든 아르노르트 님과 좀 비슷해지신 것 같습니다. 이걸 칭찬으로 받아들일지는 사람마다 다르겠습니다만."

세바스가 그렇게 말하고는 슬쩍 웃었다. 그 순간, 적의 군세가 다시 마법을 날렸다.

에르나가 앞으로 나서서 마법들 중 대부분을 쳐내고는 곧바로 적에게 돌격하기 시작했다.

그 뒤를 이어 레오 일행도 나머지 마법을 쳐내며 앞으로 나섰다. 그런 와중에 레오가 세바스를 보았다.

"방금 한 말은 진심이야?"

"예, 제가 말씀드린 거니 틀림없을 겁니다. 그런데, 기뻐 보이시는군요?"

"물론이지. 내게 그 말은 최고의 칭찬이니까."

"여전히 특이하시군요."

"그럴지도 모르지. 나는 분명히 특이한 것 같아. 그러니까 모두의 도움이 필요해. 등을 맡겨도 될까?"

"맡겨만 주십시오."

그렇게 말하며 레오 일행은 에르나를 따라 적의 군세를 향해 돌격했다.

■ ■ ■

천여 명의 군세를 향해 열 명 정도가 돌격해 온다.

지휘관은 잃은 군세에게 있어 그것은 이상하기 짝이 없는 행동이었다.

하지만 돌진한다면 요격할 뿐. 그들은 레오 일행과 맞서 싸웠다.

그러나 그 방어선은 멋지게 뚫렸다.

"하아아아아아아아아아앗!!"

선두에 선 에르나가 눈앞에 있는 상대를 단숨에 베어 나갔다. 기교는 없었다. 기술을 쓸 필요도 없이 그저 빠르게 베기만 해도 상대방의 목이 날아갔기 때문이다.

그 뒤에서는 레오가 근위기사들과 함께 나섰다. 에르나만큼은 아니지만, 강자인 그들을 보고 적이 겁을 먹었다. 다가가면 목이 날아간다. 상대가 소수이기에 주춤하게 되었다. 언젠가 지칠 것이 뻔하다. 기운이 넘칠 때 상대하는 건 손해일 뿐이다.

그렇게 서로 떠미는 상황이 발생했기에 레오 일행은 더욱 날뛸 수가 있었다. 겁을 먹은 상대는 레오 일행의 적이 되지 못한다.

"지크. 에르나를 도와주러 갈 수 있겠어?"

"필요없을 것 같은데? 용이 더 얌전할걸?"

"부탁할게."

"어쩔 수 없지. 그럼, 영감님, 부탁 좀 하자고."

"좋습니다. 그럼 여행 잘 하시길."

세바스가 그렇게 말한 다음 떨어져 있던 창을 들자, 지크가 그 창 위에 착지했다.

그리고 세바스가 있는 힘껏 창을 휘둘러 지크를 에르나 쪽으로 날려 보냈다.

가벼운 몸을 이용해서 공중에 뜬 지크는 미세하게 조정하며 에르나 근처에서 활을 겨누고 있던 적 병사를 걷어차듯이 착지했다.

"어이쿠, 미안하군. 착지하기 편할 것 같은 얼굴이길래."

"곰?!"

"대체 뭐야?! 이 녀석들!"

"사랑스럽지? 나는 어린애들에게 인기가 정말 많다고. 귀엽기만 한 게 아니라 강하기까지 하니까."

지크는 그렇게 말하며 창을 휘둘러 에르나를 멀리서 노리려 하고 있던 무리를 날려 버렸다.

곧바로 지크가 적 병사들의 머리를 발판으로 삼아 에르나에게 다가갔다. 물론, 발판이 된 적 병사들은 스쳐지나갈 때 지크의 창에 쓰러졌다.

그리고 뛰어가던 에르나 근처에 도착한 지크는 에르나의 어깨에 착지했다.

"휴…… 한바탕 활약했군."

"걸리적거려. 내려와."

"이봐, 이봐, 너무하잖아. 도와준 거거든? 피곤한 나를 좀 위로해 주지 그래?"

"도와달라는 말은 안 했어."

"그러셔. 그런데 귀여운 구석이 없으면 인기가 없을 텐데? 가슴에 색기가 없으니까 귀여운 쪽으로나마 말이지……."

지크가 그렇게 말하며 어깨 너머로 들여다보는 듯이 에르나의 가슴 근처를 보았다.

그 순간, 에르나가 지크의 머리를 잡고는 하늘로 내던졌다.

"걸리적거린다고……."

"으아아아아아아아아?! 잠깐만! 잠깐만!!"

"했잖아!"

에르나는 분노를 담아 검 옆부분으로 공중에 뜬 지크를 날려버렸다.

아군이 아무도 없는 곳으로 날아간 지크는 비명을 지르며 적 병사와 충돌했다.

"아아아아아악?!?! 아파?!"

적 병사의 머리에 부딪힌 다음, 많은 적 병사들과 부딪히고는 땅바닥을 굴러갔다.

그리고 지크는 화가 난 듯이 소리쳤다.

"저 여자! 사실을 말했다고 화내기는! 내 털이 엉망진창으로 망가졌잖아! 진흙투성이야……. 이래선 성에 못 들어갈 거라고."

지크는 자기 몸을 보며 그렇게 중얼거렸다. 그런 지크 주위를 적 병사들이 둘러쌌다.

그 사실을 눈치챈 지크는 주위에 있던 적 병사들을 노려보며 중얼거렸다.

"뭐야? 해보겠다고? 사랑스러운 이 몸이라면 이길 수 있을 거라 생각한 거냐?!"

지크는 그렇게 말하며 근처에 있을 거라 생각한 창을 찾아보았다. 하지만 날아오기 전에 들고 있던 창이 곁에 없었다. 지크는 공중에 놓쳤다는 것을 짐작하고는 식은땀을 흘렸다.

아무리 지크라 하더라도 곰 상태에서 맨손으로 싸우기는 힘들다.

"……잠깐만 기다려라. 찾아올 테니."

"기다릴 리가 없잖아!!"

적 병사가 그렇게 말하며 지크에게 덤벼들려 했지만, 그중 한 명이 날아온 창으로 인해 꿰뚫려 버렸다. 그 창은 지크의 창이었다.

"오오?! 사랑스러운 나의 창!"

"그렇게 생각하신다면 전장에서 놓고 다니지 마시죠."

그렇게 말하는 싸늘한 목소리가 그곳에 울렸다.

그리고 졸음을 유도하는 신기한 음색이 그곳에 흐르기 시작했다. 그 소리 범위 안에 있던 적 병사들은 그 음색으로 인해 졸음을 느끼기 시작했다. 그리고 한순간, 의식이 끊기자.

그들의 머리가 전부 날아가 있었다.

"정말. 손이 많이 가네요."

"……쿨~."

"일어나세요."

"아얏?! 너무하잖아! 린피아 양! 방금 하렘 안에 있었는데?!"

"그대로 깨우지 않는 게 나았을지도 모르겠군요."

린피아는 그렇게 말하며 창자루 부분으로 때린 것을 후회했다.

오싹해질만큼 싸늘한 목소리를 들은 지크는 식은땀을 흘리며 화제를 돌렸다.

"어, 어째서 여기 있는 거지?"

"그러고 보니 그렇군요. 멋진 예측이었습니다. 역시 빈프리트 공이에요."

"딱히 대단한 건 아니다. 레오라면 내가 한 이야기를 기억하고 있을 거라 생각했을 뿐이야."

그렇게 말하며 린피아 뒤에서 나타난 것은 빈이었다. 그 옆에
는 네르베 리터의 단장인 라스도 있었다. 갑작스러운 원군을 보
고 적 병사들이 뒷걸음질쳤다.

"우리는 돌격하면 되는 건가? 군사님."

"그래, 부탁하지."

"이봐, 이봐, 너무 몰아붙이면 도망쳐 버릴 텐데! 황자의 명령
은 섬멸이라고?!"

"걱정할 필요 없다. 이미 반쯤 포위하고 있으니."

빈이 그렇게 말하고는 오른팔을 휘둘렀다. 그러자 라스가 부하
들을 이끌고 돌격하기 시작했다.

뒤따른 현상은 그것뿐만이 아니었다. 곳곳에서 나타난 부대가
돌격하며 적의 군세를 반원 형태로 포위해 나갔다.

도망칠 곳은 성 쪽밖에 없지만, 성 쪽에서는 에르나 일행이 밀
어닥치고 있기에 적의 군세는 단숨에 도망칠 곳을 잃었다. 그리
고 빈은 오합지졸이 된 적을 놓치지 않기 위해 재빠르게 전령을
보내 완벽한 포위를 완성시켰다.

에르나 일행과 함께 갇힌 적은 맹수의 먹잇감처럼 그저 유린당
할 수밖에 없었다.

12

325

"아, 빈. 덕분에 살았어."

"다음 기회는 없다? 또 터무니없는 짓을 할 거면 미리 말해. 보고를 들었을 때는 정신이 나갈 뻔했다고."

빈은 불쾌한 듯한 표정과 말투로 그렇게 말했다. 적은 완전히 섬멸되었고, 레오 일행은 고성으로 돌아와 있었다. 주요 인물들이 고성에 모인 와중에 레티시아가 깨어났다.

"레티시아 님! 정신이 드셨습니까?!"

"……이겼군요……?"

"당신 덕분이에요. 레티시아."

"아뇨…… 폐를 끼친 건 저니까……. 정말 죄송합니다. 전부 제 책임이에요."

레티시아는 그렇게 말하며 모여있던 사람들에게 고개를 숙였다. 그러자 레오가 고개를 저었다.

"듣고 싶은 말은 그런 사과가 아니에요. 레티시아."

"……그렇죠. 감사합니다. 레오, 그리고 제국의 기사분들. 목숨을 구해 주셨군요. 감사드립니다."

레티시아가 그렇게 인사를 하자 그 뒤를 이어 그리폰 기사들도 고개를 크게 숙였다.

그 모습을 본 레오는 더욱 활짝 웃으며 레티시아에게 다가갔다.

"이걸로 전부 해결이 되었다면 좋겠지만…… 그럴 순 없습니다. 분명히 제국은 지금부터 큰 혼란에 빠질 겁니다."

"레오……."

"당신은 왕국 사람이죠. 이대로 제도로 가지 않고 왕도로 갈 수도 있을 겁니다. 선택은 맡기죠. 하지만 저는 당신이 제도로 와줬으면 합니다. 저와 함께."

레오는 그렇게 말하며 레티시아의 손을 잡았다.

레티시아에게는 성녀로서 왕국의 문제를 해결한다는 선택지가 남아있었다.

제국과 왕국이 맞부딪히기 전에 왕국 안에서 문제를 전부 막아낼 수 있을지도 모른다.

하지만 그렇게 하면 왕국을 둘로 쪼개게 된다. 이렇게 팽팽한 국제 정세를 감안하면 대리 전쟁의 무대가 될지도 모른다. 결국, 성녀라는 존재는 이미 죽든 살든 불씨인 것이다.

그리고 특이하게도 그 불씨를 거두고 싶다는 소년이 있다.

레티시아는 잠시 입을 다물고 있다가 조용히 말했다.

"——네. 저는 당신 곁에 있겠습니다. 폐를 많이 끼치는 여자지만, 그런 부분은 양해해 주세요."

"안심하시길. 그런 부분까지 포함해서 빼앗은 거니까요."

레오는 그렇게 말하며 방긋 웃었다.

두 사람이 서로 마주 보았다. 그런 와중에 분위기를 파악하지 않고 말을 꺼낸 사람이 있었다.

"그럼 제도로 간다고 생각하면 되는 거겠지? 아마 이번 일은 분명히 양동이었을 거다."

"믿을 수가 없네, 분위기 파악을 못하는 거야? 빈."

"분위기는 파악하는 게 아니라 풍기는 거다."

"아, 그러셔. 당신은 분명 전생에 뇌가 없는 생물이었겠지. 그래서 이런 타이밍에 그런 말을 할 수 있는 거야······."

"마음대로 지껄여라. 나는 군사니까. 다음 전략을 세우는 게 내가 할 일이다. 그리고 다음 문제는 제도다."

"응, 나도 알아. 제도는 허술해졌어. 유사시에는 우리가 자유롭게 움직일 수 있는 귀중한 세력이야. 그러니 지금 당장 제도로 돌아가자. 나머지 근위기사대도 함께. 분명히 형이 기다리고 있을 거야."

"그래. 아르 주위에는 아무도 없으니까."

"글쎄? 형이 피네 양의 호위를 마련해 두지 않을 것 같진 않은데? 어때? 세바스."

"뭐, 짐작 가는 분이 있긴 합니다. 하지만 제도 안에서 움직일 수 있는 전력은 얼마 없지요. 아르노르트 님께서 하실 수 있는 일은 별로 없을 겁니다."

세바스가 그렇게 말하자 레오가 고개를 끄덕였다. 적은 전력을 잘 이용하는 것은 아르의 특기이기도 하다. 하지만 그걸로 상대방을 쓰러뜨릴 수는 없다.

누군가가 대신 숨통을 끊어 줘야 한다.

"제도로 간다! 준비하도록!"

레오는 그렇게 호령을 내렸다.

레티시아가 납치된 다음 날 저녁.

쇼핑을 마친 미아는 메이드복을 입고 있었다.

"좀 더 움직이기 편한 옷이 좋답니다……."

"그래 봬도 움직이기 편하게끔 설계되어 있는데 말이지."

"뭐, 불평해 봤자 어쩔 수 없어요랍니다. 이걸 입고 열심히 하겠답니다."

"그래, 열심히 해. 하는 김에 말투도 배우고."

"말투……?"

나는 무슨 말인지 알 수가 없다는 표정을 짓고 있던 미아를 보고 한숨을 쉬었다.

여전히 자신의 말투가 숙녀의 말투라고 믿는 모양이었다.

"피네는 너처럼 말하지 않아."

"그럴 리가 없어요랍니다! 분명히 이런 말투를 쓸 거랍니다!"

"까다롭네……. 뭐, 만나보면 알 거야."

내가 그렇게 말하자 미아가 기대된답니다라고 중얼거렸다.

충격을 받지 않으면 좋겠는데, 할아버지를 정말 굳게 믿고 있는 것 같으니.

나는 그렇게 생각하며 내 방의 문을 열었다. 그러자 안에서 피네가 기다리고 있었다.

"어서 오십시오. 아르 님."

"그래, 다녀왔어."

"아ㅇ_ㅇ_ㅇ_ㅇ_ㅇ……!! 진짜랍니다! 너무 예뻐서 신성하기까지 하답니다?! 너무 눈부셔서 똑바로 볼 수가 없어요랍니다!"

"일단 말해 두는데, 신분은 내가 더 높거든?"

"황자는 그거랍니다. 패기가 없으니까, 아~?! 아프답니다! 귀를 잡아당기지 말아 주세요랍니다!"

아무래도 바보 취급하는 것 같았기에 나는 미아의 귀를 잡아당겼다.

지금부터 메이드로서 성에서 지내게 될 테니까. 상하관계를 가르쳐 줘야겠다.

"잘 기억해 둬. 지금은 메이드니까 거짓말이라도 상대방이 기뻐할 말을 해라."

"아, 알겠어요랍니다……, 키가 크시네요."

"그게 칭찬이냐?"

"저보다 훨씬 크답니다! 거짓말이 아니랍니다!"

다시 귀를 잡아당기려 하자 미아가 훌쩍 거리를 벌렸다. 나와 미아의 키는 별로 차이가 나지 않는다. 그런 상대에게 키가 크다는 말을 들어봤자 비꼬는 말로만 들린다.

정말, 이래선 단번에 평범한 메이드가 아니라는 게 들통나겠는데.

그렇게 생각하고 있자니 뒤에서 피네가 쿡쿡 웃기 시작했다.

"그렇게 재미있어?"

"네, 정말로요. 처음 뵙겠습니다. 피네 폰 크라이네르트라고 합니다. 성함을 여쭈어 봐도 될까요?"

"……라."

"라?"

"랍니다가 아니네요랍니다?!?!?!?!"

꽈앙, 충격을 받은 미아가 입에서 혼이 빠져나온 게 아닐까 할 정도로 멍한 상태가 되었다.

아~, 역시 충격을 받았구나. 뭐, 자기가 믿어온 게 무너져 버렸으니까.

"제, 제가 심기를 불편하게 해드릴 만한 말을 한 건가요……?!"

"아니, 착각하고 있었다는 걸 깨달았을 뿐이야."

"착각?"

"숙녀는 말할 때마다 랍니다를 붙여서 말한다고 할아버지에게 배운 모양이던데."

"랍니다라고요……. 저는 그런 말투를 안 쓰긴 하네요."

"꽈앙……!"

추격타를 맞은 미아가 제자리에 쓰러져 버렸다.

그리고 축 늘어진 채 중얼거렸다.

"지, 진정한 숙녀의 말투라고 했는데……. 할아버님은 거짓말쟁이랍니다!"

"뭐, 누구나 착각을 하기 마련이니까. 이번 기회에 고쳐 봐."

"어? 고쳐 버리는 건가요? 정말 귀여운 말투 같은데……, 아쉽네요."

"귀엽다고? 알아듣기 힘들지 않아?"

"그런가요? 저는 신경 쓰이지 않는데요?"

피네는 그렇게 말하며 방긋 웃었다. 비위를 맞춰 주려는 것이 아니다. 정말로 그렇게 생각한다는 느낌이다. 역시 피네라고 해야 하나.

피네가 그렇게 말한 것을 듣고 미아가 일어섰다.

그리고 피네 앞으로 가서는 무릎을 꿇고 피네의 손을 잡았다.

"제 이름은 미아! 평생 따라가겠어요랍니다! 피네 님!"

"평생은 호들갑이겠지만, 잘 부탁드릴게요. 미아 씨."

"네! 제 활로 반드시 지켜드리겠어요랍니다!"

좀 전에 그 활과 무예를 내게 바쳤을 텐데, 아무래도 금방 충성의 대상이 바뀐 모양이다.

뭐, 어차피 피네 곁에 있으라고 할 테니 상관없으려나.

충성이 어디로 쏠리든 일만 해준다면 딱히 상관없다.

"그러니까, 오늘부터 미아가 네 호위를 맡을 거야. 피네."

"네. 감사합니다. 그런데…… 아르 님의 호위는 어떻게 하실 건가요?"

"뭐, 이것저것 생각해 봐야지. 우선 네 안전은 확보해 놔야 하니까. 미아, 피네 곁에서 최대한 떨어지지 마라. 최악의 경우, 아직 성에 다크 엘프가 남아있을 가능성도 있으니까."

낮은 확률이긴 하다. 다크 엘프는 500년 전에 마왕과 벌였던 대전에 참가했던 종족이다. 그리고 힘은 유전되지 않는다. 다시

말해 지금 남은 다크 엘프가 당시의 생존자이고, 그 위험성으로 인해 각 나라와 모험자 길드에서 지명수배된 상태다.

다시 말해, 숫자가 적다. 이번에 투입된 숫자는 다크 엘프 쪽에서 보기에 꽤 많다고 할 수 있을 것이다. 성 내부에 더 잠입시키지는 못했을 테고.

하지만 경계는 해야만 한다. 한 번 당하기도 했으니까.

"알겠답니다!"

"피네. 미아를 잘 부려 먹어."

"그게 무슨 뜻이죠?!"

"말 그대로야. 이번에는 멀리서 콰앙~으로 끝낼 수는 없어. 머리를 쓸 필요가 있다고."

"저도 그쪽으로는 별로 자신이 없는데요……."

피네가 몸을 움츠렸다. 뭐, 세바스나 린피아에 비하면 불안하긴 하지만, 다시 말해 경계가 느슨하다는 것으로 이어진다.

지금 중요한 것은 그런 부분이다.

"그런 부분은 어떻게든 커버할게."

내가 그렇게 말한 순간, 방문을 노크하는 소리가 들렸다.

내가 대답하자 문이 열렸다. 그곳에 있던 것은 아로이스였다.

"아르노르트 전하. 부르셨다고 듣고 찾아뵈었습니다."

"아, 미안해. 아로이스."

아로이스는 계속 성에 머무르며 많은 사람들에게 가르침을 받고 있었다.

그 성과가 나온 건지, 근위기사 중 한 명이 아로이스의 검술을 칭찬했다. 어린애 같지 않을 정도로 냉정한 검술이라고 한다.

"실례하겠습니다. 오랜만에 뵙습니다, 피네 님, 그리고……."

"미아라고 해요라니다. 제국군 1만을 물리친 겔스의 영웅을 만나뵙게 되어 영광이랍니다."

"그러지 마세요. 저는 아무것도 한 게 없으니까요. 그저 그 평가가 부끄럽지 않게끔 노력할 생각이긴 합니다만……, 그 노력의 성과로 도움이 되어드릴 기회일까요? 아르노르트 전하."

"뭐, 그런 셈이지. 미안하지만 믿을 수 있는 녀석이 별로 없어서. 지금 성은 마경이야. 뒤에서 누가 손을 잡았을지 전혀 모른다고. 예상이 되는 자도 있지만, 예상이 안 되는 자도 적 쪽에 분명히 있을 거다."

"적이라고요……, 제위 쟁탈전의 적이라는 뜻입니까?"

아로이스가 확인하려는 듯이 그렇게 물었다. 아로이스는 바보가 아니다. 분명히 알고 있을 것이다. 하지만 내게 물어보고 확인하려는 것이다.

"아니야. 제국의 적이다. 성녀가 납치당한 시점에서 성안에 배신자가 있다는 건 간단히 예상할 수 있어. 그리고 분하지만 그 녀석들을 완전히 알아낼 수도 없었고, 증거도 없다. 우리는 뒤처지기만 하고 있을 거라고."

"그렇기 때문에 대비하시겠다는 겁니까?"

"그래, 맞아. 내가 움직일 수 있는 범위 안에서 완전하게 믿을 수 있는 건 여기 있는 사람들뿐이야. 물론 성밖이나 내가 움직일 수 없는 사람들 중에서는 믿을 수 있는 사람도 있지만, 미리 대비할 수 있는 건 여기 있는 사람들뿐이겠지."

레오의 측근들도 믿을 수는 있겠지만, 나를 완전히 따라 줄지는 의문이다. 그들의 우두머리는 레오이고, 많은 사람들이 나를 꺼려하고 있으니까.

유일한 예외는 마리지만, 지금 마리는 어머님 곁에 있다.

그렇다면 개인적으로 믿을 수 있으면서도 마음대로 움직일 수 있는 건 여기 있는 사람들뿐이다.

"영광입니다. 전하께서 저를 믿어 주셨다는 사실은 저희 짐멜 백작 가문의 자랑거리가 될 겁니다."

"그런 걸 자랑거리로 삼지 않더라도 너는 언젠가 커다란 자랑거리를 손에 넣을 거야. 그러기 위해서라도 제국이 기울어선 안 돼. 아버님 곁에는 재상이 있고, 제국에는 유능한 신하들이 많이 있어. 하지만 그들도 손을 뻗치지 못하는 곳이 생기겠지."

입장에 얽매이지 않고 비교적 자유롭게 행동할 수 있는 사람이 필요하다.

그런 입장인 사람이 없는 이상, 내가 그 역할을 맡을 수밖에 없다.

"뭐, 결국, 평소처럼 행동하게 되겠지만."

"그렇긴 하네요. 아르 님께서 항상 하시던 일을 여기 있는 여러분과 함께 한다. 그런 뜻이죠?"

"그런 뜻이야. 미안하지만 일을 좀 해줘야겠어. 일손이 부족하거든."

내가 그렇게 말하자 피네와 아로이스가 동시에 고개를 끄덕였다.

하지만 미아만은 고개를 갸웃거리고 있었다.

"저기, 항상 하던 일이라는 게 대체 뭘까요랍니다?"

미아가 그렇게 묻자 나는 쓴웃음을 지었다. 미아는 모르겠구나. 보긴 했지만 설명은 하지 않았으니까. 그래서 나는 씨익 웃으며 말했다.

"——암약이야."

미아는 내 말을 듣고 아, 그렇구나라는 표정을 지었다.

축제는 내일이 마지막 날이다. 움직인다면 내일일까. 아니면 요인들이 돌아가는 타이밍일까.

뭐, 어찌 됐든, 남몰래 저지할 뿐이다.

나라를 배신하고 마음대로 설칠 수 있을 거라 생각하지 마라. 그 죗값은 반드시 치르게 해주마.

나는 그렇게 결심하며 향후에 대해 이야기하기 시작했다.

제검성의 어떤 방. 그곳에서 고든과 잔드라가 마주 보고 있었다. 원래는 연금 중인 잔드라를 만드는 것은 지극히 힘든 일이지만, 지금은 성녀의 납치로 인해 쉽게 만날 수 있다.

"예정대로구나."

"예정대로가 아니다. 레오나르트와 아르노르트가 쓸데없이 움직인 탓에 계획에 어긋난 부분이 생겼다."

고든은 짜증난다는 듯이 말했다. 그런 고든을 보고 잔드라가 웃었다.

"결과적으로 근위기사대가 모두 합쳐 다섯 부대, 제도 밖으로 나갔어. 그리폰 기사와 레오나르트의 부하들도. 충분한 것 같지 않아?"

"원래는 재상이 눈치채고 근위기사대가 좀 더 넓은 범위, 더 큰 규모로 조사를 할 예정이었다! 하지만 그 녀석들은 일찌감치 원인을 눈치채고 추적하기 시작했지! 그 덕분에 증원으로 나간 건 겨우 세 부대! 국경에 두 부대가 파견되었다고는 해도 원래는 절반 이상이 나갈 예정이었다고! 짜증나는군!"

"왕국에 변명하기 위해 온 힘을 다해 범인을 찾고 있다는 어필을 할 필요가 있으니까. 하지만 레오나르트는 빠르게 움직였어. 다크 엘프들이 도망친 방향도 정확하게 파악했으니 정말로 구해 버릴지도 모르지. 하지만 예정이 어긋났다고 해서 계획을 바꿀 생각은 없잖아?"

"물론이지. 용작과 에르나는 제도 밖에 있다. 지금만큼 제도가 무방비한 시기는 없겠지. 내일, 행사 마지막 날에 나선다."

고든은 자신의 고양감을 겨우 억누르고 있었다. 지금까지 제위 후보자들은 서로 소규모 충돌을 벌여 왔다. 그런 싸움에서는 에리크가 이긴다. 그렇기 때문에 고든은 자신이 빛나는 무대를 원하고 있었다.

그리고 그 무대가 다가왔다.

"나도 겨우 여기에서 나갈 수 있겠네."

"나오는 건 상관없지만, 멋대로 움직이는 건 용납 못한다."

"어머? 내게 명령할 셈이야? 이번에 전체적인 움직임을 마련해 준 건 왕국이거든? 그리고 왕국은 나와 협력하고 있고."

"까불지 마라. 제국 안에서 움직이는 건 나와 내 부하, 그리고 연합 왕국이다."

잔드라를 지원하는 왕국과 고든을 지원하는 연합 왕국. 그 나라들은 모두 제국이 약해졌으면 하기에 두 사람에게 힘을 빌려주고 있다. 계획이 성공하면 제국은 혼란기에 접어들 것이다.

지금은 손을 잡고 있는 두 사람도 맞부딪히게 될 것이다. 그 사실은 둘 다 알고 있다.

그럼에도 불구하고 손을 잡았다. 현재 상황을 타파하기 위해서.

"제도의 제압과 동시에 각 국경에 압박이 가해질 거다. 연합 왕국과 번국, 그리고 왕국. 세 나라의 국경 공격이다. 국경 수비대는 움직이지 못해."

"리제로테는 어떻게 할 셈이야?"

"동부에서 움직이지 않았다는 건 이미 확인했다. 그 녀석은 황국이 움직일 가능성을 고려해서 동부 국경을 벗어나지 못한다. 황국도 조금은 도움이 되는군."

"움직일지도 모른다는 것만으로도 큰 말을 묶어 둘 수가 있으니까. 남부는 여전히 복구 중이야. 사방의 국경 수비군은 움직이지 못하고, 충분한 전력을 지니고 있는 귀족들도 제도의 현재 상황을 알지 못해. 아버님을 도와줄 수 있는 군대는 어디에도 없구나."

"당연하지. 그렇게 되게끔 계획을 세운 거니까. 나는 아버님에게 간다. 성을 제압하는 건 네놈이 할 일이다. 실수하지 마라?"

"누구에게 그런 말을 하는 거야? 어렸을 때부터 지낸 성이라고. 제압하는 건 식은 죽 먹기지."

잔드라가 그렇게 말하며 웃자, 고든이 숨을 크게 내쉬었다.

어둡고 깊은 음모가 제도를 뒤덮으려 하고 있었다…….

SAIKYO DEGARASHI OJI NO ANYAKU TEII ARASOI Vol.7
MUNO O ENJIRU SS RANK OJI WA KOI KEISHO SEN O KAGE KARA SHIHAI SURU
©Tanba, Yunagi 2021
First published in Japan in 2021 by KADOKAWA CORPORATION, Tokyo.
Korean translation rights arranged with KADOKAWA CORPORATION, Tokyo

최강 찌꺼기 황자의 암약 제위 쟁탈전 7
무능한 척 연기하는 SS랭크 황자는 황위 계승전을 남몰래 지배한다

2024년 6월 15일 1판 1쇄 발행

저　　　자　탄바
일 러 스 트　유우나기
옮 긴 이　천선필
발 행 인　유재옥
담 당 편 집　정지원

이　　　사　조병권
출판본부장　박광운
편 집 2 팀　정영길 조찬희 박치우 정지원
편 집 3 팀　오준영 이소의 권진영
디자인랩팀　김보라
디지털사업팀　박상섭 김지연 윤희진
라이츠사업팀　김정미 맹미영 이윤서
영업마케팅팀　최원석 박수진 이다은
물 류 팀　허석용 백철기
경영지원팀　최정연
발 행 처　(주)소미미디어
인쇄제작처　코리아피앤피
등　　　록　제2015-000008호
주　　　소　서울시 마포구 토정로 222, 502호(신수동, 한국출판콘텐츠센터)
판　　　매　(주)소미미디어
전　　　화　편집부 (070)4164-3962, 3963　기획실 (02)567-3388
　　　　　　판매 및 마케팅 (070)8822-2301, Fax (02)322-7665

ISBN 979-11-384-8299-8(04830)
ISBN 979-11-384-3519-2(세트)